신동

세필리아의

하극상 프로그램

아시타카 타카미

일러스트◆**쿠라모토 카야**

프롤로그 1세 2개월 신동 세필리아의 출정

"하아…… 어쩌다 이렇게 된 걸까……."

제국령의 최전선 방위 요새가 내려다보이는 언덕에 세워진 판잣집에서 저는 진심으로 지긋지긋해서 중얼거렸습니다.

발밑에 펼쳐진 장대한 방벽은 여기저기 무너진 데다가, 무너진 곳을 보강하려고 쌓은 흙을 넣은 자루들이 있을 뿐이었습니다. 바깥과 안쪽에 해자도 제대로 만들지 않은 조잡한 방벽이 있는 이쪽 진영에는 까맣게 탄 요새만이 초라하게 서 있었습니다.

저는 언덕 위의 판잣집…… 임시 지휘소에서 머리를 끌어안은 군복 입은 아저씨들을 뒤돌아보며 자그마한 입술을 열심히 움직여 말했습니다.

"아주 우수한, 제국군 여러분의 활약 덕분에, 한동안 최전선은, 교착 상태에 있다고 들었는데요."

"하하, 이것 참 매섭군……. 약 3일 전까지는 우리도 분명 '아주 우수한 제국군 여러분'이었는데 말이지."

지휘소 장교들 사이에서 유달리 역전의 위용을 자랑하는 장년 기사님이 쓴웃음을 지으며 수염을 쓰다듬었습니다.

갑주 틈새로 엿보이는 옷깃에 달린 계급장을 보아하니, 이 사람이 이 요새의 책임자인가 봅니다.

딱히 이 참상을 비꼬려는 의도는 아니었는데, 아까 발언이 그렇게 들린 모양입니다. 같은 오해를 한 듯한 다른 장교들이 저를 비난 섞인 눈빛으로 쳐다보았지만, 제 제국군 외투에 달린 계급장과 소속에 주눅이 든 건지 아니면 너무나 어려 보이는 저를 배려해서인지 마지못해 입을 다문 것 같았습니다.

"그래서, 상황을 일러 주시겠어요, 기사님?"

"물론이지, '용사님'."

제가 언덕 위에서 요새와 전장을 내려다보는데 그 옆에 기사님이 나란히 섰습니다. 제가 기사님 이름을 기억할 마음이 전혀 없는 걸 깨달았는지 쓴웃음을 지으면서도 무성한 수염을 호쾌히 쓰다듬으며 입을 열었습니다.

"약 3일 전, 갑자기 소형 용족…… 와이번이 습격해 왔네. 지금까지 땅을 달리는 아종이나 하늘에서 덮쳐오는 새, 곤충 정도는 상대해 왔었는데…… 겨우 와이번 한 마리에 이 꼴이라니."

"그때는, 어떤 식으로 맞서셨나요?"

"주로 활이나 투석기를 사용했지. 물론 대부분 용의 비늘에 튕겨 나가서 의미가 없었지만. 적이 이쪽 공격에 욱해서 요새 안으로 뛰어넘어 오지 않았던 게 불행 중 다행이었네. 그렇지만 상공에서 일방적으로 화염을 뿜어 대니 검과 창은 아무 쓸모가 없어."

총이나 폭약, 지대공 무기와 전투기도 없는 상황에서 상대만이 일방적으로 상공에서 공격한다면 제대로 된 전투를 할수 없었겠죠……. 그래서 이 참상이 일어났나 보군요.

"이 요새에 대기 중인 마술사에게는 대공 공격 수단이 없었네. 실례지만, 용사님은 이 상황을 타파할 수 있으신가?"

"네, 할 수 있어요."

가볍게 즉답한 저를 향한 기사님과 장교들의 반응은 놀라눈이 휘둥그레지거나, 수상하다는 듯이 눈살을 찌푸리거나둘 중 하나였습니다. 하지만 그런 건 아무래도 좋았습니다.

"하지만, 저는 그것 때문에, 여기에 온 게 아니에요."

"뭐라고? 우리 전장에서 검을 휘둘러 주는 게 아니었나?"

"그건 '수단'일 뿐, '목적'이 아니에요."

"호오…… 그럼, 목적이 뭐지?"

기사님이 저에게 그렇게 질문한…… 그 순간. 우리 시선너머로 수많은 그림자가 다가오는 것이 보였습니다. 기사님과 장교들이 놀라 소리를 지르는 와중에 저는 그저 깊게한숨을 내쉴 따름이었습니다.

"이상하군, 평소에는 해가 지고 나서 습격해 오는데……아니, 잠깐. 저건 뭐지?!"

기사님의 외침을 듣고 이쪽으로 달려온 장교들이 벌레를씹은 듯한 표정으로 끙끙거렸습니다.

우리 시선 너머로 여덟 마리 정도의 와이번과 지상을 달려오는 수많은 마족이 보였습니다. 아마 수가 삼백은 넘을 것 같네요.

"한 마리만으로도 성가신 와이번이 여덟 마리나…… 장군 님은 제시간에 못 오시는데."

장교 중 누군가가 악몽에 시달리는 듯한 목소리로 그렇게 중얼거렸습니다. 그러자, 미간에 깊게 주름이 진 기사님이 엄숙한 목소리로 "다른 이의 위에 서는 자가 약한 소리를 해서 어쩌자는 건가!" 하고 고함을 쳤습니다. 하지만 기사 님도 이 상황에서는 위기를 느꼈나 봅니다. 표정에서 희미 하게 초조함이 엿보였습니다.

이 상황에서 유쾌하게 입꼬리를 올린 사람은 저밖에 없는 모양입니다.

"다행이야, 빨리 돌아갈 수 있겠어."

"용사님……?"

의아하다는 듯이 말을 거는 기사님을 무시하고 제가 지면 을 박차자 제 몸은 관성을 따라, 그리고 중력을 거슬러 언 덕 위에서 곧바로 하늘 높이 떠올랐습니다.

등 뒤에서 들려오던 크게 당황하는 장교들의 목소리가 곧 멀어졌습니다. 이윽고 발밑에 펼쳐졌던 요새와 방벽까지 뛰어넘은 저는 상공에서 멀리서부터 침공해 오는 마족 군 세를 내려다보았습니다.

"하아…… 빨리 끝내자."

오늘만 벌써 몇 번째 내쉬는 건지 모를 한숨과 함께 저는 이 상황을 만들어 낸 원흉…… 지금쯤 제도에서 한가하게 차나 홀짝댈 주교님에게 한마디 울분이라도 토해야 기분이 풀리겠다며 투덜댔습니다.

하지만 이것도 제가 '일하지 않기' 위해 필요한 일입니다. 그 속이 시커먼 주교님과 나눈 계약…… 선전용 가짜(假借) 용사로서 군림하기 위한 홍보 활동.

전장 시찰이나, 그것과 관련된 전선 지원 활동도 결국 수단일 뿐 목적이 아닙니다.

제 목적은 '용사'가 되어 전장의 희망, 혹은 절망으로서 군림하는 것.

"──『동전경지(動轉境地)』(페이퍼 브레이버)."

제 백금색 머리카락이 공중으로 떠오르고, 작은 몸이 성스럽다는 느낌이 들 만큼 찬란한 빛을 내뿜었습니다.

천천히 내민 양손에, 당장에라도 마족의 군세가 들이닥칠 듯했던 전장이 요란한 굉음을 울리며 대폭발을 일으켰습니다. 직경 수백 미터에 달하는 폭발이 일으킨 열풍은 요새의 흙 자루를 종잇장처럼 날리고, 이쪽을 향해 달려오던 마족들을 지반째로 뒤엎었습니다.

한편, 하늘을 날던 와이번 무리는 안 보이는 팔에 얻어맞기라도 한 듯이 뒤로 날아갔고, 뒤이어 안 보이는 힘에 날개 제어력을 잃고 그대로 지상으로 끌려 내려갔습니다.

폭발한 전장 지면의 균열이 점차 넓어지더니, 이윽고 갈라지며 중력을 거슬러 공중으로 떠올랐습니다. 어느 정도까지 떠오른 대지 파편은 하늘을 뒤덮었습니다. 그러더니 이번에는 거꾸로 처박힌 지상의 마족들과, 보이지 않는 힘으로 지면에 납작 붙은 와이번들의 머리 위로 이동했습니다.

"힘없는 자들이여, 나를 두려워해라."

들릴 듯 말 듯 한 크기로 중얼거린 제 목소리는 증폭되어 이 전장 전역에 퍼졌습니다.

하늘을 뒤덮은 대지 파편이 그 녀석들 머리 위에 도달했을 때, 보이지 않는 속박에서 풀려난 와이번을 필두로 마족이 비명을 지르며 잇따라 꽁지 빠지게 도망쳤습니다.

"나는 용사, 신의 사자다."

그 직후, 마족들이 도망쳐 아무도 없는 곳부터 차례대로 하늘을 뒤덮었던 대지 파편이 무시무시한 기세로 지상에 쏟아졌습니다. 엄청난 굉음을 내며 물러나는 마족들의 뒷모습을 지켜본 저는 후우, 하고 안도의 한숨을 내쉬었습니다. 방벽 안쪽으로는 마치 낭떠러지처럼 함몰된 땅이, 그 뒤로는 쏟아져 내린 대지 잔해가 보였습니다. 이제 당분간은 전장도 교착 상태가 계속되겠죠.

"좋아, 끝났다! 빨리 돌아가자!"

노동을 회피하기 위한 '봉사활동'을 끝낸 저는 이제 또 한동안은 방에 틀어박혀도 되겠다 싶어 콧노래가 절로 나올 것 같은 기분이었습니다. 정말이지, 제가 이곳에 오자마자 마족이 습격을 시작하다니 운이 좋았네요. 실제 노동 시간 5분

만에 귀환이라니! 아아, 이 얼마나 멋진 화이트 직장이란 말인가!

저는 멍하니 이쪽을 올려다보는 지상의 병사들은 본체만체한 채 하늘을 날아 아까 있던 언덕까지 돌아갔습니다. 그리고 입을 떡하니 벌린 기사님과 장교들의 눈앞에 착지해 자그마한 손으로 경례했습니다.

"마족을, 물리쳤습니다."

"어, 아, 그래……."

"그럼, 실례하겠습니다."

그렇게 말하자마자 저는 제멋대로 올라가는 입꼬리를 있는 힘껏 억누르며 지면을 박찼고, 몇 초 만에 방금 있던 언덕과 요새가 콩알만 하게 보일 정도로 멀리까지 달려 나왔습니다.

"오늘은 점심밥으로 그라탱이 먹고 싶네."

저는 그렇게 중얼거리며 전장을 뒤로 했습니다.

제1장 0세 6개월 신동 세필리아의 출생

──노동이란 곧 죽음이니라.

제가 두 번째 생을 부여받은 곳은 인구 30명 정도 되는 작고 가난한 마을이었습니다.

여기서부터 마차로 3일이 걸리는 거리에 벨리시온 제국 수도인 '제도 베오란트'가 있다……. 그 사실이 안 믿길 만큼 낙후된 촌구석입니다.

심지어 지금은 인간과 마족이 전쟁 중이라 마을 남자들이 대부분 밖으로 나간 탓에, 남은 여자와 노인들이 서로를 도우며 어떻게든 하루하루를 연명해 가는 꼴이었습니다.

"세피, 또 여기에 있었구나?"

익숙한 목소리가 바로 근처에서 들렸다 싶더니, 바닥에 펼쳐 놓은 책 위에 엎드렸던 제 몸이 공중으로 떠오르고 눈 앞에 귀여운 여자아이의 얼굴이 나타났습니다.

이 소녀, 외모는 중학생 같아 보이지만 놀랍게도 올해로 열아홉 살이랍니다. 화려하진 않아도 밝은 금색 중단발이 잘 어울리는 미인이죠. 보석 같은 보라색 눈동자가 정말 아름다워요.

"자, 책은 이제 그만 보자."

그렇게 말하며 소녀──마시아라는 이름의 제 어머니──
는 곤란한 듯이 미소 짓더니 바닥에 펼쳤던 책을 소리 나게
덮었습니다.

저는 아직 말을 못 하기에 불만스럽게 입술을 삐죽이면서
항의했습니다. 그러자 쓴웃음을 지은 어머니는 제 백금색
머리카락을 부드럽게 쓰다듬었습니다.

"이 책은 세피가 더 커서 글을 배우면 읽자, 알았지?"

분명 어머니의 말대로 저는 글자도 못 읽습니다……. 뭐,
이런 가난한 마을에는 어차피 글을 읽는 사람은 없겠지만요.

"이 나이에 벌써 책에 푹 빠지다니, 대체 누굴 닮은 걸까?"

'이 나이'라는 말은 오히려 제가 어머니에게 하고 싶은데
요. 어딜 봐도 중학생 외모라고요……! 그런데 두 아이의
엄마라니, 아무리 그래도 조금 당황스럽습니다. 제 아버지
는 나이 어린 사람을 밝히는 걸까요……?

그래요, 어머니 말대로 책에 큰 관심을 보이는 아인 보기
드물겠죠. 왜냐면 이 세계엔 의무 교육 제도가 없거든요.
그래서 가난한 이는 성인이어도 읽고 쓰기는커녕 셈도 못
하죠.

하지만 저는 다릅니다…….

저에게는 '오이키 치하야'라는 이름으로 '일본'에서 살
았던 기억이 있으니까요.

무슨 인과인지 실수인지 모르겠지만, 저에게는 '전생의 기억'이 있습니다.

당연하게도 이곳과는 쓰는 언어가 다르기 때문에 일본어 능력은 도움이 안 되지만…… 산수, 화학 지식, 역사 속에서 선조들이 걸어온 길, 그리고 회사를 다니며 기른 처세술도 모두 이 머릿속에 들어 있습니다.

주위의 교육 수준이 낮으니 이 전생의 지식을 이용하면 사람들의 주목을 받을 수 있을 거예요…… 아마도.

하지만 방심은 금물입니다.

분명 전 현 시점에서 주위 사람보다 훨씬 풍부한 지식을 가졌습니다. 그러나 위대한 선조는 이런 고마운 명언을 남기셨죠.

『열 살에는 신동이요, 열다섯 살에는 영재이나, 스무 살이 넘으면 그저 평범한 사람이로다.』

미성년에 관한 칭찬에는 항상 '그 나이치고는'이라는 조사가 붙기 마련입니다.

그 나이치고는 머리가 좋다.

그 나이치고는 그림을 잘 그린다.

그 나이치고는 훌륭한 생각이다.

하지만 이런 건 경험을 쌓은 어른이라면 당연히 할 수 있어야 하는 게 대부분이라고요!

그러니 전 장래를 위해 연구와 노력을 아끼지 않을 거예요!

저는 전생에서 제게 주어진, 강제로 떠맡은 일에 짓눌리기만 하는 인생을 살았습니다…….

학생 때는 학급 위원에 실행 위원, 동아리 부장에 학생회까지 반쯤 떠맡듯이 해 왔고, 학원과 공부까지 겹쳐서 놀 시간이 거의 없는 매일을 보냈습니다. 방과 후에 반 친구와 놀아 본 적이 손에 꼽을 정도입니다.

덕분에 친구를 만드는 법도 모르는 채로 대학에 진학해서 당연하게도 외로운 캠퍼스 라이프를 보냈습니다. 네, 물론 연애 따위와는 연이 없었죠.

특히 최악이었던 건, 프로그래머로서 입사한 회사가 사실은 악덕 블랙 기업이었다는 점입니다. 학생 때처럼 주위 사람들이 일을 마구 떠맡길까 봐 사원 수가 적은 회사를 노린 게 오히려 악수였습니다…….

추가 야근으로 막차는커녕 첫차조차 놓치는 일은 다반사. 몇 개월 단위로 집에 못 돌아간 시기에는 아파트 관리자와 전력 회사가 제가 죽은 게 아닌가 의심했을 정도입니다. 업무 외 시간에 휴대폰을 보면 노이로제로 구토가 치밀어 올라 친가에 연락도 못 하는 꼴이 되었죠.

공로를 빼앗기는 걸 전제로 변태 상사가 한 실수를 뒤처리해 주고, 격무를 처리하며 어차피 한 달이 지나면 대부분이 사라지는 후배들에게 틈틈이 일을 가르쳐 주고, 저와 털 끝만큼도 관련이 없는 프로젝트의 거래처에서 별것도 아닌

실수를 고치며 고개를 쉼 없이 조아리고…….

물뿌리개처럼 구멍이 숭숭 뚫린 위에 블랙커피와 비타민 드링크를 끝없이 흘려 넣으며 일하고, 또 일하고, 마지막에는 연속 150시간이나 일을 해 댄 끝에…….

그래요, 저는 제가 죽은 순간을 기억하지는 못하지만──.

아마 저는 '과로사' 한 거겠죠.

그러니 이번에야말로 잘못된 선택은 하지 않겠어요! 이 거지 같은 전생의 기억에 걸고, 절대로!

인생이란 일하면 지는 거다! 이것이 세상의 진리입니다!!

계속 노력하면 언젠가 보답받는다? 그런 건 안 일어나요!

하지만 그렇다고 해서 가난한 생활에 만족하면 삼류…….

일하지 않고서도 호화롭게 살아야 일류이자 최고의 삶이죠! 제도에 제 명의 집을 마련해 보이겠어요!

그러려면…… 우물쭈물해서는 안 됩니다. '신동'이기 때문에 할 수 있는 일은 아주 많거든요.

아무런 특수 능력도 없는 제가 이 세계에서 살아남으려면 '그리하여 평화롭게 세월이 흘러 저는 열 살이 되었습니다' 같은 전개는 절대로 안 된다고요!!

이 세계에서는 남녀 모두 열다섯 살이 되면 성인 취급을 받습니다. 즉 '열다섯 살이 넘으면 평범한 사람'이라는 뜻이죠. 그렇다면 신동은 일곱 살까지, 영재는 열한 살까지입니다. 귀중한 시간을 낭비할 수는 없어요!

　현재 저 '세필리아'는 생후 몇 개월 된 여자아이입니다.

　'신동'으로서 남은 수명은 앞으로 7년입니다.

제2장 0세 7개월 꿈과 가족과 맹세의 묘비

"세피, 진~짜 안 우네. 널 닮아서 둔하다 해야 할지……."

"세피는 똑똑한 거야!"

볼을 부풀리며 화를 내는 사람은 겉보기엔 중학생 같은 어머니 마시아입니다. 금색 앞머리 사이로 엿보이는 짙은 보라색 눈동자를 찌푸리며 옆에 앉은 친구를 매섭게 노려보고 있었습니다.

그런 박력이라고는 눈곱만큼도 느껴지지 않는 시선을 가볍게 무시하는 사람은, 금색과 갈색빛이 도는 곱슬 머리가 어깨 아래로 풍성하게 물결치는 여자였습니다. 이름은 메리안느 씨라고 하는데, 긴 속눈썹과 도톰하고 붉은 입술, 그리고 눈물점이 섹시한 유부녀입니다. 여자인 제가 맡아도 정신이 아찔해질 만큼 센 향수를 뿌리고 다니지만, 나이는 제 어머니와 똑같이 열아홉 살입니다. 이 마을 여자들은 다들 너무 극단적이야!

"똑똑하단 말이지……. 쉬를 하면 스스로 기저귀를 벗고, 배가 고프면 네가 있는 곳까지 기어 오고…… 왠지 너무 똑똑해서 조금 무섭기도 해."

"아니야!!"

발끈해서 눈꼬리를 치켜올린 어머니가 메리안느 씨를 찰싹 때렸습니다. 메리안느 씨의 말에 저는 내심 움찔했지만, 귀여운 미소로 상황을 무마했습니다.

"세피는 '아인 님'의 환생인 게 틀림없어! 바슈할 촌장님도 그렇게 말했는걸! 그러니까 분명 우리가 하는 말도 알아듣고 있을 거야! 말을 하는 것도 시간문제야! 이제 곧 말할 거야! 금방 말할 거야! 지금부터 말할 거라고!!"

"그래 그래, 네 말이 맞아~."

익숙한 듯이 성의 없는 대답을 한 메리안느 씨는 제 볼을 쿡쿡 찌르며 어머니의 말을 흘려보냈습니다. 이러니저러니 해도 메리안느 씨는 어린아이를 좋아하고, 저도 아주 귀여워해 주는 좋은 언니예요.

한편, 필사적인 주장을 무시당한 어머니는 부루퉁해서 메리안느 씨 손에서 저를 재빨리 빼앗아 갔습니다.

"말 예쁘게 안 하면 우리 애 못 만지게 할 거야! 노안이 옮는다고!"

"이건 노안이 아니라 섹시하다고 하는 거야, 이 합법 로리콤아."

저를 사이에 끼고 좌우에서 납작 땅콩과 섹시 다이너마이트가 불꽃을 튀기기 시작했습니다. 이런 게 동갑내기 소꿉친구라니, 서로의 콤플렉스가 한없이 부풀어 오르겠네요……. 뭐, 그래도 사이는 좋아 보이지만요.

이렇게 두 사람의 말을 어렴풋이 알아들을 수 있게 된 건, 바로 어머니가 매일 열심히 제게 말을 걸며 주위 사람들과 물건을 친절히 설명해 주었기 때문입니다. 전생에서는 딱히 외국어를 잘하는 편이 아니었습니다. 그런데 갓난아기 뇌가 유연한 건지 아니면 달리 할 일도 없이 언어 습득에만 온 힘을 쏟아부어서인지…… 알아들을 수 있는 말이 날이 갈수록 늘고 있습니다.

언젠가는 읽고 쓰기도 배우고 싶지만, 이 마을에서 글을 읽고 쓰는 사람은 아마 없을 테니 가능성은 희박하겠죠. 의무 교육이 없으니까요.

"세피는 책에 아주 관심이 많다며? 장래에 학자라도 되려는 걸까?"

"어머, 세피가 학자라고?! 멋져!"

어머니는 눈을 반짝이더니 표정이 칠칠치 못하게 풀어졌습니다. 몇 초 전까지 눈앞의 소꿉친구와 불꽃을 튀겼던 일은 이미 기억 저편으로 사라져 버렸나 봅니다. 예전부터 생각했지만, 어머니도 살짝 팔불출인 것 같아요…….

"세피라면 분명 학자든 마술사든 될 수 있을 거야! 아니, 그 사람의 아이니까 당연히 기사가 되겠지! 아아, 하지만 이렇게 가련하고 요정 같은 아이가 그런 피비린내 나는 세계로 나아가는 건 싫은데…… 아앗?! 이렇게 귀여워서 장래에 수많은 귀족님들이 첫눈에 반하면 어떡하지! 하지만 난 세피가 진심으로 사랑하는 사람과 결혼하길 바라니까,

마을에서 자주 나가지 못하게 해야 하나?!"

아니, '살짝' 아니라 엄청난 팔불출이었잖아?!

그 뒤로도 멈출 기색이 없는 연사 팔불출 토크에, 제가 굳은 표정으로 미소를 지은 채 어떻게 해야 어머니를 말릴 수 있을지 고민하는데……

"메리안느 누나, 휴식 끝났대."

그때, 어린아이의 작은 목소리가 울렸습니다. 뒤를 돌아볼 것도 없이, 귀에 익은 그 목소리의 주인은 우리 집의 또 다른 가족.

벌꿀색처럼 짙은 금발에 깊은 바다색 눈동자를 지닌 어린 남자아이.

제 오빠이자 올해 다섯 살이 되는 모양인 로그나 군입니다.

"로그나~~~!! 어서 와~~~!!"

어머니의 팔불출은 오빠에게도 예외 없이 발동되는 듯, 어머니는 저를 품에 안은 채로 오빠를 끌어당겨 꽉 끌어안았습니다. 수, 숨 막혀……

"우읍…… 엄마, 숨 막혀."

어머니의 볼 비비기를 실컷 맛본 오빠의 말에 어머니는 정신을 차리고 오빠를 풀어주었습니다. 그리고 어머니는 오빠의 뺨에 입맞춤을 하며 말했습니다.

"어서 오렴, 로그나."

"다녀왔습니다……."

얼굴을 돌리고 무뚝뚝하게 대답한 오빠는 날카로운 눈빛

으로 저를 뚫어져라 쳐다보더니, 다시 밖으로 나가 버렸습니다.

으~음…… 오빠는 저를 별로 예뻐하지 않는 것 같습니다. 제가 어머니를 독점해서 싫은 걸까요? 저는 전생에서 외동이었던지라 로망이던 오빠와는 사이좋게 지내고 싶은데 말이죠…….

****

이 세계에 환생한 지 어느덧 반년. 아직 갓난아기라서 어쩔 수 없기는 하지만…… 할 일이 없어요! 너무 한가해!

'신동'의 제한 시간이 6년 반밖에 안 남았는데, 현재 저는 글자를 읽는 연습조차 못 하고 있습니다. 마을에 글자를 읽는 사람이 아무도 없어 보이고, 장래에 학교에 다닐 수 있을지조차 모릅니다. 아니, 아마 무리겠죠…….

돈…… 그래요. 어떻게든 편하게 돈을 벌 방법이 없을까요?

그렇게 건전하고 일반적인 갓난아기로서 편하게 돈을 버는 방법을 고민할 때였습니다.

저는 제 인생을 크게 좌우하는 어떤 정보를 듣게 됐습니다.

"그러고 보니 제도에 마도사님이 돌아오실 예정이라던데."

……마도사님?

저는 아무렇게나 드러누워 있던 몸을 뒹굴 굴려서 어머니와 메리안느 씨 쪽으로 향했습니다.

"어머, 세피. 마도사에 관심 있니?"

재밌다는 듯이 웃은 메리안느 씨가 이불 위에 눕혔던 제 몸을 안아 올렸습니다.

"그래…… 세피는 무척 똑똑한 아이니까, 어쩌면 마법을 쓰게 돼서 언젠가는 마도사가 될지도 모르겠네~."

그렇게 말하며 제 볼을 쿡쿡 찌르는 메리안느 씨를 보며 저는 고개를 갸웃거렸습니다. 어머니도 "세피가 마도사라 니!!" 하고 소리를 지르며 매우 흥분했습니다. 마도사가 된 다는 게 그렇게 대단한 일인 걸까요?

메리안느 씨는 흥분하는 어머니에게 쓴웃음을 지으며 말 했습니다.

"이 마을에서 마도사가 나오면 대단하겠네. 마도사가 되면 황제 폐하로부터 공작위를 받잖아? 뭐…… 지금까지 마도 사로 승격한 마술사님은 세 분밖에 안 계시지만."

"마술사로 충분해! 그것만으로도 남작이 된다잖아!"

"충분하다니, 너…… 마술사도 제국에 서른 명 있을까 말 까 하다는 소문 못 들었어?"

"그, 그렇지만~!! 그래도 세피라면 분명 괜찮을 거야! 이 렇게 똑똑하고 귀여우니까! 그렇지~ 세필리아 남작님?"

"벌써부터 설레발치고 있네……. 정말 한결같은 팔불출 이라니까."

어이없어하는 메리안느 씨 품에 안긴 저는 이때 말로 표 현할 수 없는 고양감이 들었습니다.

마술사는 남작이 된다고?

게다가 마도사는 공작이 된다고?

바로 지금, 제 꿈을 정했습니다!!

"마, 도, 사……."

제가 짧은 혀로 옹알거린 말을 들은 어머니와 메리안느 씨가 눈이 휘둥그레져서 서로를 마주 보았습니다.

"자, 잠깐! 방금, 세피가 '마도사'라고 하지 않았어?!"

"아…… 아……."

"대단해, 이 아이! 아직 태어난 지 얼마 되지도 않았는데 벌써 말을 하다니! 심지어 '마도사'래!"

"…………."

"이거, 진짜로 세피가 마도사가…… 앗, 왜 그래 마시아?! 왜 우는 거야?!"

메리안느 씨 말대로 어머니는 멍한 표정으로 눈물만 뚝뚝 흘렸습니다. 제가 '마도사'라고 말하는 걸 들은 어머니가 팔불출 스위치를 켜서 감격에 겨워하는…… 줄 알았는데, 아무래도 아닌 모양입니다.

"처음으로 한 말이 '엄마'가 아니라니~~~!! 흐어어어어 어엉!!"

"뭐어어어?! 정말이지, 너 진짜 성가시다!"

그 뒤로 메리안느 씨가 필사적으로 위로해 준 덕분에 어머니는 겨우 진정했습니다. 제가 짧은 혀로 '엄마'라고 불러 준 것도 효과가 있었을지 모르겠네요.

하지만 그 후로 한동안 어머니는 마도사 이야기가 나오면 볼을 부풀리며 '흥!' 하고 삐졌습니다.

흐에에…… 어머니, 성가셔요…….

***

마족과의 전쟁에 남자들이 징병된 탓에 마을에는 여자와 어린아이, 노인만이 남았습니다. 이래서는 농업과 축산업이 원활하게 돌아가지 않죠.

이렇게 생활이 곤궁한 우리 마을에 육아 휴가가 있을 리 만무하고…… 밭일 같은 게 아닌 이상 어머니는 아기 띠로 저를 안고서 일합니다. 어머니는 강하다고요.

물론 저는 울면서 어머니 일을 방해하는 짓은 안 하지만 같이 일하는 사람들이 모두 저를 귀여워하는지라 어차피 작업 효율이 떨어질 거예요.

그렇게 일을 하는 둥 마는 둥 끝내고 우리 집으로 돌아오니…… 우리 집 맞은편에 있는 메리안느 씨 집 앞에서 메리안느 씨가 누군가와 말다툼을 하나 봅니다.

강제로 메리안느 씨 멱살을 붙잡은 저 남자는 도대체 뭐 하는 사람일까요? 옷차림이 눈에 띄게 좋아 보이는데요.

"또 왔네, 저 돼지 백작……!"

항상 온화한 어머니답지 않게 매우 분노에 찬 중얼거림이 들려왔습니다. 돼지 백작이라고?

"슬리제니 백작님! 메리안느한테 무슨 용무시죠?"

어머니는 크게 소리를 지르면서 둘 사이에 끼어들어 슬리제니라고 불린 중년 남자를 막아섰습니다. 물론 어머니는 키가 중학생 정도밖에 안 되기 때문에 상대 남자를 겨우 올려다보는 게 고작이지만요.

슬리제니 백작인지 뭔지는 그 뚱뚱하고 뒤룩뒤룩하고 기름진 얼굴을 노골적으로 찌푸리더니, 치열이 엉망인 이 사이로 혀를 찼습니다.

"칫, 또 네놈이냐……. 내 눈앞에 모습을 드러내지 말라고 했을 텐데."

"맞은편에 사는 친구 메리안느와 얼굴을 마주치지 않는 건 불가능하거든요. 백작님이 이렇게 외진 마을에 안 오시는 게 제일 간편하지 않을까요?"

"흥. 이리 가난한 마을, 나의 메리안느가 없었으면 오지도 않았다."

나의 메리안느라니…… 메리안느 씨 남편분은 출병하셨을 텐데요.

과연, 메리안느 씨의 굳은 표정을 보니 어렴풋이 사정을 알 것 같네요.

불쾌한 듯이 눈살을 찌푸린 슬리제니 백작은 그제야 눈치를 챈 듯 저에게로 시선을 돌렸습니다.

"음……? 또 애를 낳았나. 그런데 눈이 마음에 안 드는 군. 용모가 떨어지는 열등종이야."

그렇게 말하며 웃는 백작의 추악한 미소에 등골이 서늘해 졌습니다. 으엑, 소름 끼쳐!

초면인데도 예의를 모르는 말본새에 조금 화가 치밀었습니다. 하지만 전생에서 실컷 매도당한 덕분에 내성을 단단히 키웠다고요. 나보다는 오히려 백작을 노려보는 어머니에게서 발산되는 노기가 더 문제였습니다.

"흥, 뭐냐 그 눈빛은? 네년처럼 궁상맞고, 여자로서 결정적으로 뒤떨어지는 불량품이 낳은 애 아니냐. 이 애도 여자로서 써먹을 수나 있을지 의심스럽군."

뭐라고……?

어머니가 불량품이라니, 무슨 소리야? 뭐라는 거야, 이 지방 덩어리 금발 돼지기름이?

냄새나고 기름진 돼지 주제에 감히 뭐라 지껄이는 거야?

"세, 세피……? 왜 그래?"

정신을 차리고 보니 아까까지만 해도 분노에 불타던 어머니가 걱정스레 제 얼굴을 들여다보고 있었습니다. 딱히 아무 짓도 안 했는데, 왜 어머니가 이렇게 겁먹은 표정을 지은 걸까요?

문득 고개를 드니, 슬리제니 백작이 뒤룩뒤룩한 얼굴을

땀으로 더욱 번들거리게 만들며 뚱뚱하고 짧은 다리를 움직여 한 걸음 뒤로 물러나고 있었습니다.

"그, 그 눈……! 크윽, 그 녀석과 같은……!!"

알 수 없는 말을 중얼거린 백작은 또다시 큰 소리가 나게 혀를 차더니 발걸음을 돌렸습니다.

"너무 우쭐대지 않는 게 좋을 거다…… 지금은 그 애송이도 없으니 말이야!!"

그 말을 마지막으로 백작은 메리안느 씨에게만 '또 오지…….'라는 말을 남기고서 마을 바깥에 세워놓은 마차에 올라탔습니다. 체격이 저러니 마차를 타는 것도 힘들어 보이네요.

백작 마차가 보이지 않게 됐을 때쯤, 어머니는 안심해서인지 아니면 정신적인 피로 때문인지 크게 한숨을 내쉬었습니다.

"당분간은 얌전하겠지만…… 정말 질리지도 않나 봐."

"우리 남편이 전쟁터에 나가 있으니까…… 특히 네 남편도 없으니 앞으로 빈도가 더 늘어날지도 몰라. 민폐 끼쳐서 미안해…… 마시아."

"민폐 때문에 고생하는 건 메리안느지! 나 참, 저 돼지 백작 자식!"

전혀 신경 쓰지 않는 기색으로 백작에게 마구 화를 내는 어머니를 본 메리안느 씨는 어딘가 기뻐 보이는 안도의 미소를 지었습니다.

그리고 저와 시선을 맞추듯이 허리를 숙이더니,

"세피도 멋있었어. 그 돼지를 내쫓아 줘서 고마워."

그렇게 말하고서 제 머리를 부드럽게 쓰다듬어 주었습니다. 뭐야…… 내가 저 사람을 내쫓은 거야?

그 뒤, 저는 집으로 돌아갔습니다. 집 안에서 처음부터 끝까지 상황을 지켜본 모양인 오빠에게서 "너, 당장에라도 죽일 듯한 눈빛으로 저 돼지 자식을 노려보던데."라는 말을 듣고 약간 충격을 받았습니다.

그렇게 무섭게 노려보진 않았거든!

***

마도사님이 제도를 방문한다는 날, 제도 중심부는 상당히 시끌벅적했나 봅니다. 듣자 하니 마도사님은 바쁘게 각지를 돌아다녀야 해서 제도에는 좀처럼 오지 않는다고 해요.

저도 한 번 마도사라는 사람을 눈으로 직접 보고 싶었지만…… 신원도 불분명한 촌 동네 여자아이가 황제 폐하가 계시는 제도에 드나들 수 있을 리가 없겠죠.

"하아……."

겨우 7년밖에 안 되는 '신동으로서의 수명'은 쓸데없이 낭비하고만 있으니, 현시점의 저는 평범한 갓난아기와 전혀 다를 게 없습니다. 언어를 빨리 습득한다고 해도 다음 단계로 나아가지 못하고 계속 제자리걸음만 해서는 의미가 없으니까요.

그 때문에 저는 하루하루를 아주 초조하게 지내고 있었습니다.

그렇다고 해서 갓난아기인 제가 뭘 할 수 있을 리도 없습니다…….

오늘도 제가 할 일이라고 해봤자, 평소처럼 아버지 방에 있는 책을 바라보는 것 정도입니다.

하지만 오늘은 딱 하나, 평소와 다른 일이 일어났습니다.

"또 여기에 있었냐."

갑자기 등 뒤에서 들려온 목소리에 놀라 돌아보자, 그곳에는 벌꿀처럼 짙은 금발을 한 로그나 오빠가 서 있었습니다.

그리고 오빠는 다섯 살답지 않은 염세적인 눈빛으로 저를 노려보더니, 망설임 없이 저에게 성큼성큼 다가왔습니다.

"그거, 아빠의 소중한 책이라고."

오빠는 그렇게 말하며 제가 펼쳐 놓았던 책을 집어 들었습니다.

"앗!"

잠깐, 오빠! 뭐 하는 거야?!

저는 항의의 비명을 지르며 책으로 손을 뻗었지만, 짧은 아기 팔로는 역시나 닿지 않았습니다.

대신 저는 오빠의 바짓자락을 잡아당겼지만, 오빠는 손쉽게 뿌리쳤습니다.

"너, 진짜로 '마도사'가 되려는 거야? 아빠가 있었으면 그런 짓은 절대로 용서하지 않을걸."

"우우~!"

"어차피 엄마한테 이 책에 관해 들었겠지? 아빠 친구가 '마술사'였대."

뭐……? 아버지 친구가 마술사였다고?

어라, 그 책은 아버지 친구 유품인데…….

아버지 친구가 마술사였다는 건…….

이 책, 설마 '마도서'야?!

"오빠! 책, 돌려줘!!"

"우왓! 갑자기 뭐야, 너?!"

저는 갓난아기 연기도 잊고 오빠에게 소리를 질렀습니다.

오빠 이야기가 사실이고 제 생각이 옳다면, 저 책은 틀림없이 마도서일 거에요! 어쩐지 글자도 못 읽는다는 아버지가 굳이 유품으로 책을 남겨두다니, 조금 이상하다고 생각은 했어요!

저 책은 약속이니 운명이니 보정이니 하는 편의주의적인 힘의 축복을 일절 못 받은 제게, 신께서 내린 소박한 출생 선물임이 분명합니다!

무슨 일이 있어도 저 책을 되찾아서 해독하고 말겠어요!! 신이시여, 감사합니다!!

저는 코앞의 희망에 이성을 잃고 아직 완전히 자유롭지

못한 자그마한 양손으로 필사적으로 오빠의 옷을 잡아당겼습니다. 오빠를 질질 끌어 넘어뜨려서라도 책을 빼앗겠다고 제 모든 세포가 외친다고요.

그러나 슬프게도…… 저는 현재 생후 7개월밖에 안 된 갓난아기. 건강한 다섯 살 남자아이를 상대하기에는 너무나도 무력했습니다.

"끈질기기는!"

오빠는 그렇게 말하며 제가 붙잡은 옷을 세게 잡아당겨 제 손을 뿌리쳤습니다.

그러자 아직 머리가 무거워서 균형을 잡기 어려운 젖먹이 아기인 저는 지탱할 곳을 잃고 뒤로 넘어지고 말았습니다. 게다가 하필이면 뒤에 있었던 책상 다리에 등을 부딪치면서 머리도 콩 박았습니다.

"아……."

오빠의 중얼거림이 아득히 들려오는 것을 느끼며 저는 바닥에 누웠습니다. 그리고 빙글빙글 도는 머릿속을 진정시키듯이 부딪친 머리를 양손으로 끌어안았습니다.

아파…….

아파아파아파아파아파아파아파아파아파아파!!

머리가 깨질 듯이 아파! 죽을 만큼 아파! 피가 나올 것처럼 아파!!

대체 왜?! 오빠는왜이런짓을하는거야책정도는읽어도되잖아대체왜그러는건데아파아파아파아프다고!!

저는 부딪힌 머리를 감싼 채로 바닥을 기어 다니며 입술을 깨물고 아픔을 견딜 수밖에 없었습니다.

"윽…… 네, 네가 잘못한 거야! 그러게 왜 마도사 따위가 되려고 해서……."

그런 목소리가 머리 위에서 들려오나 싶더니, 뒤이어 빠르게 달려 나가는 발소리가 들려왔습니다.

오빠가 방에서 뛰쳐나가자마자 이상을 감지한 어머니가 달려온 모양이었습니다. 저는 아픔과 여러 감정이 엉망진창으로 뒤섞여 패닉 상태에 빠져서 한참을 어머니 품에 매달려 있었습니다.

오빠가 마을에서 사라졌다는 사실을 알게된 건 그로부터 30분 정도가 지났을 때였습니다.

***

"로그나! 어디 있니, 로그나?!"

반쯤 정신이 나간 어머니가 오빠를 부르는 목소리가 온 마을에 울려 퍼졌습니다.

현재, 온 마을 사람들이 총출동해서 갑자기 사라진 오빠를 찾는 중이지만…… 수색을 시작한 지 30분이 넘게 지났는데도 이렇다 할 성과가 없는 듯했습니다.

어머니는 제 패닉이 진정될 때까지 꼭 붙어 주었습니다. 그 때문에 오빠가 집을 뛰쳐나갔다는 사실을 뒤늦게 깨달았고, 하필이면 점심 식사 시간이라 바깥에 사람이 없었다는 안 좋은 타이밍까지 겹쳤습니다.

어쩌면 오빠가 집을 나간 지 한 시간쯤 지났을지도 모릅니다. 다섯 살 아이가 가출한 지 한 시간이나 지났다니……. 심지어 여기는 일본과는 다르게 결코 치안이 좋다고 할 수 없는 곳이라고요.

저는 혹을 가라앉히려고 젖은 천을 머리에 두른 채로 집 밖을 분주하게 뛰어다니는 어른들을 멍하니 바라보았습니다.

"여기에도 없어! 북쪽에서는 찾아봤나?!"

"베람 씨가 찾는 중인데, 안 보인대!"

"마을 밖으로 나간 건 아니겠지?!"

"설마! 이 근처에 요즘 도적이 나온단 소문도 도는데……."

마을 사람들은 초조해진 나머지 점점 더 부정적인 방향으로 가정하기 시작했습니다. 그리고 그런 최악의 가정을 들은 어머니는 더욱더 얼굴이 새파랗게 질리더니 그만 주저앉아 울고 말았습니다.

저는 복받쳐 오르는 후회로 가슴이 짓눌릴 듯한 기분을 느끼며 아픈 머리를 끌어안았습니다.

제가 아버지의 소중한 책을 함부로 꺼내지 않았다면 이런 일은 벌어지지 않았겠죠……. 게다가 다섯 살짜리 애가 한 짓에 욱하다니, 유치하기 짝이 없어요.

그렇게 후회로 괴로워하는 와중에도 제 머릿속에는 아까 들었던 오빠의 말이 되풀이됐습니다.

'윽…… 네, 네가 잘못한 거야! 그러게 왜 마도사 따위가 되려고 해서…….'

왜 오빠는 제가 마도사가 되는 걸 싫어하는 걸까요? 여동생이 출세하는 게 마음에 안 들어서? 그냥 장난으로 말해본 건가? 정말…… 겨우 그런 이유일까?

'너, 진짜로 마도사가 되려는 거야? 아빠가 있었으면 그런 짓은 절대로 용서하지 않을걸.'

왜 아버지는 내가 마도사가 되면 용서하지 않는다는 걸까요……? 어머니는 그렇게 호들갑을 떨었는데. 혹시 마도사가 되려면 뭔가 리스크라도 있나……?

그렇다면 오빠가 저한테 그랬던 이유는…….

저는 왠지 돌이킬 수 없는 짓을 저지른 듯한 기분이 들어 더욱 크게 날뛰기 시작하는 가슴을 손으로 꾹 눌렀습니다.

마도서가 어떻다느니, 내 정체가 들킬지도 모른다느니 하는 말을 할 때가 아니야!

"엄마!!"

다음 순간, 저는 반쯤 열린 현관문을 밀어젖히고서 있는 힘껏 외쳤습니다.

제 목소리에 메리안느 씨 품에 안겨 울던 어머니가 고개를 휙 들었습니다. 당연히 어머니 주위에서 머리를 끌어안고 있던 노인들과 아주머니들도 무슨 일인가 싶어서 이쪽을 주목했습니다.

지금까지 제가 속여 왔던 마을 사람들의 시선을 받고 저는 엄청난 죄책감에 휩싸였습니다. 사람들이 제 정체를 어떻게 생각할까 상상하면 도망치고 싶은 마음도 들었습니다.

하지만 그런 미안함과 공포를 억지로 억누르며 저는 계속 외쳤습니다.

"오빠는 항상 어디서 놀았어?!"

지금까지 '엄마' 같은 간단한 말밖에 못했던 갓난아기가 갑자기 말이 되는 문장을 말하는 건 누가 봐도 이상한 일입니다. 하지만 오빠 일로 패닉 상태였던 어머니는 그 점을 추궁하지도 않고 제 질문에 대답했습니다.

"이미 차, 찾아봤어…… 그런데 못 찾았어."

"그럼, 오빠랑 사이가 좋은 친구네 집은?!"

"어…… 친구네 집?"

"오빠가 '부탁이니까 숨겨달라'라고 하면, 어린애는 입 다물고 있을지도 몰라!"

"……!"

제 말에 주위에 있던 어른들은 신속하게 대응했습니다.

"한 번 더 모든 집을 빠짐없이 찾아보자!"

분주하게 발소리를 울리며 마을 사람들이 일제히 이곳저곳으로 흩어졌습니다.

그 자리에 남은 건 땅 위에 주저앉은 어머니와 그 옆에 붙어있는 메리안느 씨뿐이었습니다.

눈을 동그랗게 뜨고 멍하니 있는 두 사람에게 저는 계속 해서 질문했습니다.

"혹시 이 주변에 아빠와의 추억이 있는 장소가 있어?!"

"……!!"

이 질문에 아무래도 어머니는 짚이는 데가 있었던 모양입니다. 눈에 띄게 움찔하며 반응하는 걸 보면요.

비틀거리며 일어선 어머니를 본 저는 "엄마!"라고 외치며 달려가려고 했지만…… 바로 넘어지고 말았습니다. 그러자 어머니는 황급히 달려와 그대로 저를 안아 올렸습니다.

"세피, 괜찮니?! 엄마는 이제부터 마을 밖으로 찾으러 갈 테니까 너는 여기에 있으렴!"

"나도 갈래! 엄마, 부탁이야!"

"알겠어……. 꼭 잡고 있어야 한다."

말다툼할 시간도 아깝다고 판단했는지, 아니면 두고 가는 게 더 위험하다고 판단했는지는 모르지만…… 어찌 됐든 어머니는 제 부탁을 흔쾌히 들어주었습니다.

아까와 달리 어머니의 눈동자에는 강한 힘이 깃들었습니다.

문득 돌아보니, 방금까지 어머니에게 꼭 붙어 있던 메리안느 씨가 맞은편에 있는 자택에서 구리로 된 검을 들고 오고 있었습니다.

"마을 밖에는 도적이 있을지도 모르잖아. 별거 아닌 검이지만 없는 것보다는 낫겠지?"

"메리안느…… 고마워."

만약 정말로 도적과 마주친다면 구리 검 따위로 물리칠 수 있을 리가 없습니다. 그런 건 메리안느 씨도 잘 알고 있겠죠. 즉, 이건 '위험한 곳에 가겠다면 나도 같이 가겠다'는 의지를 보여 준 거예요.

어머니 친구가 메리안느 씨라서 저는 무척 자랑스럽습니다.

"가자!"

어머니의 힘찬 말과 함께 두 사람은 달려 나갔습니다.

저는 어머니의 품에 안겨 저희가 가고 있는 방향을 노려보았습니다.

부탁이야, 무사해 줘…… 오빠!

그곳에는 마을 밖으로 한 발짝도 나가 본 적이 없는 저에게 충격적인 풍경이 펼쳐졌습니다.

마을 바로 옆에 있는 숲을 빠져나가 어느 정도 걸었더니, 갑자기 지면이 사라졌습니다. 이곳은 우뚝 선 단층 절벽 정상이고, 아득히 먼 곳까지 펼쳐진 지상이 내려다보입니다. 지금까지 전혀 몰랐는데, 아무래도 우리 마을은 제법 해발 고도가 높은 곳에 자리한 모양입니다. 산 중턱일까요?

절벽 아래 보이는 풍경을 내려다보니, 오른쪽에는 울창하게 우거진 숲이, 왼쪽에는 끝없이 이어지는 듯한 초원이 있습니다. 그 너머로는 험준한 산이 우뚝 솟아 있고, 지평선 근처에는 바다 같은 것도 보였습니다.

그리고 그 풍경을 가만히 바라보듯이 오빠는 홀로 서 있었습니다. 오빠 발밑에는 30cm 정도 되는 작은 돌기둥이 꽂혀 있었습니다.

여기로 오는 도중에 어머니가, 이곳은 '맹세의 묘비'라는 곳이라고 가르쳐 주었습니다.

"로그나."

어머니가 부드럽게 말을 걸자, 어깨를 살짝 움찔한 오빠가 머뭇거리며 뒤를 돌아보았습니다. 그 표정에는 외로움과 미안함, 그리고 약간의 안도가 뒤섞인 듯 보였습니다.

눈가가 조금 부어오른 오빠는 아버지의 책을 품에 꼭 안고 있었습니다.

"걱정했잖니, 로그나. 온 마을 사람이 계속 찾아다녔단다."

어머니가 그렇게 말하며 천천히 앞으로 나아가, 저를 품에 안은 채로 오빠를 살며시 껴안았습니다. 코앞에서 오빠의 눈가에 눈물이 맺히는 것을 본 저는 마음이 무척 괴로워졌습니다.

"오빠…… 미안해."

오빠의 옷을 꼭 쥐며 제가 사과하자 오빠는 약간 놀랐는지 눈을 크게 떴습니다.

"아니…… 잘못한 건 나야. 미안해…… 세피."

그리고 젖은 천이 감긴 제 머리를 부드럽게 쓰다듬어 주었습니다.

그런 다음, 오빠가 소중히 끌어안고 있던 책을 저에게 살며시 내밀었습니다.

"오빠……?"

"마도사는 여자도 전쟁에 나가야 해. 알아?"

오빠가 던진 당돌한 질문에 저는 약간 당황하면서도 고민했습니다.

지금은 인간과 마족이 전면 전쟁을 벌인다고 합니다. 그렇다면 당연히 마법을 쓸 수 있는 마술사와 마도사는 강대한 전력이 됩니다. 가난한 우리 마을 농민들까지 징병하면서 사람을 긁어모을 정도니, 제국이 그런 인재에게 눈독을 들이는 건 당연합니다. 마술사나 마도사가 되면 필연적으로 전쟁에 끌려간다는 게 오빠가 하고 싶은 말이겠죠.

"게다가 아무리 어리다고 해도 마술사는 싸워야 해. 어른이 될 때까지 기다려 주지 않는단 말이야."

징병하는 건 열다섯 살이 넘은 성인 남자뿐입니다. 하지만 신체 성장 여부가 딱히 상관없는 마술사는 미성년자라도 징병하는 모양입니다.

오빠는 옛 기억을 떠올리는 듯한 아득한 눈빛으로 이야기하기 시작했습니다.

"아빠가 전에 잠깐 돌아왔을 때 말했어. 우리가 어른이 되기 전에 전쟁을 끝낼 거라고."

어머니가 제 바로 옆에서 숨을 삼키는 소리가 들렸습니다. 아무래도 이건 어머니도 모르는, 아버지와 오빠만의 이야기인가 봅니다.

"그러니까 아빠한테 아빠가 돌아올 때까지 가족을 지켜 달라는 말을 들어서…… 나, 약속했어."

저희가 어른이 되기 전, 이라는 소리는 앞으로 10년 이내로 전쟁을 끝내겠다는 걸까요? 전쟁이란 몇 년 만에 끝나기도 하지만 몇십 년 동안 이어지기도 합니다. 10년이라는 시기가 긴지 짧은지는 딱 잘라 말하기 어렵네요.

하지만 어린 자식이 있는 부모 입장에서는 자기 아이를 사지로 보내는 일은 어떻게든 피하고 싶겠죠. 그래서 그 각오를 오빠에게 밝힌 게 아닐까요.

저는 아버지 얼굴을 본 적이 없지만…… 제 아버지가 매우 훌륭한 사람인 것 같아서 무척 기뻤습니다.

그와 동시에 항상 무뚝뚝했던 오빠가 그런 생각을 해 주었다는 사실을 알고 마음이 따뜻해졌습니다.

만약 제가 전쟁이 끝나기 전에 마술사가 되면 억지로 전쟁에 나갈지도 모릅니다. 그래서 오빠는 그런 일이 벌어지는 걸 막으려고 저에게서 아버지의 책을 빼앗았나 봅니다.

오빠의 고백을 들은 어머니는 오빠를 껴안은 팔에 더욱 힘을 줬습니다.

"아빠랑 그런 약속을 했구나…… 고마워, 로그나."

"응……."

"하지만 이제 혼자서 고민하지 말렴. 가족이니까…… 앞으로는 다 같이 서로를 지탱해 주자. 알겠지?"

애정 어린 어머니의 음색에 오빠는 말없이 조용히 끄덕였습니다.

그리고 오빠는 제 등에 팔을 두르고 저를 끌어안았습니다.

"만약 마술사나 마도사가 된다고 해도…… 내가 지켜줄게, 세피."

"고마워…… 오빠."

이 자리에서는 분위기를 읽고 그렇게 대답했지만…… 미안해, 오빠.

어머니도 오빠도, 그리고 아버지도, 마을 사람들도.

모두 내가 지켜 보이겠어.

제3장 0세 8개월 용사와 마도서와 프로그램

　나중에 들은 바에 의하면, 이날 오빠가 있었던 곳은 우리 가족에게는 추억 어린 장소라고 합니다.

　옛날에 아버지가 이 마도서를 줬다는 친구와 만난 곳도 이곳. 아버지가 어머니에게 프러포즈를 한 곳도 이곳. 오빠가 태어난 후에도 아버지와 어머니는 이 장소를 몇 번이고 방문했고, 오빠가 아버지와 약속을 나눈 곳도 이곳이었다고 합니다.

　그래서 오빠가 집을 뛰쳐나갔을 때 자연스럽게 이곳으로 발길이 향했고, 어머니도 오빠가 이곳에 있을지 모른다고 생각했나 봅니다.

　나무 밑에서 기다려 준 메리안느 씨와 함께 저희가 마을로 돌아가니, 마을 사람들은 무사히 돌아온 저희를 보고 안심해서 가슴을 쓸어내렸습니다.

　이 주변에 도적이 나온다는 위험한 소문이 있었지만, 다행히도 그런 놈들과 마주치지는 않았습니다.

　하지만 그대로 계속 오빠를 발견하지 못했다면 어떤 사태가 벌어졌을지 모릅니다. 그러니 제가 큰 리스크를 감수하면서까지 움직인 건 무의미한 행동이 아니었다고 생각하고 싶네요.

그래요…… . '리스크'.

어머니와 오빠, 메리안느 씨와 마을 사람들은 모두 무사히 돌아왔으니 다행이라고 기뻐하면 끝날 문제겠죠. 그러나 저에게는 오히려 이제부터가 진정한 수라장입니다.

아니나 다를까 마을 사람들이 저희가 무사하다는 사실에 안도하는 것도 잠시, 서서히 침착해지면서 자연스레 사람들이 저에게 시선을 집중하는 것이 느껴졌습니다.

저는 현재 생후 7개월입니다.

말을 하기는커녕 제대로 된 의사소통조차 하기 힘든 갓난아기입니다. 사실 어제까지 저는 남들 앞에서 두 음절 이상을 말해 본 적이 없었습니다.

그런 제가 오빠의 실종이라는 상황을 정확히 이해 및 파악했고, 심지어 그 대응책도 마련해 모두에게 전달하기까지 했습니다. 이런 건 아무리 생각해도 이상하다고밖에 표현할 수 없겠죠.

실제로 그 후로부터 저는 마을 사람들의 기이한 시선과 숙덕거림의 대상이 되었습니다.

지금까지는 아슬아슬하게 '갓난아기치고는 꽤나 행동거지가 바르고 조숙한 아이' 정도 인식에 머물렀는데, 이번 사건을 통해 결정적으로 '이상하다'는 낙인이 찍히고 말았습니다.

아직 눈에 띄게 차별하는 취급을 받은 적은 없지만, 앞으로 그런 일이 벌어질 때를 위해 대책을 준비해야 합니다.

최악의 경우에는, 이상한 건 저뿐이니 마도서만 가지고 행방을 감추면 어머니와 오빠만이라도 지킬 수 있을지 모릅니다.

그런 식으로 저는 만일의 사태가 일어났을 때 홀로 살아갈 각오를 남몰래 세우고 있었습니다만…….

"오오, 세필리아 님…… 감사합니다, 감사합니다……!"

저는 현재, 어째선지 마을 할아버지와 할머니들에게 절을 받고 있습니다.

어쩌다 이렇게 됐지…….

모든 것은 '오빠 실종 사건'으로부터 며칠이 지난 어느 날로부터 시작되었습니다.

그 사건 이후, 그때까지 빈번하게 우리 집에 드나들던 마을 사람들의 발길이 뚝 끊기고 말았습니다.

그리고 이따금 느껴지는 기분 나쁜 시선과 숙덕거리는 목소리로부터 도망치듯이 저는 점점 더 책 해독에만 열중하게 되었습니다.

이제 오빠는 제가 아버지 책을 꺼내도 나무라지 않습니다. 오히려 마을 사람들 손길이 줄어든 만큼 저를 귀여워해 주었습니다. 오빠, 사랑해!

그런 하루하루가 계속되던 어느 날이었습니다.

촌장인 바슈할 할아버지가 마을 노인들을 이끌고 찾아왔습니다.

그 후 천천히 저에게 절을 하기 시작한 그 사람들 입에서 나온 이야기가…….

"아인 성교(聖敎)?"

"예. '아인 성교'…… 다르게는 '용사 신앙'이라고도 불리지요."

신묘한 얼굴의 촌장님이 터무니없는 단어를 꺼냈습니다. 용사라니, 마왕을 무찌르거나 세상을 구하는 영웅 같은 그거 말씀이신가요?

"먼 옛날, 어느 작고 가난한 마을에 태어난 '아인'이라는 이름의 소녀는 태어날 때부터 높은 지성과 교양을 지녔고, 마법을 썼다고 합니다."

그 뒤로 촌장님이 설명해 준 용사 신앙의 스토리를 간결하게 요약하면 다음과 같습니다.

인간을 만들어낸 여신과 마족을 만들어낸 사신. 수백 년, 혹은 수천 년 전에 일어난 인간과 마족 간 전쟁은 그 두 신의 대리 전쟁이라고도 불렸습니다.

오랫동안 이어진 먼 옛날 전쟁에서는 서서히 마족들이 우세해졌다고 합니다. 그에 따라 나라는 점차 멸망을 향해 갔는데, 그때 영지에서 쫓겨난 인간들 사이에서 훗날 용사가 되는 '아인 님'이 태어났습니다.

아인 님은 당시에 인류 최초로 『마법』을 사용한 인간이라 처음에는 기분 나쁘게 여겨지며 박해받았다고 합니다. 그러나 아인 님은 그런 박해에도 굴하지 않고 계속해서 사람들을 구하며 각지에서 승리를 이뤄냈고, 마침내 마족들을 대륙 끄트머리로 몰아냈습니다.

네……. 그건 잘된 일이긴 한데요.

"그런데, 왜 내가, 절을 받는 거야?"

"그건 물론 세필리아 님이 용사 아인 님의 환생이 틀림없기 때문이지요……!!"

아니아니, 틀렸거든요! 환생하긴 했는데, 전생에선 용사가 아니라 보잘것없는 프로그래머였다고요!

저는 그런 식으로 단호하게 부정하고 싶었지만, 말이 목구멍까지 올라왔을 때 생각이 바뀌었습니다.

혹시…… 이건 기회가 아닐까?

일단은 제가 용사일지도 모른다는 걸로 해 두면 지금 당장 글자를 읽고 쓰는 공부를 할 수 있게 준비해 주지 않을까요? 그러면 마도서도 읽을 수 있게 될 테고, 처음에는 거짓말이었지만 결국에는 진실이 될 수도 있잖아요.

이 세계의 마법이 어떤 건지는 잘 모르지만, 판타지처럼 초월적인 힘을 쓴다고 가정하면 돈을 벌 방법은 얼마든지 있습니다. 심지어 마법 숙련도에 따라서는 남작이나 공작 지위도 받는다죠. 즉, 장래에 꽃길이 펼쳐진다는 말씀!

"응, 나는———."

'나는 사실 용사야⋯⋯.'라고 말하려던 저는 바로 옆에서 걱정스럽게 저를 바라보는 오빠의 시선을 눈치채고 말문이 막혔습니다.

오빠는 제가 마술사가 되는 걸 반대했습니다. 마법을 쓸 수 있게 되면 군에 입대해야 할 의무가 생기고, 위험한 전장의 최전선으로 보내지기 때문입니다.

아니, 애초에 용사를 사칭하는 것부터가 범죄 아닐까요? 아인 성교가 이 나라에서는 최대 종파인 모양이니, 용사라고 선전하는 건 다르게 말하면 제가 신이라고 떠들고 다니며 신자들을 속이는 거나 마찬가지입니다. 그런 짓을 벌였다가 들키면 대참사가 날 거라고요!

마을 노인들이 멋대로 들뜬 건 재밌는 광경이라고 웃고 넘길 수 있지만, 제가 나서서 용사라고 자칭하는 건 선을 넘는 짓입니다. 전 세계에 이름난 사기꾼이 될 각오라도 하지 않는 한 손대지 않는 편이 좋겠죠⋯⋯.

눈앞의 이익에 사로잡혀 제 인생을 좌우할 아주 중요한 선택을 그르칠 뻔했습니다.

"다들⋯⋯ 용사님이니 뭐니, 갑자기 그런 말 해도, 무서운걸⋯⋯."

저는 글썽거리는 눈빛으로 위를 올려다보며 오빠에게 매달렸습니다.

그러자 오빠는 알기 쉽게 분노로 타올랐습니다.

"이상한 말로 세피를 겁주지 마! 용사인지 뭔지는 모르지만, 세피 보고 전쟁에 나가라는 거야?!"

"로, 로그나 군, 우리는 그런 의도로 말한 게⋯⋯."

"돌아가! 두 번 다시 이상한 말 하지 마! 아빠한테 이를 거야!"

오빠가 제 발밑에 납작 엎드린 바슈할 촌장님을 퍽퍽 때리며 집에서 내쫓았습니다. 오빠는 함께 모인 노인들을 위협하며 쫓아내고는 저를 안타깝게 바라보며 꼭 안아 주었습니다.

"세피한테는 절대로 위험한 일을 안 시킬 거야. 내가 지켜 줄게."

아, 안 되는데⋯⋯ 하지만 오빠를 부양하기 위해서라면 조금은 일해도 괜찮을지도⋯⋯.

어쨌든⋯⋯ 다루기 쉬운 오빠가 나쁜 여자에게 넘어가지 않도록 눈에 불을 켜고 있어야겠어요.

그런 실례되는 각오와 함께, 저는 오빠를 걱정시키지 않기 위해 진지하게 마술사를 목표로 하는 건 최후의 수단으로 생각하자고 결심했습니다.

그러나── 그로부터 얼마 지나지 않아 저는, 이 정도면 세계가 '용사'가 되라고 강요하는 게 아닐까 하는 생각이 들 만한 경험을 하게 됩니다.

***

"아아아아아아?!"

제가 무심코 소리를 지르자 어머니와 오빠가 우당탕하는 소란스러운 발소리를 울리며 달려왔습니다.

"무슨 일이니, 세피?!"

"또 벌레라도 나왔어?"

저번에 방에 들어왔던 거미 때문에 제가 한바탕 소란을 피운 일을 아직도 기억하는지 오빠는 약간 냉랭한 눈빛이 었습니다. 어쩔 수 없잖아, 벌레는 싫다고요! 프로그래머에 게 벌레(Bug)는 천적이라고요!

뭐…… 그건 제쳐두고.

오늘도 저는 여느 때처럼 아버지의 마도서를 멋대로 꺼내와 어제 어머니가 선물해 준 '숯덩어리'와 '바싹 마른 가죽'으로 글자를 베껴 쓰고 있습니다.

읽고 쓰기는 지금 당장 못 배워도, 최소한 이 세계 언어의 총 글자 수나 대략적인 문형만이라도 파악해 두고 싶었기 때문입니다.

그런 의도로 글자를 베껴 쓰다가 저는 이상한 점을 깨달 았습니다. 바로, 이 책에는 두 종류의 언어가 혼재되어 있 다는 사실이었습니다.

글자와 문형이 전혀 다른 두 가지 언어는 마치 한쪽 언어가 다른 한쪽 언어를 해설하는 것처럼 보였습니다. 그리고 이게 정말 마도서가 맞다면, 해설된 문장이 곧 마법 주문일 터! 그렇게 생각해서 주문 쪽에만 전념해 베껴 쓴 결과…….

Эпч жЭпи_ЛГдц€б Шю◉ЭиШ Ж Гд
пи_а Эпч жЭпиЪ жЭпи фжЭпи − σ ₀₀₀
Ъ б€чйбп жЭпиЪ Ж

"이…… 읽을 수 있어……!!"

제 중얼거림에 어머니와 오빠가 숨을 삼켰습니다.

"이, 읽을 수 있다니…… 세피, 글자를 읽게 된 거니?!"

그렇게 말하며 놀란 기색을 감추지 못하는 어머니와, 할 말을 잃은 오빠.

그러나 저는 전생의 지식을 총동원해서 고속으로 사고를 회전시키느라 바빠 두 사람에게 신경 쓸 여유가 없었습니다.

전생의 지옥에서 보냈던 수년의 시간이, 그리고 그 지옥에서 일본어보다도 훨씬 많이 보았던 프로그래밍 언어가 반짝이는 별처럼 뇌리에 떠올랐다가 가라앉았습니다.

저는 숯덩어리를 꼭 쥐고서 침실의 낡은 흙벽에 글자를 마구 써 내리기 시작했습니다.

"'Эпч'가 반환값이라면 'жЭпи_ЛГдц€б'는 함수명…… 'Шю◉ЭиШ'는 인수고…… 'Эпч'는 변수 데이터형의 선언자일 테니까 'Гдпи_а'는 수식자려나…… 'жЭпи'는 변수명이니까…… 'Ъ'는 마침표 기호……!!"

아무렇게나 휘갈긴 탓에 숯덩어리가 부서지는 것도 개의치 않고, 저는 흥분을 억누르지 못한 채 계속해서 벽에 글자를 휘갈겼습니다.

"그러면 여기는 계산식인가……! 그럼 'ф'가 대입 연산자고 '–'가 산술 연산자! 'σ ₀₀₀'은 연산에 필요한 수치고, 마지막으로 변환 명령 'б€чйбп'으로 값을 변환시키는 거구나!!"

```
Эпч жЭпи_ЛГдц€б Ⅲю◉ЭиⅢ
Ж
Гдпи_аЭпч жЭпиЪ
жЭпи фжЭпи – σ ₀₀₀Ъ
б€чйбп жЭпиЪ
Ж
```

한 행으로 이어져서 읽기 힘들었던 걸 행을 나눠서 이해하기 쉽게 고쳐 써 보았습니다. 이렇게 보니 완전히 프로그래밍 언어 그 자체네요!

동서고금을 막론하고 칼과 총이 최종적으로는 모두 비슷한 형태에 도달했듯이, 명령 언어도 개선을 거듭하는 동안 같은 종착지에 도달한 걸까요? 살짝 소름 돋네요.

그러나 마법 주문만 어렴풋이 읽을 수 있을 뿐, 아쉽게도 구체적으로 뭘 어떻게 해야 마법이 발동되는지는 전혀 모르겠습니다. 그거야말로 마도서 어딘가에 써 있을 수도 있겠지만…… 오히려 주문밖에 못 읽는 저로서는 그런 설명이 어딘가에 있다고 해도 알 방법이 없습니다. 이건 그냥 두 손 들어야겠네요.

뭐, 어쨌든 이렇게 마법 주문을 어느 정도 해독하게 된 것만으로도 큰 수확입니다. 이 속도라면 앞으로 3일이면 주문 문법은 완전히 이해할 것 같아요. 여차하면 오리지널 주문도 쓸 수 있을걸요.

적극적으로 마술사가 될 의향은 아직 없지만, 자력으로 마법을 습득하면 누구에게도 들키지 않을 테니 군 입대 의무는 있으나 마나죠.

그런 생각을 하며 문득 뒤를 돌아본 저는, 멍하니 굳어 있는 어머니하고 오빠와 눈이 마주쳤습니다.

두 사람 다 왜 이럴까요……? 마치 우주인이라도 본 듯한 표정이네요.

막간 로그나의 맹세

 다섯 살을 눈앞에 둔 어느 날, 나는 '오빠'가 되었다.

 그 녀석이 태어나기 전까지는 조금씩 커지는 엄마의 배를 왠지 신기한 기분으로 바라보았던 것 같다.

 한번은 엄마가 기쁜 표정으로 "만져 볼래?"라고 말하길래 엄마의 배를 쓰다듬어 본 적이 있다. 마침 그때 뱃속에서 누군가가 걷어차는 듯한 흔들림이 느껴졌고, 엄마는 "어머. 애도 빨리 오빠를 보고 싶은가 봐."라고 말하며 더욱 환하게 웃었다. 나는 왠지 갑자기 부끄러워져서 밖으로 놀러 나가 버렸지만, 사실은 무척 기뻤다.

 나는 이때 처음으로 내가 '오빠'가 된다는 것을 확실히 자각했다.

 엄마의 배가 제법 커질 때까지, 아빠는 한 달에 한 번 정도는 집에 돌아왔다. 전장과 우리 마을을 왔다 갔다 하는 건 힘들어 보였지만, 아빠는 항상 행복한 표정으로 엄마의 배를 쓰다듬은 뒤 나를 부드럽게 안아 주었다. 메리안느 누나가 말하길 아빠도 '팔불출'이라는데, 엄마처럼 폭주하지도 않고 서글서글하고 다정해서 좋다. 아니, 물론 엄마도 똑같이 좋아하지만.

그런 아빠가 마지막으로 집에 돌아왔을 때, 나를 마을에서 조금 떨어진 절벽으로 데려가 주었다. 이곳은 위험하니까 혼자서 오면 안 된다고 했지만, 아주 멀리까지 세상을 둘러볼 수 있어서 가끔 외로워질 때마다 몰래 몇 번인가 왔었다. 절벽 끝에는 어린아이 팔만 한 크기의 돌이 꽂혀 있었고, 거기엔 조그맣게 무어라 글자가 쓰여 있었다. 아빠한테 뭐라고 쓰여 있냐고 물어봤었지만, 아빠는 작게 미소 지을 뿐 알려 주지 않았다.

이 절벽은 아빠가 '맹세의 묘비'라고 부르는 곳이다. 여기서 맹세한 일은 목숨을 걸고 반드시 이뤄내야 한다고 했다.

그걸 알려 준 아빠는 전장에서 동료들의 대장이 되었다면서, 한동안 마을에 돌아오지 못한다고 말했다. 그리고 나에게 '아들'이 아니라 '남자'로서 부탁이 있다고 말한 뒤, "내 소중한 가족을 지켜다오."라며 고개를 숙였다.

아빠의 눈빛이 매우 진지했고, 또 그곳이 '맹세의 묘비'였기 때문에 나는 살짝 무서워졌지만…… 이제 곧 태어날 동생을 떠올리니 나도 모르게 "응." 하고 고개를 끄덕였다.

이곳에서 맹세를 한 사람은 아빠와 엄마를 포함해서 내가 '네 명째'라고 한다.

그리고 머지않아 태어난 여동생—— 세피는, 이상한 녀석이었다.

다른 집에서 태어난 아기를 봤을 때는 다 울기만 하던 데…… 세피는 전혀 울지 않는다. 말을 하는 사람이 근처에 있으면 그 사람을 가만히 쳐다보고, 눈이 마주치면 매우 환하게 웃는다. 세피는 오빠인 내가 봐도 꽤 귀엽다. 얼굴은 물론이고 하는 짓도 하나하나 귀엽다. 그래서 모두 세피가 웃는 걸 보려고 말도 자주 걸고 예뻐해 준다. 아니…… 어쩌면 세피가 사람들을 예뻐해 주는 걸지도 모른다.

아기는 시도 때도 없이 잔다는 이미지가 있지만, 세피는 잠을 많이 자지 않는다. 정확히는, 거의 안 잔다. 알고 보면 나보다 훨씬 덜 잘지도 모른다.

세피는 눈을 감고서 가만히 누워 있을 때가 있다. 모두 그 모습을 보고 세피가 자는 중이라고 생각하는 것 같지만…… 사실은 아니다. 이건 나랑 엄마밖에 모르는 건데, 세피는 자는 척을 한다.

세피는 진짜로 잘 때면 대부분 괴로운 듯이 끙끙댄다. 그럴 때마다 세피는 들어본 적 없는, 마치 다른 나라 말 같은 잠꼬대를 중얼거리며 계속 가위에 눌린다. 가슴 주위를 쥐어뜯거나 격하게 몸부림을 치면서 식은땀을 흠뻑 흘리며 괴로워하다가…… 잠시 후 조용해졌나 싶으면, 해가 떠서 우리가 일어날 때까지 계속 창문 밖으로 보이는 하늘을 멍하니 바라보고 있다. 그리고 우리가 일어나면 진심으로 환하게 웃으며 어리광을 부린다. 세피가 깨어 있을 때 엄마가 아주 오냐오냐하며 귀여워해 주는 건 아마 그 이유도 있지 않을까 싶다.

머지않아 세피는 아직 태어난 지 반년 정도밖에 안 됐는데 '엄마'나 '오빠'라는 말을 하기 시작했다. 하지만 세피는 왠지 더 다양한 말을 할 수 있을 것 같다는 생각이 든다. 엄마와 똑같이 보라색을 띤 세피의 눈은 가끔 소름이 돋을 만큼 어른스러워질 때가 있으니까…….

그 생각은 옳았던 모양이다. 엄마하고 메리안느 누나 때문에 날이 갈수록 아빠의 책만 들여다보는 세피를 보다 못한 내가 책을 빼앗은 적이 있었다. 그랬더니 세피는 갑자기 화를 내며 책을 돌려달라고 제법 또박또박하게 말했다. 역시 이 녀석, 말을 못 하는 척했던 거였어……! 혹시 이 책도 읽을 수 있는 건가? 설마 촌장이 가끔 하는 이야기처럼 사실은 마법을 쓸 수 있다는 말을 꺼내지는 않겠지?

세피가 내 옷을 붙잡고 잡아당기기 시작했을 때, 나는 깜짝 놀라 그만 세피를 난폭하게 뿌리치고 말았다. 세피는 넘어져서 머리를 부딪쳤는데도 울지 않았다. 그리고 몇 초 뒤에, 또렷하게 '위험하다'는 느낌이 들었다. 세피의 몸에서 눈에는 보이지 않지만 기분 나쁜 무언가가 잔뜩 나오는 듯한 감각이 느껴졌기 때문이다. 언젠가 돼지 백작을 상대로 세피가 화를 냈을 때도 비슷한 한기가 느껴졌던 것 같다.

그리고 정신을 차리고 보니, 나는 책을 든 채로 집을 뛰쳐나와 '맹세의 묘비'로 도망치고 있었다.

얼마나 그곳에 있었는지는 모르지만, 잠시 후에 엄마와 세피와 메리안느 누나가 데리러 와 주었다. 세피는 이미 아까처럼 무서운 무언가를 내뿜는 세피가 아닌 평소의 세피가 되어 있었다.

일단 사과부터 해야겠다 싶어서 뭐라 말해야 할지 고민하는데, 나보다 세피가 먼저 사과했다.

그리고 예전에 이곳에서 했던 맹세를 떠올린 나는 다시 한번 확실히 각오를 다지기 위해 맹세의 말을 했다.

"만약 마술사나 마도사가 된다고 해도…… 내가 지켜줄게, 세피."

"고마워…… 오빠."

세피는 조금 놀랐는지 눈을 동그랗게 뜨고는 기쁘게 웃었지만, 내 말을 별로 안 믿는 것 같았다. 어린애가 바보 같은 말을 했을 때 어른이 보이는 눈빛과 똑같은 느낌이었다. 뭐…… 그야 그렇겠지. 난 아직 다섯 살이니까. 뭘 지킬 수 있겠어.

그래도 내가 할 수 있는 일이라면 뭐든 할 거야. 그건 진심이라고.

아빠가 시켜서 그런 게 아니야. 그때, 세피가 엄마의 배를 찼을 때부터…… 나는 이미 각오한 거야.

그날 밤, 나는 한밤중에 잠이 깼다. 바로 옆에서 세피가 괴로워하는 목소리가 들려왔으니 아마 그 때문이겠지.

하지만 세피의 잠꼬대 소리가 딱히 큰 것도 아니고, 평소대로라면 나도 일어나지 않았을 것이다. 그래서 왜 오늘은 잠이 깼나 했는데, 세피의 목소리를 들으니 바로 알 수 있었다.

"우으…… 싫어…… 더는 싫어……."

항상 모르는 말로 중얼거리던 세피가 오늘은 제대로 이 나라 말을 했다. 그리고 덕분에 세피의 잠꼬대를 알아들은 나는 어느 때보다 더 가슴이 괴로워졌다.

"도와줘…… 더는 싫어…… 누가 좀…… 도와줘……."

우리가 자는 방은 매우 어두웠지만, 울먹거리는 세피의 표정은 또렷이 보였다.

정신을 차리고 보니 나는 세피를 끌어안고서 엄마가 해 줬던 것처럼 부드럽게 머리를 쓰다듬고 있었다. 그때 더 큰 손이 우리의 몸을 감쌌고, 고개를 들어보니 눈앞에 금방이라도 울음을 터뜨릴 듯한 엄마의 얼굴이 보였다.

우리에게 앞뒤로 끌어안긴 세피는 잠이 깼는지 "우웅……?" 하고 작게 칭얼거렸다.

"오빠? 엄마?"

세피는 왠지 무척 졸려 보이는 몽롱한 눈빛으로 우리를 올려다보았다.

갑자기 이런 말을 들으면 곤란할지도 모르지만, 나는 떠오른 생각을 있는 그대로 전했다.

"세피…… 무슨 일이 생기면 우리가 도와줄게. 절대로 혼자 두지 않을 거야. 그러니까…… 안심해. 응?"

그렇게 말하며 한 번 더 머리를 쓰다듬으니, 세피는 무척 기쁜지 미소를 지으며 내 가슴팍에 머리를 마구 문질렀다.

세피가 뭐라고 한마디 할 줄 알았는데, 아니었다. 세피는 행복해 보이는 표정으로 내 품에 매달리더니 금세 다시 새근거리며 잠들었다. 근거는 없지만 어째선지 평소에 하는 자는 척이 아니라는 걸 알 수 있었다.

나와 엄마 사이에서 잠든 세피는 아침이 되어 방이 환해진 뒤에도 한참을 잤다.

이날 이후로 세피가 한밤중에 가위에 눌리는 일은 없어진 모양이다.

제4장 0세 9개월 기사와 마법과 행복한 나날

"아, 그러고 보니."

오늘도 화창한 하늘에서는 기분 좋은 햇볕이 쏟아져 내립니다.

그런 평화로운 날씨에 저는 어머니 젖을 먹고 있는데……

어머니가 제 백금색 머리카락을 매만지다가 문득 뭔가를 떠올린 모양입니다.

"아까 들었는데. 다음에 이 마을에 기사님이 오신다더라?"

"기사님?"

"제도의 높으신 분이야. 기사 수도회라는 곳 소속이래."

기사 수도회…… 왠지 안 좋은 느낌이 드는 이름이네요. 게다가, 혹시…….

"그거…… '아인 성교' 쪽이야?"

"으……응. 그런가 봐."

그렇겠죠~. 이 나라 최대 종파니까요. 당연히 제도에도 실컷 영향을 끼치겠죠.

심지어 지금은 전시 중…… 용사의 등장이 가장 절실할 때이기도 하고요.

"그, 그래도 이번에 기사님이 파견된 이유는 이 근처에 있다는 도적을 퇴치하기 위해서라고 했어."

"도적?"

아아, 그러고 보니 그런 이야기도 있었죠. 두 달 전쯤이었나요?

그 후로는 전혀 이야기가 안 들리길래 벌써 잡힌 건가 했는데…… 아직 있었나 보네요.

"그거, 몇 명 와?"

"그게, 한 명뿐이래."

한 명?! 도적 퇴치에 파견한다는 게, 고작 한 명?!

뭡니까, 그게……. 혹시 도적이 영지 안을 헤집고 다니는 걸 언제까지고 방치해 두면 체면이 안 서니까 일단 겉치레로만 대응할 작정인 걸까요? 만약 그렇다면 제국은 속이 시커먼 나라네요……. 귀족은 안 되는 편이 좋을지도 모르겠어요.

그런 불안이 있는 이상 안 그래도 제국의 개라는 기사가 이 마을을 방문하는 것도 달갑지 않은데, 심지어 아인 성교 수도회 출신이라니!

그 기사가 오기 전에 아직도 나를 끈질기게 용사 취급하며 떠받들려는 바슈할 촌장님을 어딘가에 가둬 둘 수 없으려나…….

그런 이야기를 듣고 3일이 지난 낮.

저는 우리 마을을 방문한 기사님을 보고 매우 놀랐습니다.

"저, 저저저저기, 그, 자, 잘 부탁, 드립니다아……!"

그 기사님은 아직 고등학생 정도 나이에 소심해 보이는 여자아이였습니다.

***

저는 현재 자택 벽에 등을 기댄 채 엄지손가락을 입에 물고서 '저는 평범한 갓난아기예요'라며 보란 듯이 어필하고 있습니다.

이 마을 주민들 입장에서는 제가 말을 하거나 걸어 다니는 건 일상다반사입니다.

하지만 방금 제도에서 도착한 사람에게, 말을 하고 걷는 갓난아기는 공포의 대상일 뿐이겠죠.

그리고 머나먼 제도에서 우리 마을까지 찾아온 기사님은 지금 한창 우리 집에서 밥을 먹고 있습니다.

"우리 마을은 남자 일손이 없어진 뒤로 더 가난해진지라…… 기사님께 이런 것밖에 대접 못 해서 죄송해요."

"아, 아니에요! 정말 맛있어요! 귀, 귀중한 음식을, 이런, 저 같은 쓰레기에게 베풀어 주시다니, 정말 감사합니다!!"

어머니의 겸손에, 테이블을 향해 빛의 속도로 이마를 숙이며 감사 인사를 올리는 자칭 쓰레기 기사님── 이름하여 네르비아 씨. 도대체 어떤 인생을 살아온 겁니까, 당신…….

네르비아 씨는 올해로 열여섯 살이고, 일단은 성인입니다. 하지만 부드럽게 처진 눈이 귀여운, 아직 앳된 티가 남은 얼굴이에요.

눈부신 금색 머리카락이 믿을 수 없을 만큼 찰랑이고 금속으로 착각할 정도로 광이 났습니다. 제도에는 샴푸나 린스 같은 게 유통되는 건지, 아니면 타고난 체질인 건지……후학을 위해서라도 꼭 물어보고 싶네요.

네르비아 씨는 마을에 도착한 뒤로 짙은 회색 갑주를 한 번도 벗지 않았고, 검도 계속 허리에 찬 상태였습니다.

어머니가 벗으라고 권유해도 크게 당황하며 완고하게 거부할 뿐이었습니다.

하지만 팔목이나 팔꿈치 보호대가 자꾸 테이블에 부딪치는 바람에 철컹거리는 소리가 나는 걸 보면, 평소에도 이런 옷차림으로 생활하는 건 아닌 듯한데…….

이 마을에 온 뒤로 계속 울 듯한 표정으로 안절부절못하는 것도 그렇고, 아무래도 네르비아 씨에게 뭔가 사정이 있어 보이네요.

이렇게 소심하고 휩쓸리기 쉬워 보이는 성격의 아이라니, 바슈할 촌장님과 만나지 않게 해 다행입니다. 그 광신도와 만났으면 무슨 바람을 불어넣었을지 모르니까요.

원래대로라면 네르비아 씨는 촌장님 집에서 맡을 예정이

었다고 합니다. 그런데 제가 촌장님에게 부탁해서 묵을 곳을 우리 집으로 바꿨습니다.

처음에는 수도 기사회 사람이라길래 경계했었는데, 아무리 봐도 네르비아 씨가 나쁜 짓을 할 만한 성격은 아닌 것 같았습니다. 그래서 저 소심한 태도에 이쪽도 독기가 빠지고 말았습니다.

뭐…… 만약 네르비아 씨에게 방심할 수 없는 '속내'가 있다고 해도, 그런 경우를 대비해 제 손바닥 안에 두고 동향을 감시하겠다는 목적도 있습니다. 아기가 상대라면 방심할 테니까요. 네르비아 씨가 신용할 만한 사람인지 판단하는 것은 신중할 필요가 있습니다.

그렇게…… 제가 순진무구한 갓난아기의 탈을 쓴 채, 몰래 네르비아 씨를 빈틈없이 감시하는데 갑자기 집 밖에서 목소리가 들려왔습니다.

"저기, 마시아~ 잠깐 밭일 좀 도와줘~!"

메리안느 씨 목소리네요. 어머니는 작게 한숨을 내쉬고서 "정말, 어쩔 수 없다니까."라며 현관으로 향했습니다.

그리고 잠시 제 쪽을 바라본 어머니는 네르비아 씨에게로 시선을 돌렸습니다.

"죄송합니다, 잠깐 밖에 나갔다 올게요. 무슨 일이 있으면 저쪽 밭이나 이웃집에 가서 말씀하시면 돼요."

"네?! 저, 저기, 하지만……!"

네르비아 씨는 당연하다는 듯이 외출하려는 어머니와, 엄지손가락을 물고 멍하니 벽에 기댄 제 얼굴을 번갈아 보았습니다. 오빠도 밖에서 밭일을 돕는 중이라 이대로라면 네르비아 씨와 저, 단둘이 남게 됩니다.

하지만 우리 마을은 인력이 거의 한계에 다다라서 다 같이 협력해 입에 풀칠해야 하는 상황입니다. 제가 평범한 젖먹이가 아니라는 건 온 마을 사람이 공인한 사실이니, 우리 어머니도 마을 전력에 포함되죠.

제도에서 파견된 기사님을 내버려 두고 외출하는 게 조금 이상해 보이겠지만, 사실은 제가 어머니에게 '틈을 봐서 네르비아 씨와 단둘이 남겨 달라'고 말해 두었습니다. 그래서 방금 메리안느 씨가 불러낸 타이밍이 딱 좋다고 생각했을지도 모르겠네요.

"그러니까…… 죄송합니다, 네르비아 님. 잠시만 세피를 부탁드릴게요."

"네, 네?! 그, 그건, 곤란해요! 저, 집에서 막내라서 아기는 잘 모르고…… 무슨 일이라도 생기면 채, 책임 못 져요……!"

"세피는 평범한 어린아이가 아니니까 괜찮을 거예요."

귀여운 딸한테 평범하지 않다니 너무하시네요 어머니. 뭐…… 사실이지만요.

게다가 어머니의 팔불출 역시 마을에서 공인하는 수준이니, 이 '평범하지 않다'는 표현이 좋은 뜻으로 한 말이라는 건 압니다.

그리고 당황하는 네르비아 씨를 혼자 남겨 둔 채 어머니는 메리안느 씨에게 이끌려 나가 버렸습니다.

이제 누가 우리 집에 놀러 오지 않는 한, 이 집에 있는 사람은 네르비아 씨와 저 둘뿐입니다. 아무리 그래도 제도에서 온 기사님이 손님으로 계시는 동안에 놀러 오는 사람은 없겠죠.

그리하여 잠깐이지만 저와 네르비아 씨는 단둘이 있게 되었습니다.

어머니가 나가자마자 저는 빠르게 네르비아 씨에게로 다가갔습니다.

아직 식사 중이던 네르비아 씨는 다가오는 저를 본 순간, 음식이 목에 걸려 "우웁?!" 하는 소리를 냈습니다. 으음, 식사 중일 때는 장난을 안 치는 게 좋으려나요? 저는 네르비아 씨의 식사가 끝나기를 기다리며 가만히 그 발밑에 앉아 시선을 보냈습니다.

네르비아 씨는 제 시선이 어지간히도 신경 쓰이는지, 3초에 한 번씩 힐끔힐끔 이쪽을 쳐다보며 이상하리만치 땀을 흘렸습니다.

이윽고 식사가 끝나자, 이번에는 다 먹은 식기를 어떻게 해야 할지 망설이는 듯했습니다.

딱히 아무것도 안 해도 되는데……. 누가 봐도 아가씨라고 쓰여 있는 차림새의, 심지어 제도에서 살던 기사님이 가난한 마을에서 어떻게 설거지를 하는지 알 리 없을 텐데요.

저는 슬슬 네르비아 씨에게 행동을 개시하기로 했습니다.

"우~ 아우~!"

"어, 엇?! 왜 그러세요?! 뭔가 신경에 거슬리셨나요, 아가
씨?!"

아가씨라니…….

저는 옹알이를 하며 양손을 네르비아 씨에게 내밀고서
'안아줘!' 라고 행동으로 표현했습니다. 네르비아 씨 눈을
똑바로 바라보는데도 네르비아 씨는 "어, 나?!"라며 주위
를 두리번두리번 둘러보았습니다. 그럼 달리 누가 있겠냐
고요.

"우~!"

"아아아아앗! 알겠습니다, 죄송해요! 화내지 마세요!"

네르비아 씨는 불쌍하게 느껴질 만큼 당황하며 바로 자리
에서 일어서서 저에게 팔을 뻗었습니다.

그러나…… 제게 손이 닿기 직전에 "앗!" 하고 팔을 뒤로
빼 버렸습니다.

"파, 팔목 보호대를 찬 상태라면 다치려나…… 가슴 보호
대도 위험하고…… 하, 하지만 벗으면…….."

"우~!!"

"흐아악?! 죄송합니다바로벗을게요오!!"

네르비아 씨는 팔목 보호대와 팔꿈치 보호대, 가슴 보호
대와 검 등을 철컹거리며 재빠르게 벗고서 가벼운 옷차림
이 되었습니다. 무슨 이유에서인지 갑주를 벗지 않으려 하

길래 큰 상처라도 숨기나 했는데…… 눈길을 끄는 거라고
는 기껏해야, 멜론처럼 커다란 봉우리 정도였습니다.

"그, 그러니까, 세피…… 양……? 죄송해요, 실례할게
요……?"

네르비아 씨는 허리를 뒤로 쭉 뺀 자세로 저를 살며시 들
어 올린 뒤 부드럽게 안았습니다. 마치 유리 세공품이라도
다루는 듯한 신중함과 어떤 실수도 저지르지 않겠다는 진
지함에서 네르비아 씨의 성격이 묻어 나왔습니다.

저는 마을 사람들에게 천사의 미소라는 평을 들은 환한
미소를 지어 보였습니다.

"귀…… 귀여워……."

네르비아 씨는 자기도 모르게 중얼거리며 뺨이 살짝 발그
레해지더니 부들부들 떨며 천천히 의자에 앉았습니다.

그리고 머뭇머뭇, 흠칫거리는 손짓으로 제 머리를 조심스
레 쓰다듬었습니다.

그에 저는 네르비아 씨 손을 붙잡고서 제 가슴 쪽으로 끌어
당겨 꼬옥 껴안았습니다. 이것도 좋은 평가를 받았는지, 네
르비아 씨 표정은 점점 더 칠칠치 못하게 변했습니다.

풍만한 가슴으로 저를 부드럽게 끌어안은 네르비아 씨는
살짝 울 듯한 표정을 지었습니다.

"세피 양은 귀엽고, 마시아 씨도, 마을 분들도 모두 착해
보이고…… 이제 다 끝난 줄 알았는데, 안 좋은 일만 있는
건 아니구나……."

'이제 다 끝난 줄 알았다' ……?

저는 이상하다는 표정으로 네르비아 씨 얼굴을 올려다보 았습니다.

그러자 네르비아 씨는 무언가를 억누르는 듯한 목소리로 말을 이었습니다.

"세피 양은 착한 아이네요……. 그에 비하면…… 저는…… 착한 아이가 아니라서…… 훌쩍…… 그래서…… 쫓겨, 난……."

저는 그 말을 끝까지 들을 수 없었습니다.

네르비아 씨가 도중에 견딜 수 없어졌는지, 마침내 오열 하기 시작했기 때문입니다.

그렇군요……. 사정은 대충 알겠네요.

도적 퇴치는 그저 명분일 뿐. 제도에서는 이 마을에 도적 이 나타날 거라고는 생각하지 않은 모양입니다.

요컨대, 적당한 구실을 대 필요 없는 사람을 쫓아낸 겁니다.

이유는 모르겠지만, 네르비아 씨는 제도나 기사 수도회, 혹은 본인의 친가로부터 쓸모없는 사람이라는 낙인이 찍혀 서 이런 외딴곳까지 쫓겨난 거겠죠.

무슨 시험에 떨어졌거나, 안 좋은 전적밖에 못 남겼거나, 아니면 엄청나게 크게 실패해 버렸거나. 어떤 이유 때문이 든 이미 제도에 네르비아 씨가 있을 곳은 없는 거나 마찬가 지겠죠.

왜냐하면 이번 도적 퇴치부터가 애초에 해결할 수 없는

문제거든요. 몇 달 전부터 도적이 나온다는 소문은 있었지만, 실제로 무슨 일이 벌어진 적은 없습니다. 실재하는지조차 의심스러운 도적을 퇴치하라니, 그림 속 떡을 가져오라는 소리나 마찬가지예요.

"다시는 돌아오지 마!"라는 말을 돌려서 표현한 거나 다름없습니다.

만에 하나 도적이 진짜로 나타난다고 해도 네르비아 씨 혼자서 뭘 할 수 있을까요. 그런 실력이 있었으면 이런 곳까지 쫓겨나지는 않았을 테죠.

"우우, 훌쩍, 죄, 죄송해요오……! 흐에에에에엥……!"

방금 아주 살짝 사정을 주워들었을 뿐인 저도 아는 걸, 당사자인 네르비아 씨가 이해 못했을 리가 없습니다.

네르비아 씨가 이렇게 비굴한 성격이 된 것도 그런 이유에서겠죠. 흠칫거리며 겁먹고, 항상 울 듯한 표정을 지은 것도요.

그리고 지금, 계속 참아 왔던 것들이 결국 터져 나온 모양입니다.

"울지 마, 언니."

제가 온화한 목소리로 말을 걸자, 흐느껴 울던 네르비아 씨는 눈이 휘둥그레져서 주위를 둘러보았습니다.

그러다가 천천히 시선을 저에게로 돌리고, "히끅!" 하고 딸꾹질을 했습니다.

네르비아 씨 사정은 대강 알았고, 나쁜 사람이 아니라는 것도 잘 알았습니다. 저도 정체를 감출 필요는 없을 것 같아요.

무엇보다…… 정체를 숨긴 채로는 네르비아 씨를 위로해 줄 수가 없잖아요.

"괜찮아. 괜찮아, 언니."

저는 최대한 몸을 내밀어 네르비아 씨 머리를 감싸듯이 끌어안았습니다.

한동안 멍하니 있던 네르비아 씨는 이윽고 다시 목놓아 울기 시작했습니다.

네르비아 씨에게 있는 힘껏 끌어안긴 건 조금 괴로웠지만, 지금껏 안고 있었을 괴로움을 생각하면 이 정도는 기꺼이 해 줄 수 있어요.

저는 네르비아 씨가 울음을 그칠 때까지 계속 머리를 쓰다듬으며 위로의 말을 해 주었습니다.

***

네르비아 씨가 우리 집에 묵기 시작한 지 오늘로 삼 일째입니다.

네르비아 씨는 이른 아침과 저녁, 밤과 새벽까지 총 네 번이나 마을 주변을 순찰했습니다.

그뿐만 아니라 빈 시간에도 적극적으로 밭일을 도와주거나 장작을 패 주며 대활약 중입니다.

그 노력과 부지런함, 좋은 붙임성이 어우러져 네르비아 씨는 빠르게 마을 사람들의 신뢰를 얻어냈고, '네르'라는 별명으로 불리며 귀여움을 받았습니다.

저녁…… 시계가 없어서 정확히는 모르지만, 불그스레하게 저녁노을이 지는 걸로 보아 아마 다섯 시 정도 됐을까요. 철컹거리는 중후한 금속 소리를 내며 네르비아 씨가 저녁 순찰을 끝내고 돌아왔습니다.

"다, 다녀……왔습니다."

현관문을 열자마자 꾸벅 고개를 숙이는 네르비아 씨. 아직 우리와 완전히 친해지지는 않았나 봅니다. 저녁 식사 준비를 하던 어머니와 농기구를 손질하던 오빠가 "어서 와." 하고 대답했습니다.

"어서 와, 네르비아 언니."

뒤이어 저도 말을 걸자, 순식간에 표정이 확 밝아진 네르비아 씨가 "세피 님!" 하고 이쪽으로 달려왔습니다. 제길, 너무 귀엽잖아!

이렇게 싱긋거리는 모습에서는 이 마을에 막 왔을 때의 음울한 분위기가 전혀 느껴지지 않았습니다. 분명 이게 원래 네르비아 씨 표정이겠죠.

지금까지 괴로운 일을 많이 겪었을 테니, 이 마을에서만큼은 즐겁게 지냈으면 좋겠어요.

덧붙여서 제가 왜 '세피 님'이라고 불리는지 잘 모르겠습니다. 처음에는 어째선지 '세필리아 언니'라고 불렸는데,

아무리 그래도 그렇게 부르는 건 그만두라고 했더니 '세피 님'으로 타협해 주었습니다.

철컹거리는 갑주 소리를 내며 제 눈앞에 앉은 네르비아 씨에게 부엌에 계신 어머니가 물었습니다.

"네르, 역시 갑옷은 안 벗을 거니?"

"어, 아, 네! 어, 언제 도적이 올지 모르니까……!"

성실한 건 좋지만, 어깨에서 힘을 더 빼도 괜찮지 않을까요. 으~음…… 도적 같은 건 없다고 생각하는데요…….

그리고 저 말고 다른 가족에게도 조금만 더 마음을 터놓을 수는 없는 걸까요.

"언니, 우릴 진짜 가족이라 생각하고 더 편히 대해도 돼."

"네, 넵! 황송합니다!!"

딱딱해! 일상 회화에서 '황송'이라는 말을 누가 쓰냐고!

그런 네르비아 씨가 거실에 마도서를 펼쳐 놓은 저를 보고 눈이 동그래졌습니다.

"세피 님, 책 읽으시는 거예요?"

"글자는, 아직 못 읽지만."

그렇게 말하며 쓴웃음을 짓는 저를 본 네르비아 씨는 무언가 퍼뜩 떠오른 듯이 어깨를 떨더니, 부드럽게 처진 하늘색 눈을 반짝반짝 빛냈습니다.

"저, 조금이지만 글자를 읽을 줄 알아요! 괜찮으시다면 가르쳐 드릴까요?"

"정말이야?! 그럼 부탁할게!!"

예상치 못한 네르비아 씨의 제안에 저는 기쁘게 고개를 끄덕였습니다.

어째서 지금까지 생각하지 못했을까요! 제도에서 살던 기사님이라면 글자를 읽고 쓰는 법을 배웠을 가능성이 충분히 있다는 걸요.

곧장 네르비아 씨에게 책을 내밀자, 득의양양한 표정으로 빠르게 페이지를 훑었으나…….

"으음…………? 어라? 어어…… 어라라? 이상하네, 그러니까…….."

기쁜지 뺨이 발그레해졌던 네르비아 씨의 안색이 서서히 파래졌습니다. 네르비아 씨는 잠시 미간에 주름을 잡으며 끙끙거리나 싶더니, 이윽고 눈물을 글썽이며 저를 돌아보았습니다.

"죄송합니다……. 단어가 어려워서 뭐라고 쓰여 있는지 모르겠어요……!!"

에~엑?! 그러니까 다시 말해, 못 읽겠다는 거야?!

기대로 한껏 부풀었던 제 마음이 급격하게 가라앉는 것이 느껴졌습니다.

아니…… 어쩔 수 없죠, 뭐. 아무리 글자를 읽고 쓸 수 있다고 해도, 중학생에게 대학교수의 논문을 보여 줘 봤자 못 읽을 테니까요. 마술사가 되려면 상당한 난관을 거쳐야 하는 모양이니, 마도서에 있는 내용도 꽤나 난해하지 않겠어요?

"으으으으~! 모처럼 세피 님께 도움이 되나 했는데……!!"

네르비아 씨가 진심으로 분하다는 듯 외치고 눈물을 흘리며 자신의 부족함을 한탄했습니다.

"아냐, 어쩔 수 없지. 이건 아마 마도서일 테고, 어려운 책인걸."

그렇게 말하며 네르비아 씨의 찰랑이는 금발을 쓰다듬어 주는데, 그 말을 들은 네르비아 씨가 갑자기 퍼뜩 고개를 들었습니다. 살짝 콧물이 흘러나오고 있네요.

"홀쩍…… 마도서? 이거, 마도서예요?!"

"으, 응. 아마도."

저는 긍정하고 네르비아 씨의 코를 풀어주며 마도서에 관한 지금까지의 경위를 설명했습니다. 그리고 제가 마도서 주문을 거의 해독했다는 사실을 가르쳐 주자, 네르비아 씨의 눈동자가 존경의 빛으로 반짝였습니다.

"그러니까, 마법은 어떻게 쓰는지, 뭐가 필요한지, 그런 게 알고 싶었을 뿐이니까…… 신경 안 써도 돼."

네르비아 씨를 위로하려는 생각으로 한 말이었는데, 네르비아 씨의 눈이 휘둥그레졌습니다.

"알아요, 알아요! 제 지인이 마술사라 조금이지만 마법 쓰는 법을 배운 적이 있어요!! 마법을 쓰는 모습도 봤어요!!"

"정말이야?! 그것 좀 가르쳐 줄래?!"

다시 신이 난 제 모습에 네르비아 씨가 매우 기쁜 듯이 필사적으로 기억을 더듬었습니다.

필요한 건 세 가지.

첫 번째는 주문. 정해진 글자, 규정된 문법의 고대 언어로 올바르게 구축된 주문입니다.

두 번째는 지식. 구축된 주문과 일으킬 현상, 지배 대상에 관한 정확한 지식입니다.

세 번째는 뇌의 스태미나. 마법을 쓸 때 얻는 피로에 견디는 두뇌입니다.

피로 마법진을 그린다거나, 악마와 계약을 맺는다거나, 특수한 광석을 매개로 하는 등의 귀찮은 절차는 전혀 없는 듯해서 안심했습니다. 그리고 핏줄과도 별로 상관없는 모양입니다.

"저기, 주문은, 입으로 소리 내서 외우는 거야?"

"아뇨, 그 마술사는 영창 같은 건 안 하고 마법 이름만 중얼거렸는데도 발동하더라고요. '에어 슛'이라고 말하던데요."

"……흐음, 그건 '고대 언어'가 아니구나?"

좋은 정보를 얻었네요. 게다가 마법을 발동하는 데에 특수한 절차나 도구가 필요하지 않다는 사실을 알아낸 것도 큰 수확입니다.

저는 얻은 정보를 머릿속으로 정리하며 마도서의 어느 페이지를 펼쳤습니다. 그 부분은 어제 제가 침실 벽에 써 내렸던 주문이 실린 페이지였습니다.

"저기, 네르비아 언니. 이 페이지에 '수치' 같은 건 안 쓰여 있어? 아마 꽤 큰 수일 것 같은데."

"수치…… 말이에요? 그러니까……."

제 말에 의문을 제기하지도 않고 네르비아 씨는 눈에 핏발을 세우며 열심히 마도서와 눈싸움을 했습니다. 그러더니…….

"앗! 있네요. '오천을 더한다'라고 쓰여 있어요. 이거면 되나요?"

"응, 충분해! 그럼 다음은, '불'이나 '물' 같은 이름은?"

"어어, 그러니까………… 아, 왠지 '바람'이나 '공기'라는 말이 많이 나오네요."

좋아! 좋아좋아, 완벽해요! 간단한 단어라면 문제없이 읽을 수 있네요!

그 뒤로도 네르비아 씨가 읽을 수 있는 단어를 소리 내 읽어 준 덕분에 '오른손 손바닥'이나 '대상의 양' 같은, 주문만 읽어서는 도저히 알 수 없었던 세세한 부분이 완벽히 보완되었습니다!

외워야 할 마법 이름이란 즉, 함수명입니다! 아까 들었던 네르비아 씨 이야기를 생각했을 때 이 부분은 현대 언어로 발음해도 되는 모양이니, 분명 술자 마음대로 변경해도 괜찮을 거예요.

마법 술식을 해석하는 게 왜 이리 재밌는 걸까요! 저도 모르게 어린아이 같은 웃음이 흘러나올 정도라니까요!

"크흐흐, 우헤헤헤헤……!!"

제 수년을, 수만 시간을, 머릿속에 있는 수억 개의 프로그램을 집결시켜 해석을 끝냈습니다!!

Э п ч 바람이여 Ⅲ ю◉Э и Ⅲ

Ж

Г д п и _a Э п ч ж Э п и Ъ

ж Э п и ф ж Э п и − σ ₀₀₀Ъ

б Є ч й б п ж Э п и Ъ

Ж

마술 함수를 생성하고, 함수명 '바람이여'로 명명. (인수
없음)

　{

　오른손 손바닥에 닿는 공기를 'ж Э п и'으로 명명.

　'ж Э п и'의 양에 오천을 더하고, 더한 후의 수치를 'ж
Э п и'에 대입.

　'ж Э п и'을 소환.

　}

"바람이여!!"

너무 신이 난 나머지, 제가 가볍게 실험하는 마음으로 마
법 명을 외친── 그 직후.

　제 오른손을 중심으로 자세를 유지 못 할 정도의 강풍이
휘몰아쳤습니다.

"우와압?!"

"으아아?!"

거센 강풍을 정면으로 받은 저와 네르비아 씨는 뒤로 넘어졌고, 바닥에 쌓인 먼지와 흙이 일제히 피어올랐습니다.

흙먼지가 자욱하게 낀 집 안에서…… 약간 떨어진 곳에 있던 어머니와 오빠도 바람에 머리가 흐트러진 채 눈을 휘둥그레 뜨고 굳어 있었습니다.

"……지, 진짜로…… 발동, 했네……?"

저는 제 자그마한 손바닥을 바라보며 멍하니 중얼거리는 게 고작이었습니다.

이리하여, 저는 이날 '마술사'가 되었습니다.

＊＊＊

네르비아 씨가 마을에 온 지 몇 주가 지난 어느 날 오후.

제가 침실에서 거실로 가 보니 네르비아 씨가 소리 죽여 우는 모습이 보였습니다.

저는 놀라 "언니?!" 하고 소릴 지르며 바로 다가갔습니다.

그러자 네르비아 씨가 제 목소리에 깜짝 놀라 어깨를 떨며 천천히 뒤를 돌아보았습니다.

눈가가 부어오른 네르비아 씨는 제 얼굴을 보자마자 "세피 님……."이라고 중얼거리더니, 제 몸을 들어 올려 가슴께로 끌어당겼습니다. 그리고 어린아이처럼 소리 높여 울기 시작했습니다.

……제 여린 피부에는 팔목 보호대나 팔꿈치 보호대가 닿아 매우 아팠지만, 그런 것도 신경 쓰지 못할 만큼 평정을 잃은 듯했습니다.

저는 "그래그래. 다 괜찮을 거야." 하고 최대한 다정하게 말하며 머리를 쓰다듬으려 했으나…… 손이 닿지 않는 바람에 대신 뺨을 쓰다듬어 주었습니다.

잠시 그러고 있으니 조금은 진정이 된 듯, 울음소리가 훌쩍이는 소리로 변했습니다.

저는 틈을 봐서 네르비아 씨에게 무슨 일이 있었는지 물어보았습니다.

"언니, 가엾게도 슬픈 일이 있었구나. 내가, 힘이 될 수는 없을까?"

"아뇨…… 훌쩍……. 다 제가, 약한, 탓이에요……."

"언니는, 약하지 않아. 왜냐하면, '기사님'이잖아."

"아, 아니에요……. 저…… 저는, 쓸모없는 인간이에요……. 싸우지 못하는, 기사 따위……."

싸우지 못한다고?

저는 네르비아 씨가 항상 허리에 차고 다니는 롱소드로 시선을 옮겼습니다.

싸우지 못한다는 게 무슨 의미일까요?

궁금하긴 했지만 바로 캐묻는 건 너무 불쌍하니, 일단 의문은 입 밖으로 꺼내지 않기로 했습니다.

"내가 언니를, 얼마나 좋아하는데, 나쁘게 말하지 마. 슬프잖아……."

위로할 의도로 한 말이었는데, 그 말을 들은 네르비아 씨는 다시 울음을 터뜨리고 말았습니다.

내가 뭔가 말실수라도 했나 싶어서 무척 애가 탔는데, 네르비아 씨가 오열하며 감사 인사를 하는 걸 보니 아무래도 기뻐서 나오는 눈물인가 봅니다. 시, 심장에 안 좋다고요…….

그로부터 시간이 얼마 흐르고, 네르비아 씨가 간신히 진정한 듯했습니다.

부은 눈가가 아파 보이기는 했지만, 평소의 반짝이는 파란 하늘 같은 눈동자로 돌아왔습니다.

그와 동시에 지금까지 완전 무장한 상태로 저를 끌어안았다는 사실도 깨달은 모양인지, "허억?! 죄, 죄송합니다, 세피 님!!"이라며 저를 놓아주었습니다.

정말이지, 멍이라도 들면 어쩔 거야? 그럼 아마 엄마한테 무진장 혼날걸?

그리고 겨우 여느 때와 같은 모습을 되찾은 네르비아 씨에게 "그래서 무슨 일이야?"라고 물었습니다.

만약 누가 괴롭히기라도 했다면, 알지? 내가 그 자식을 이렇게 저렇게 해 버릴 거야.

하지만 그건 아닌 듯, 네르비아 씨는 한참 말끝을 흐린 끝에 자백했습니다.

"······다, 닭을······ 죽이지······ 못했어요."

엥? 닭?

저는 입을 쩍 벌린 얼빠진 표정으로 네르비아 씨의 얼굴을 바라볼 뿐이었습니다.

"그거 혹시······ 베람 씨네, 꼬꼬 말하는 거야?"

"아, 네, 맞아요······."

듣자 하니 오늘 네르비아 씨가 평소처럼 마을 일을 돕고자, 이 마을에서 축산업을 담당하는 풍채 좋은 아주머니인 베람 씨 댁에 갔다고 합니다.

그리고 그곳에서 베람 씨가, 아마 신참인 네르비아 씨에게 이것저것 체험시켜 주려는 심산으로 닭을 죽여 보라고 권유한 모양입니다. 이런.

아무리 그래도 평범한 여자아이에게 그건 좀 힘들지 않을까 싶지만, 분명 '기사님이라면 괜찮겠지'라고 생각했겠죠.

확실히 기사님은 마물이나, 상황에 따라서는 사람까지 베어 죽이는 일을 하니까요. 닭 한두 마리쯤이야 당황 않고 처리해 줄 듯한 이미지가 있긴 합니다.

하지만 이 사람은 네르비아 씨입니다. 평범한 기사와는 달라요.

네르비아 씨는 우선 닭을 붙잡는 시점에서 진이 다 빠져서, 보다 못한 베람 씨가 붙잡아 줘도 전혀 못 움직였습니다.

베람 씨가 그럼 일단 대신 해 주겠다며 능숙하게 닭 목을 매달았으나, 거꾸로 매달려 몸부림치는 닭을 본 네르비아 씨가 그 자리에 주저앉아 울음을 터뜨렸다고 합니다.

닭을 계속 매달아 놓는 것도 잔인하니까 베람 씨는 그대로 닭 목을 잘라 버렸지만, 그때 죽어가는 닭의 모습과 뚝뚝 떨어지는 선혈을 보고 만 네르비아 씨는 그 자리에서 구토를 하고 말았습니다.

곧바로 이웃 사람에게 끌려 나와 여기까지 도망쳐 온 모양입니다.

이거, 채식주의자로 전향해도 할 말 없는 수준의 트라우마 아닌가요…….

베람 씨는 호탕한 성격의 소유자라서, 제도에서 자란 아가씨인 네르비아 씨의 섬세한 마음을 신경 써 주지 못했나 봅니다.

그렇다고 도살에 관한 경험이나 지식을 아예 가르치지 말라고 하기도 애매한지라, 베람 씨에게 뭐라고 한 소리 할 수도 없습니다. 아무리 그래도 도살이라니, 전생의 저라도 할 수 있을지 의문이 들고, 이렇게까지 풀이 죽을 필요까지는 없는 것 같은데…….

충격적인 장면을 봐서 잠깐 기분이 가라앉은 거겠죠.

"언니는, 약하지 않아. 괜찮아."

"아니에요…… 저는, 아주 약한, 인간이에요…… 그래서, 제도에서도 쫓겨난 거고……."

"……제도에서, 무슨 일이 있었던 거야?"

제 질문에 다시 울 듯한 표정이 된 네르비아 씨.

하지만 제가 계속 네르비아 씨 눈을 가만히 바라보자, 마음을 다잡은 듯이 머뭇머뭇 끄덕였습니다.

저는 네르비아 씨 손을 부드럽게 잡으며 진지하게 귀를 기울였습니다.

"……제가…… 제도에서, '기사 실격'이 된 이유는……."

네르비아 씨는 당장에라도 끊어질 듯한 목소리로…… 사실을 고백해 주었습니다.

"마물을…… 죽이지, 못했기 때문이에요……."

네르비아 씨는 띄엄띄엄 말하긴 해도 열심히 자신의 과거를 이야기해 주었습니다.

"우리 집은 대대로 우수한 기사를 배출해 온 가문이라서…… 제 두 오라버니도 젊은 나이에 이미 전장에서 공적을 쌓아 왔어요."

듣자 하니, 막내이자 장녀인 네르비아 씨 역시 그럭저럭 기대를 받았던 모양입니다. ……뭐, 네르비아 씨는 상당히 겸허하고 소극적인 성격이니, 네르비아 씨가 '그럭저럭 기대받았다'고 말할 정도면 사실은 엄청난 기대를 받았겠죠.

실제로 모조 검을 이용한 훈련에서는 우수한 오빠들에게도 뒤지지 않는 실력을 선보여, 부모님의 기대가 커졌고 기사 수도회에서도 총애를 받았다고 합니다. 그야말로 엘리트 코스를 거침없이 밟아 갔다고 해요.

"그런데…… 저는 그 모든 걸, 무용지물로 만들어 버렸어요……."

그렇게 말하며 고개를 숙인 네르비아 씨는 무릎 위에 놓은 손을 꽉 움켜쥐었습니다.

제국 영지 내 방위나 중요 인물 경호가 주 임무인 기사 수도회는 제국 기사단과 달리 여자도 입회할 수 있지만, 마족과의 전투까지 상정한 훈련을 받아야 합니다.

그래서 매년 현장 임무가 코앞까지 다가왔을 때, 마족과의 전투 감각을 기르기 위해 한 해에 몇 번 모의 전투 시험을 실시하는 모양입니다.

"그거, 시험관이랑 싸우는 거야?"

"아뇨. '볼 울프'라고 불리는 중형견 크기의 약한 마물을 베어 죽이는 거예요."

"엑……."

볼 울프는 마물 중에서도 특히 약하고 겁이 많아 평범한 인간에게도 쉽게 붙잡힌다고 합니다. 하지만 도저히 식용으로는 못 쓸 육질이라 이렇게 모의 훈련을 할 때마다 끌려 나와서 무참히 살생당한다나요.

"뭐야, 그게…… 너무해."

그건 반대 입장으로 생각해 보면, 마족이 인간 아이를 납치해서 죽이며 살인 연습을 시키는 거잖아요?

물론 그런 말을 하기 시작하면 가축을 대하는 것과 다를 바 없다, 라는 말도 나올 테고 세상은 이상으로만 돌아가지 않는다는 깃도 잘 알지만……. 그래도 결코 좋은 기분은 안 드네요. 위선이라고 여길지도 모르지만 불쾌한 건 어쩔 수가 없습니다.

제가 노골적으로 혐오감을 드러내는 것을 보고, 어째선지 네르비아 씨는 매우 기쁜 듯이 환하게 웃었습니다. 하지만 금세 표정을 음울하게 흐리며 말했습니다.

"저도 오라버니에게서 시험 내용을 듣고 비슷한 생각을 했지만…… 그래도 기사가 되기 위한 각오는 했었어요. 반드시 이길 거라고, 시험에 합격할 거라고 확신했죠."

……그러나 결과는 엉망진창이었다고 합니다.

"시험장은 거의 피바다가 됐어요. 생각해 보면 당연해요. 볼 울프는 정말 약해서 성실하게 단련했다면 질 리가 없거든요. ……그러니까 그 시험은 '이길 수 있는지'가 아니라 '죽일 수 있는지'를 테스트하는 시험이었던 거예요."

"그 시험은, 몇 명이나 쳤어……?"

"……대강 백 명은 넘었던 것 같아요."

제 뇌리에 백 마리 가까이 되는 중형견이 핏덩어리와 내장을 흩뿌리며 쓰러진 광경이 떠올랐습니다. 기분이 최악이네요. ……그 정도로 우는소리 해서는 진짜 전장에서 제대로 움직이지 못한다는 건 어렴풋이 알겠습니다. 하지만 아무리 그래도…….

"저와 싸울 볼 울프는 처음부터 이미 전의를 상실한 상태였어요. 그때까지 시험에서 살생당한 동료들 사체에 둘러싸여, 바들바들 떨면서 머리를 끌어안고 몸을 동그랗게 말았죠……."

……극도로 겁이 많은 탓에 금방 공포에 질려 몸을 둥글게 말아서 '볼' 울프라고 불리나 봅니다.

그런 건 전투가 아니라 학살이잖아…….

게다가 하필이면 네르비아 씨 실력이 월등히 뛰어났던 탓에 볼 울프는 저항할 의지조차 잃은 상태였습니다.

"검이…… 무거웠어요……. 수없이 단련해서 팔의 일부처럼 익숙했던 검이…… 눈앞에서 떠는 볼 울프를 겨눴을 때, 처음으로 '무겁다'고 느꼈어요……."

그렇게 말하는 네르비아 씨의 손끝이 떨렸고, 그 푸른 눈동자에는 눈물이 고였습니다.

……물론, 실제로 '무겁다'라는 말이 아닙니다.

그전까지 네르비아 씨는 목숨이 오고 가지 않는 '연습'만 경험했던 모양입니다. 하지만 처음으로 목숨을 빼앗는 '실전'을 맞이했을 때, 자신이 상대를 죽여야 한다는 사실을 뼈저리게 실감하고 발이 얼어 버린 거죠.

"……결국, 저는 볼 울프를 죽이지 못했어요."

당연하게도 시험은 불합격. 높은 실력과 가문의 이름을 고려해 다행히도 보결이라는 명목 하에 턱걸이로 기사 수도회에 들어갔지만……. 그 정도로 공공연히 '기사'를 자칭할 수 있을 리도 없고, 가족도 납득하지 않았습니다.

대대로 우수한 기사를 배출해 온 네르비아 씨 집안에 먹칠을 하는 꼴이 되었고, 단 한 번의 실패 때문에 제도에서 설 자리를 전부 잃어버렸다…… 이런 이야기입니다.

그리고 도적 토벌 명령이라는 사실상 추방을 당해 이 마을로 쫓겨난 거로군요.

"……저는, 쓸모없는 인간이에요……. 다들 당연하게 하는 걸, 저만, 못 하다니…….”

보호대를 낀 양손으로 얼굴을 덮은 네르비아 씨가 애처로운 목소리로 읊조렸습니다.

"그, 그러니까…… 이번에야말로, 이번 임무는, 절대로…… 무슨 일이 있어도, 성공해야만 해요……!”

아직 고등학생 정도밖에 안 되는 여자아이인 네르비아 씨가 무겁고 투박한 갑주를 온종일 입고서 예리하게 빛나는 롱소드를 한시도 떼놓지 않고 가지고 다니는 게 그런 각오 때문이었나 봅니다.

"기사는…… 적을 죽여야만 해요……. 저도…… 저 같은 사람이라도……!!”

네르비아 씨의 독백을 들은 저는 크게 한숨을 내쉰 후, 기가 막히다는 투로 입을 열었습니다.

"정말, 그렇게 생각해?”

제 말에, 고개를 숙인 채 얼굴을 가린 네르비아 씨가 천천히 고개를 들었습니다.

눈물범벅인 그 표정에 저는 마음이 아팠지만, 계속해서 말을 이었습니다.

"기사가 할 일이, 누군가를 죽이는 거야?"

"……그, 그렇, 잖아요…… 왜냐하면, 그래야……."

"아니야. 기사가 할 일은, 사람들을 '지키는' 거잖아?"

제가 그렇게 말했을 때 네르비아 씨가 입을 떡 벌리던 표정은 잊을 수가 없습니다.

눈을 휘둥그레 뜨고 굳어 버린 네르비아 씨에게 저는 뒤이어 말했습니다.

"다행이네, 언니. 상대를 죽이는 것밖에, 못 한다니…… 그런 곳에서, 쫓겨난 게, 오히려 다행이야."

"으으, 아아……."

"죽이지 않아도, 괜찮아. 언니는 강하니까, 죽이지 않아도, 이길 수 있으니까! 죽이지 않아도, 사람들을 지킬 수 있으니까. 그렇지?"

아직도 입을 뻐끔거리며 혼란에 빠진 네르비아 씨의 뺨에 손을 대고 끌어당겨, 저는 언젠가 그랬던 것처럼 네르비아 씨의 머리를 제 품으로 감싸듯이 부드럽게 껴안았습니다.

"항상 '기사'로서, 사람들을 지켜줘서 고마워. 그 대신, 언니는 내가 지켜줄게."

이건 위로하려고 하는 말이 아니라, 거짓 없는 저의 본심입니다.

이렇게 착하고…… 지나칠 정도로 다정한 네르비아 씨를, 저는 절대 버리지 않을 거예요.

제도에 설 자리가 없어졌다면, 제가 네르비아 씨의 설 자리가 되겠습니다.

네르비아 씨는 오늘 몇 번째인지 모를 눈물을 흘리며 제 등에 팔을 둘렀습니다.

울고, 또 울고, 기분이 풀릴 때까지 계속해서 울고…….

그리고 그날 이후…… 그녀는 눈물 대신, 환하게 빛나는 미소를 보여 주게 되었습니다.

***

이날, 어머니와 오빠가 마을 일로 외출한 동안 저와 네르비아 씨는 단둘이 집을 지키고 있었습니다.

"좋아, 제대로 물이 끓었어."

"네! 역시 세피 님이에요!"

등 뒤로 꼬리를 붕붕 흔드는 환각이 보이는 것 같은 네르비아 씨가 마치 사랑하는 연인을 바라보는 듯한 시선을 보냈습니다.

오늘은 마법 실험도 할 겸 '뜨거운 물 만들기'를 해 보았습니다.

주방에서 물 몇 방울을 떠와서 마법으로 통 한가득 늘린 뒤, 물의 온도를 조절해 따뜻한 물로 바꿨어요.

아무 생각 없이 물에 '오백을 더한다'라고 명령하면 물의 양만 콸콸 늘어납니다. 그러니 '물'이 아니라 '물의 온도'를 지정해서 주문을 구축해야 해요.

"이걸 이용하면, 손에서, 불꽃을 내보낼 수도, 있겠어."

"그건 멋지지만…… 위험하지 않나요? 손을 다치지는 않을지 걱정돼요."

네르비아 씨가 진심으로 걱정스러운 듯이 이쪽을 바라보며 보호대로 감싼 양손으로 제 손을 부드럽게 쥐었습니다. 그런 네르비아 씨를 안심시키기 위해 저는 최대한 가볍게 미소 지었습니다.

"우후후. 저번에 배운, '방위 지정자'가 있으면, 괜찮아."

방위 지정자란 물질이 늘거나 줄어드는 '방향'을 지정하는 술식입니다. 물의 양을 그냥 늘리면 손에서 물이 넘치듯이 많아지지만, 이 방위 지정자를 이용해 늘어나는 방향을 지정해 주면 물대포처럼 한 방향으로만 날릴 수도 있어요.

제가 얼떨결에 마술사가 된 지 어느덧 몇 주가 지났습니다. 그동안 저는 네르비아 씨 도움을 받아 마도서를 해독하며 많은 마법을 연습했습니다. 마법이라 해 봤자 생활이 살짝 편리해지는 정도로 수수한 것들이지만요.

그런데 그때, 갑자기 눈빛이 날카로워진 네르비아 씨가 낮은 목소리로 말했습니다.

"헛……!! 마을 근처에 마차가 왔어요."

그리고 물 흐르는 듯한 몸놀림으로 현관으로 향하더니, 문을 살짝 열고 밖을 확인했습니다. 저도 네르비아 씨 뒤를 따라가니 마을 바깥으로 낯익은 마차가 보였습니다. 마차 소리가 전혀 안 들렸는데도 네르비아 씨는 용케 눈치챘네요…….

"저 문장은…… 분명, 슬리제니 백작 가문 건데? 왜 이 마을에 온 거지?"

네르비아 씨의 말에 저는 기가 질렸습니다. 또 왔나 보군, 그 돼지 백작…….

네르비아 씨의 낮은 중얼거림을 들은 저는, 의아하게 고개를 갸웃거리는 네르비아 씨에게 설명하고자 입을 열었습니다.

"그게, 맞은편에 사는 메리안느 씨를, 신부로 삼고 싶은지, 계속 따라다닌대."

덤으로 메리안느 씨가 기혼자라는 점과, 항상 저희 어머니가 쫓아낸다는 점. 그리고 우수했던 형이 명예롭게 전사한 탓에 뒤이어 후계자가 된 됨됨이가 좋지 않은 차남이라는 점도 보충했습니다.

덧붙여서 평민인 어머니가 슬리제니 백작에게 세게 나갈 수 있는 이유는 '예전에 슬리제니 백작이 사병을 끌고 와 메리안느 씨를 유괴하려고 했을 때, 아버지와 친구 마술사 단 둘이서 괴멸시킨 적이 있어서'라고 합니다.

이러니저러니 하는 사이에 그 돼지 백작이 뒤뚱거리며 이쪽으로 걸어왔습니다.

"메리안느! 나오거라, 메리안느!"

맞은편에 있는 메리안느 씨네 집 문을 난폭하게 두드리는 슬리제니 백작. 한동안 대답이 없자, 이번에는 마을 중심부로 발걸음을 돌리려다가…….

"……음?"

아무래도 시선을 눈치챈 듯, 현관문 틈새로 보인 저희 쪽으로 가벼운 땅울림과 함께 접근했습니다. 일단 상대는 어찌 됐든 귀족인지라, 네르비아 씨와 그 품에 안긴 저는 현관 밖으로 나가기로 했습니다.

그러자 슬리제니 백작은 저질스러운 눈빛으로 네르비아 씨 몸을 위아래로 훑어보며 감상하더니 말했습니다.

"……못 보던 얼굴이군. 제도에서 온 기사님이신가?"

"처, 처음 뵙겠습니다…… 네르비아라고, 합니다…….."

쭈뼛거리는 태도의 네르비아 씨를 다루기 쉬운 여자애라고 생각했나 봅니다. 백작은 기름지고 두꺼운 입술을 히죽거리며 추악하게 일그러뜨렸습니다.

"나는 슬리제니 다르니조. 알고 있겠지만, 이 지방을 다스리는 다르니조 백작 가문의 현 당주다."

"아, 네. 알고 있습니다."

우쭐대는 표정으로 자기소개를 한 슬리제니 백작에게 네르비아 씨는 '그래서요?'라고 하는 듯한 말투로 맞장구쳤습니다. 의외네요. 상대가 귀족이면 더 허둥댈 줄 알았는데…….

백작이라고 소개해서 깜짝 놀라게 하려는 심산이었을 슬리제니 백작은 계획이 실패해서 불쾌한 듯이 콧방귀를 뀌었습니다.

"흥, 소문으로 들었다. 제도에서 기사 한 명이 이 주변으로 파견되었다더군. 보나 마나 아무 쓸모가 없어서 이런 별 볼 일 없는 마을에 버려진 거겠지?"

너무나도 인정사정없는 폭언에 네르비아 씨는 숨을 삼켰습니다. 네르비아 씨가 저를 안은 손이 희미하게 떨리는 걸 보니 방금 그 한마디 때문에 얼마나 상처받았는지가 전해지는 듯했습니다.

……역시 이 자식은 용서할 수 없어!! 무심코 이성을 잃고 그만 최근에 막 습득한 마법을 퍼부을 뻔했습니다.

하지만 그 직전에 저를 멈춘 건 마법을 터득한 지 얼마 안 됐을 때, 오빠와 나는 '마법으로 사람을 죽이지 않겠다'는 맹세였습니다. 지금 정신 상태로 마법을 쓰면 깜빡 선을 넘을지도 모릅니다.

저는 갓 돋아나기 시작한 이를 악물며 머릿속에서 빙글빙글 휘몰아치는 분노를 필사적으로 억눌렀습니다.

그런데 때마침 저번과 똑같이…… 아니, 어쩌면 저번보다 더할 정도로 슬리제니 백작이 저를 보고 엄청난 양의 땀을 흘렸습니다. 뒤를 돌아보니, 네르비아 씨도 눈을 동그랗게 뜨고 굳어 있었습니다. 잘 보니 목덜미에 닭살도 돋았습니다.

"또…… 또냐, 그 녀석과 같잖아……!! 도대체 네놈은 정체가 뭐냐……!!"

무슨 소린지 모를 말을 중얼거리던 슬리제니 백작이 갑자기 제게 손을 확 뻗었습니다. 깜짝 놀라 반응하지 못한 저 대신, 보호대로 감싼 네르비아 씨의 손이 슬리제니 백작의 뒤룩뒤룩한 손을 쳐냈습니다.

"큭……?! 이놈, 무례하구나! 내가 누군지……."

"제 이름은 네르비아 루나벤트입니다. 그렇게 원하신다면 상대해 드리겠습니다만."

아까까지 쭈뼛거리던 태도가 거짓말인 양, 네르비아 씨는 의연한 태도로 또박또박 전했습니다. 그리고 그와 동시에 품 속에서 꺼내 든 손수건을 백작에게 보여 주었습니다. 그 손 수건에는 가문의 문장인 듯한 자수가 놓여 있었습니다.

손수건을 본 슬리제니 백작은 갑자기 얼굴이 새파랗게 질 리더니, 그대로 아무 말도 하지 않고 자신이 타고 온 마차 로 도망치듯이 달려갔습니다.

잠시 어안이 벙벙해져서 굳었던 저는 퍼뜩 정신을 차리고 네르비아 씨를 돌아보았습니다.

"언니, 날 지켜줘서 고마워!"

"아니에요, 감사 인사를 해야 하는 건 제 쪽이죠! 저 같은 걸 위해서 화를 내 주시다니…… 그리고 그 정도 살기는 처음 느껴 봤어요! 역시 세피 님이에요!"

뭐, 뭐라고? 살기?! 살기라니 무슨 소리야?! 무슨 말씀이 시죠?!

그 돼지 백작의 이상한 반응이라든가 네르비아 씨의 가문 명이라든가, 그 짧은 시간 동안에 궁금한 점이 여러 개 생긴 것 같은데.

"세피! 네르! 또 그 돼지 백작이 보이던데 괜찮아?! 이상한 짓 당하진 않았어?!"

황급히 이쪽으로 달려온 어머니를 보자 그 의문들은 모두 날아가 버렸습니다.

***

"뭐야 이거. 세피, 왜 이렇게 귀여워?"

"와아……! 세피 님, 너무 잘 어울리세요!"

"그렇지, 귀엽지?! 정말이지, 세피는 천사라니까!"

현재 저는 이웃집에 사는 여자아이의 원피스를 입었습니다.

모든 것은 제 머리가 많이 길었다는 소소한 잡담으로부터 시작되었습니다. 이제 생후 10개월에 접어들었지만, 제 머리카락은 벌써 가볍게 묶일 만큼 길어졌습니다.

어째선지 저는 머리카락이 나는 속도도, 자라는 속도도 현저히 빨랐습니다. 아니, 애초에 태어났을 때부터 머리카락이 제법 나 있었다고 해요.

메리안느 씨가 그런 제 머리를 양 갈래로 묶어 주었고, 그 모습을 본 어머니가 들뜬 감정을 주체 못 하고 날뛰었습니다. 그래서 그대로 전속력으로 뛰쳐나가 이웃집에서 원피스를 조달해 오셨습니다. 뭐, 저는 같은 나이대 아기와 비교해도 이상할 만큼 몸집이 작은 탓에 옷이 헐렁해서 옷 자락이 질질 끌리지만요.

거울이 없어서 주관적으로는 알 수 없지만, 어머니와 메리안느 씨, 그리고 네르비아 씨가 몹시 흥분한 걸 보니 아마도 그럭저럭 귀엽기는 한가 봅니다.

"세피! 그 상태로 엄마라고 해 봐! 엄마!"

"……부, 부끄러워, 엄마……."

"꺄아아~~~!!"

마침내 감정 고조치가 한계를 돌파해 버린 어머니는 절규하며 저를 안아 들고서 무시무시한 기세로 뺨을 맞대 문질렀습니다. 뜨거워! 마찰열! 마찰열이!!

잠깐만 오빠, '나무아미타불'이라는 표정으로 합장하지 말고 좀 도와줘! 포기가 너무 빠르잖아! 나 아직 승천 안 했다고!!

제가 마구 휘둘리며 어머니의 감정을 정상치로 되돌리는 마법을 개발해야 하나 진지하게 고민하는데…… 메리안느 씨가 저와 오빠 얼굴을 번갈아 보며 말했습니다.

"그건 그렇고 완전히 나뉘었네. 로그나 군은 아버지를 닮고, 세피는 널 닮았어."

"그래! 맞아! 로그나는 장래에 분명히 아빠 같은 미남이 될 거야!!"

확실히 어머니 말대로 오빠의 이목구비는 가족의 콩깍지

를 빼고 봐도 상당히 단정한 것 같습니다.

저는 전장에 끌려가는 것을 피하기 위해 마법을 쓸 수 있다는 사실을 비밀로 했지만…… 언젠가 전쟁이 끝나면 비밀을 밝히고 귀족이 되어서 오빠에게 일등 신붓감을 소개해 줄 거예요. 기대하라고, 오빠!

제가 마음속으로 장래 설계를 하는데, 갑자기 어머니가 뭔가 깨달은 듯이 전율하는 표정을 지었습니다.

"……잠깐 기다려. 어쩌면 로그나도…… 이 옷차림이 어울리지 않을까?"

"뭐어?!"

어머니가 진지한 얼굴로 중얼거리자 오빠는 순식간에 안색이 새파래지며 뒷걸음질 쳤습니다.

하지만 이 상태가 된 어머니로부터 도망칠 수단은 없어요.

저는 재빨리 원피스를 벗어서 어머니에게 넘겨주며 조용히 합장했습니다.

나무아미타불.

"아니, 절대로 무리야! 안 어울린다니까! 무리라고! 싫어 싫어, 잠깐, 아앗, 아아~앗?!"

필사적으로 저항한 보람도 없이, 오빠는 눈 깜짝할 사이에 강제로 원피스 차림이 되고 말았습니다.

저와 메리안느 씨, 그리고 네르비아 씨의 뭐라 형용할 수 없는 따스한 시선 속에서 오빠는 짧은 머리를 리본으로 억지로 묶였습니다. 그리고 얼굴을 새빨갛게 물들인 채 부들

부들 떨면서 수치심을 견디며, 수줍어하는 몸짓으로 살짝 위를 올려다보았습니다.

어라라……? 위험해, 무진장 귀엽잖아!

"세피, 어떻게 생각해?"

"약하게 표현해서 천사."

"예~이!!"

저와 어머니는 하이파이브를 나누며 모녀의 연을 더욱 견고히 다졌습니다.

……어라 왜 그래, 오빠? 입에서 하얀 오빠가 나오면서 하늘로 올라가는데?

자포자기한 표정으로 승천하는 오빠에게 정신이 팔렸을 때, 현관 근처에서 '덜컹' 하는 소리가 들려왔습니다.

뒤를 돌아보니 그곳에는 저희에게 옷을 제공해 준 이웃집 여자아이가…….

그와 동시에 오빠가 퍼뜩 제정신으로 돌아오더니, 사색이 되었던 얼굴을 다시 새빨갛게 물들였습니다.

"이건 사정이 있어서! 그게, 변명하는 게 아니라, 절대 그런 거 아니야!!"

"괜찮아……. 어, 다른 애들한테는 말 안 할게……. 나, 입 무겁거든……."

"내 얘기 좀 들어 봐! 아, 잠깐, 가지 마! 기다려! 기다리라니까?!"

오빠는 떠나가는 소녀의 등에 팔을 뻗으며 소리쳤지만,

안타깝게도 원하는 바는 이루어지지 않았습니다. 완전히 무너져 내린 오빠는 "후, 후후…… 끝났어……."라며 중얼거렸습니다.

오빠는 그 후로 한동안 부루퉁해 있었습니다. 하지만 제가 나중에 그 소녀에게 사정을 설명하겠다고 말한 뒤 "오빠, 이제 나 싫어……?" 하고 초롱초롱한 눈빛으로 물으니 "……따, 딱히 그런 건 아냐."라며 머리를 쓰다듬었습니다.

……역시 우리 오빠야, 너무 착하고 단순해.

그런 식으로 서로 장난치고 웃으며 사랑하는 가족과, 가족이나 다름없는 마을 사람들에게 둘러싸여 지내는 하루하루는 정말 행복하고 둘도 없는 것이었습니다.

마을 생활은 조금 괴로울 때도 있었고, 여러 가지로 참아야 할 때도 있었습니다.

하지만 이렇다 할 사건이 없는 평탄하고 평범한 한때가, 무난하기 짝이 없는 일상이 저에게는 진심으로 사랑스럽게 느껴졌습니다.

그래서 앞으로도 이렇게 즐겁고 멋진 나날이 영원히 계속되리라고…….

그렇게 철석같이 믿었던 저는, 이 행복을 지키기 위한 수단은 전혀 준비해 두지 않은 채 무방비하게 지내고 있었습니다.

제5장 0세 10개월 상처와 악몽과 미숙한 역린

　——그곳은 본 적 없는 거리였습니다.

　그렇게 번영하지도, 쇠퇴하지도 않은 곳.

　거리 중심을 가로지르는 대로를 따라 다양한 가게가 줄지어 늘어서 있었고, 분명 평소에는 제법 북적였으리라는 걸 알 수 있었습니다.

　그랬던 거리가…… 지금은 새빨갛게 물들어 있었습니다.

　각지에서 들려오는 비명과, 그것을 비웃듯이 울리는 낮은 목소리.

　목조 가옥들이 활활 불타거나 무너져 가는 소리를 배경으로, 괴물들이 온 거리를 휘젓고 다녔습니다.

　그 병사들이 광란 속에서 뛰어다녔지만, 이미 그 정도로 수습할 수 있는 상황이 아니었습니다.

　엉엉 우는 어린아이를 끌어안고 몸을 웅크린 어머니는 아무것도 하지 못하고 괴물의 먹이가 되었습니다.

　귀가 저릴 정도로 선명한 여자의 비명과, 어린아이의 울부짖음.

　그리고 등골이 서늘해질 만큼 기분 나쁘고 낮은 목소리.

이건 분명——— 이 세계 어딘가에서 현실로 일어나고 있는 사건이에요.

'꺄아아아악!!'

"——헉?!"
튀어 오르듯이 벌떡 일어난 저는 거친 호흡을 진정시킬 새도 없이 주위를 둘러보았습니다.
한순간 직전까지 꾸었던 꿈과 현실을 구분하지 못했습니다. 하지만 새빨갛게 불타오르는 거리가 어디에도 안 보이자, 저는 조금이지만 가슴을 쓸어내렸습니다.
그러나 곧바로 최악의 사실을 깨달았습니다.
좁고 캄캄한 심야의 침실을 둘러보니 저 말고는 사람이 아무도 없었던 겁니다.
"그만둬, 이거 놔!!"
옆방에서 뭔가 싸우는 듯한 소리와 오빠의 외침이 들려왔습니다.
저는 시끄러울 정도로 격하게 고동치는 가슴을 억누르고서 혼란으로 마비되려는 얼굴을 필사적으로 진정시켰습니다. 그리고 거실로 이어지는 문의 반쯤 열린 틈새로 머뭇머뭇 바깥을 엿보았습니다.
그때 제가 본 것은——.
침실을 밝히는 건 땅 위에 놓인 작은 랜턴뿐이었습니다.

그리고 그 미약한 빛을 받아 희미하게 떠오르는, 작고 추레한 남자의 그림자.

아무렇게나 자란 불결하고 덥수룩한 수염과 기분 나쁘게 번뜩이는 커다란 눈.

오른손에는 단도 같은 작은 날붙이를 들었습니다.

도적이다.

저는 직감적으로 그렇게 결론지었습니다.

키가 작고 깡마른 그 남자는 옷자락이 흐트러진 어머니를 다리 사이에 두고 서 있었습니다.

그리고 그런 남자에게 오빠는 일 미터도 안 되는 나무 막대기를 들고 맞서고 있었습니다.

"칫, 시끄러운 꼬맹이로군."

몸집이 작은 도적은 낮고 소름 끼치는 목소리로 중얼거리더니, 손에 든 단도를 휘둘렀습니다.

제가 뭐라고 소리를 지르려 했을 때, "로그나!!" 하고 외치는 소리와 함께 어머니가 오빠를 감쌌습니다.

"크윽……?!"

"어, 엄마?!"

아직 침실에 있던 제 눈에도 도적이 든 단도가 어머니의 몸을 베어내는 것이 분명히 보였습니다.

어머니가 입은 옷이 찢어지고, 거무스름한 얼룩이 천천히 퍼졌습니다.

"이런, 젠장. 모처럼 찾은 젊은 계집이……."

그렇게 말하며 불쾌하다는 듯이 침을 내뱉는 도적을, 오빠는 증오에 불타는 눈으로 노려보았습니다.

……그러나 제가 도적과 어머니 사이에 비틀거리며 끼어들자, 오빠의 얼굴이 바로 놀란 표정으로 바뀌었습니다.

"세, 세피?! 너……!"

저는 오빠의 목소리도 듣지 못한 채 떨리는 손으로 어머니를 살폈습니다.

어머니의 등은 20cm 정도 베여 피부가 쩍 갈라져 있었습니다. 울컥울컥 넘쳐흐르는 피가 랜턴 빛을 반사하며 기분 나쁘게 번쩍였습니다.

괴로운 듯이 신음하는 어머니의 목소리를 들으니, 저도 모르게 의식이 날아갈 것만 같았습니다.

"어……엄마…… 엄마아……!"

저는 어찌할 바를 모르고 떨리는 입술로 그저 어머니를 부를 수밖에 없었습니다.

뭐야 이거, 갑자기 뭔데? 왜 이런 일이 벌어진 거야? 몰라, 모르겠다고……!

방금 막 깨어난 탓에 머리가 제대로 돌아가지 않기도 했지만, 갑작스레 내던져진 이상한 상황의 연속에 저는 완전히 패닉에 빠졌습니다.

어머니를 부르며 최소한 지혈이라도 하기 위해 상처를 눌렀을 때, 뜨겁고 축축한 감촉과 철분 냄새가 느껴져 무심코 토기가 치밀어 올랐습니다.

그런 상황에서도 제 목소리를 들은 어머니는 아픔을 필사적으로 견디며 옅게 미소를 지었습니다.

"괜, 찮……아……. 그러니까, 로그나…… 세피를 데리고……."

"무슨 소리야?! 그럴 수는……!"

"아빠와의, 약속…… 세피만이라도…… 부탁할게, 로그나……."

오빠는 눈물을 뚝뚝 흘리며 저와 어머니의 얼굴을 번갈아 보았습니다.

그리고 무언가를 결심한 듯이 귀기 넘치는 표정을 지은 오빠는, 손에 쥔 나무 막대기를 더욱 꽉 움켜쥐고서 천천히 일어섰습니다.

……오빠? 뭐 하는…… 거야?

"오? 해 볼 테냐, 애송아?"

저희가 대화하는 모습을 히죽거리며 바라보던 도적이 재밌다는 듯이 말했습니다.

그, 그만둬 오빠! 그러면 안 돼……!

하지만 제가 제지하기도 전에…….

"우와아아아아아아아아!!"

제 옆을 지나쳐서 있는 힘껏 달려 나간 오빠는 손에 든 나무 막대기를 휘둘렀습니다.

그러나 다섯 살 아이가 휘두른 보잘것없는 막대기는 간단하게 부러졌고, 오빠는 도적에게 걷어차여 날아갔습니다.

"오빠?!"

테이블 다리에 부딪히며 쓰러진 오빠는 배를 걷어차인 탓에 호흡 곤란으로 헐떡였습니다. 도적은 유쾌하게 웃으며 그런 오빠를 괴롭히듯이 쓰러진 작은 몸을 몇 번이고 걷어 찼습니다.

저는 온몸의 핏기가 가시는 것을 느끼며 마치 넘어질 것처럼 뛰어가 오빠를 감쌌습니다.

"그만둬! 그만둬!!"

저는 이성을 잃고 숨도 제대로 못 쉬는 오빠를 끌어안은 채 외쳤습니다. 눈앞에 있는 오빠의 안색은 창백했고, 희미하게 새어 나오는 호흡은 당장에라도 끊어질 듯했습니다.

"로그나…… 세피…… 부탁이야, 도망쳐……."

피투성이가 되어 이쪽으로 손을 뻗는 어머니의 떨리는 목소리에 도적은 천박한 웃음소리를 흘리며 입꼬리를 추악하게 끌어올렸습니다. 그리고 다시 어머니에게 다가가 위에 올라타더니, 거칠고 울퉁불퉁한 손으로 어머니의 옷을 붙잡고 찢어 버렸습니다.

하얗고 작은 가슴이 훤히 드러났지만 어머니는 입술을 깨물며 비명을 참았습니다. 설마, 소리를 지르면 저나 오빠가 나설 수도 있으니 자기만 참으면 된다는 당치도 않은 생각을 한 걸까요.

"그, 만둬……."

오빠의 가냘픈 신음과 어머니의 억눌린 울음소리…… 그

리고 도적의 의기양양한 웃음소리를 들은 저는 빙글빙글 도는 시야 속에서 후회에 짓눌려 죽을 것만 같았습니다.

——나 때문이야.

도적 따윈 없다고 멋대로 단정 짓고서 아무 대책도 세우지 않았어.

원래 마법을 쓸 수 있는 내가 제일 도적을 경계해야 했는데.

마법이 됐든 뭐가 됐든, 세울 만한 대책은 얼마든지 있었어. 함정을 설치하든, 경보장치를 만들든, 선수를 쳐서 이쪽에서 찾아내든, 뭐든 괜찮았는데.

손바닥으로 얼굴을 덮자, 제어할 수 없게 된 목소리가 갈 곳을 잃고 내 의지와는 상관없이 흘러나왔다.

"으아아……아아아아…… ."

오늘까지 아무 사건도 일어나지 않았으니 앞으로도 영원히 그럴 거라고 안일하게 단정 지은 채 눈먼 평화 속에서 지내왔다.

지금도 이런 일이 벌어질 때까지 한 번도 깨지 않고 푹 잔 탓에 이렇게 어머니가 피투성이가 되어서 난폭한 짓을 당하고, 눈물을 흘리고…… .

"그만둬, 그만둬그만둬그만둬…… ."

남을 다치게 할 만한 위력을 지닌 마법은 이론만 구축해 봤을 뿐 실제로 써 본 적이 없다. 쓸 각오도, 마음의 준비도

전혀 하지 않았다.

그런 마법은 먼 미래에나 필요할 거라고 단정했었으니까.

그런데 그 태만이 지금 이 상황을 불러온 거야.

나 때문이야, 나 때문이야, 나 때문이야——.

"으아아아아아아아아아아아아아아아아아아아아아아아아!!"

……하지만 책임은 나에게 있어도, 죄는 도적에게 있다.

이 자식만 없었으면 어머니가 피를 흘릴 일은 없었어.

이 자식만 없었으면 오빠가 다칠 일도 없었어.

이 자식만 없었으면——.

이 자식만 없었으면.

나는 피와 대량의 땀을 흘리며 괴로워하는 어머니를 보았다.

배를 감싸 안고 괴로운 듯이 끙끙대는 오빠를 보았다.

마지막으로 선혈로 물든 자신의 손바닥을 보았다.

뱃속에서 부글부글 끓어오르는 검은 무언가가 내 사고를
침식하는 것이 느껴졌다.

"갈기갈기 찢어서 죽여 버리겠어……!!"

나는 시야가 새빨갛게 물든 채 뒤로 돌아 피투성이가 된 손을 도적에게로 향했다.

Э п ч 피투성이 축제의 호령 Ⅲ ю◉Э и Ⅲ
Ж
Г д п и _ ё Э п ч ß ё◉◉и Ъ
ß ё◉◉и ф ß ё◉◉и н σ ₀₀₀Ъ
ß ё◉◉и · ◉б ЭЄп ч ф ◉б ЭЄп ч Ⅲₒₒ ₒⅢЪ
ß ё◉◉и · Ч◉ℓй Л ф Ч◉ℓй ЛⅢℓⅢЪ
б€ч й б п ß ё◉◉и Ъ
Ж

"『피투성이 축제의 호령』!!"
<small>데이스트 블러드</small>

내 손에 묻은 어머니의 혈액의 물질량이 순간적으로 오천 배까지 증폭되어 터무니없는 속도와 기세로 작렬했다.

공기가 폭발하는 듯한 우렁찬 소리가 울리더니 어머니 위에 올라탄 도적이 단숨에 모습을 감췄고, 다음 순간에는 피투성이가 된 도적이 반대편 벽에 붙어 있었다.

철퍽, 하고 피바다 위로 떨어진 도적을 보고 실수로 죽여버렸나 했지만…… 도적이 신음을 흘리며 기침을 하는 모습에 나는 안심했다.

다행이야, 살아 있었구나…….

──이 자식은 내가 실컷 희롱하고 괴롭힌 뒤, 태어난 것

을 후회하게 하면서 인간이었다는 사실조차 모르게 고깃덩어리로 바꿔 줄 거거든.

벽에 직격한 후 튕겨 나온 대량의 혈액을 비처럼 맞으며, 나는 피바다 속에서 천천히 일어서서 도적을 노려보았다.

바닥을 기어 다니던 도적은 내 시선을 눈치채더니, "허억?!" 하고 한심하기 짝이 없는 비명을 지르며 도망치려 했다.

"『전략적 고혈압』."

메디컬 라이플

이번에는 레이저처럼 한 점으로 모여 사출된 초고압의 혈액이 도망치려던 도적의 다리를 단숨에 꿰뚫었다.

"으아아아아아악?! 아파아아!! 다다다다리가, 내 다리가 아아!!"

도적은 소름 끼치고 역겨운 비명을 지르며 피 웅덩이 위로 쓰러지더니, 인간이 절대 구부릴 수 없는 방향으로 뒤틀린 오른 다리를 붙잡고 고통에 몸부림쳤다.

"『메디컬 라이플』."

왼 다리.

필사적으로 도망치려고 일어섰던 도적이 더 크게 절규를 내지르며 다시 쓰러졌다.

"『메디컬 라이플』."

오른팔.

몸을 일으키기 위해 땅을 짚었던 팔도 꿰뚫리고, 도적은 피바다에 얼굴부터 처박혔다.

"『메디컬 라이플』."

왼팔.

비명을 지르며 기어서 도망치려 하길래 마지막 팔도 꿰뚫었다.

도적은 사지가 꿰뚫리고 반쯤 미쳐서 소리를 지르며 빈사 상태에 빠진 벌레처럼 꼴사납게 몸부림쳤다. 그 모습을 내려다보니, 나는 유쾌한 기분이 끓어올라 무심코 입꼬리를 치켜올렸다.

그런 내 표정을 본 도적이 눈을 한계까지 뒤집어 까더니, 이를 딱딱 부딪치며 떨기 시작했다.

……내 미소는 천사 같다고 소문이 자자한데, 예의도 모르는 놈이군.

제대로 움직이지 않는 팔다리로 포기하지도 않고 애벌레처럼 꿈틀대며 나에게서 거리를 벌리려고 뒤로 물러나는 도적.

나는 한 걸음씩 천천히 걸어가며 이 자식을 어떻게 괴롭힐까만을 생각했다.

손끝부터 순서대로 피가 펄펄 끓게 만들어 줄까?

팔다리를 뿌리부터 꽝꽝 얼려 줄까?

내장의 경도를 서서히 올려 줄까?

이를 하나씩 터뜨려 줄까?

피부를 바위처럼 무겁게 만들어서 박살 내 줄까?

불쌍한 도적은 울부짖으며 "살려 줘!"라는 엉뚱한 말이나 하고 있었다.

아직도 자기가 어떤 입장인지 모르는구나. 이럴 때는 '최소한 편하게 죽여 주세요'라고 해야 하는 거야.

물론, 그런 부탁을 들어줄 생각은 없지만.

이 방에 지옥을 재현시켜 주겠어……!!

"사, 살려 줘!! 백작이 시켜서 한 거야!! 잘못했어, 두 번 다시 안 할게!!"

"…………."

백작…… 그 자식인가. 그렇다면 그 자식도 나중에 없애 버려야겠군. 관계자는 전원 죽여 주마.

뭐 그건 그거고, 누가 시켜서 했는지는 상관없어. 오히려 화만 더 치밀었을 뿐.

필사적으로 사과하는 도적에게 싱긋 미소 지은 나는, 그 돼 먹지 못한 사죄 방법을 올바르게 고쳐 주기로 했다.

나는 작은 손을 재빨리 뻗어 도적의 코를 붙잡았다.

"『강요된 성의_{프레서}』."

코의 중량이 300kg으로 설정된 도적은 얼굴이 찌부러질 듯한 기세로 나에게 고개를 숙였다.

그래그래. 성의 있는 사죄란 이런 거지.

"컥, 크헉…… 아, 그아아아……?!"

코가 찢어진 채로 바닥에 흥건히 고인 혈액 속에서 허우 적대는 도적의 머리를 밟고서 꾹꾹 짓눌렀다.

……좋아, 정했어. 우선 어머니가 다친 곳과 같은 곳을 벤 뒤 그 자리를 불태워 주마.

그리고 이 자식이 오빠를 걷어찬 곳과 같은 곳을 같은 횟

수만큼 바위로 으깨 줄 거야.

그런 다음 아까 떠오른 처형 방법을 전부 실행하고, 그래도 살아 있으면 돼지 먹이로 던져 주겠어!!

"우훗…… 후후, 앗하하하하하하하하하!!"

나는 피 웅덩이에 잠겨 있던 단도를 집어 들고서 도적의 등을 노렸다.

그리고 이미 인간의 목소리가 아닌 절규만을 흩뿌리는 도적을 무시하고서 단도 중량을 조작하기 위해 입을 열려 했다.

──그 순간.

"이제 됐어, 세피!!"

내가 손에 든 단도가 튕겨 날아감과 동시에 나는 따뜻한 무언가에 감싸였다.

……오빠?

나는 왜 방해받았는지 이해가 안 가서 매우 혼란스러웠다.

"……이거 놔."

"이제 됐다니까! 이 이상 공격했다간 죽는다고!!"

맞아, 이 자식을 죽일 거야……. 이런 놈은 죽어야 마땅하잖아? 살려 둘 가치며 이유가 전혀 없는걸. 왜 오빠가 이 자식을 감싸는 건데? 왜 그러는지 모르겠어.

만약 내가 전생의 기억이 없는 평범한 갓난아기로 태어났다면 어떻게 됐을 것 같아? 나와 오빠는 반쯤 장난감처럼 놀아나고, 어머니는 다 죽어가는 우리 눈앞에서 능욕과 희롱을 당한 뒤에 다 같이 살해당했을 게 분명해.

이렇게 추하게 생긴 부랑자인지 도적인지도 모를 놈에게 어머니가 더럽혀지다니, 상상만 해도 구역질이 나.

칼로 난도질당해 피투성이가 되어 누워 있는 오빠를 상상하면, 정신이 아득해져.

그런 미래를 회피했던 이유는 내가 기적적으로 전생의 기억을 유지했고, 운 좋게 마도서를 손에 넣었고, 우연히 해독하게 되었고, 어쩌다 보니 마법을 습득했기 때문이야.

이 정도로 편리한 행운이 연달아 일어난 덕분에 겨우 그 악몽 같은 미래를 피한 거라고.

결과적으로는 모두 살아났으니까 죽이기는 불쌍하다는…… 그런 웃기지도 않은 소리를 하는 놈은 인간이 아니야.

"이거 놔! 이 자식은 여기서 죽여 버릴 거야!!"

"안 돼! 절대로 안 돼!"

"비켜! 왜 방해하는 거야?! 죽일 거야! 죽여 버릴 거라고!!"

힘없는 내 팔로는 아무리 날뛰어도 오빠를 뿌리칠 수 없다. 소중한 오빠에게 마법을 쓸 수는 없는 노릇이라, 나는 바로 옆에 있던 오빠의 얼굴을 분노에 차서 노려보았는데…….

그때, 왜인지 눈물을 글썽이는 오빠를 본 나는 놀라 숨을 삼켰다.

"이런 놈 때문에…… 손을 더럽힐 필요는 없어……."

숨 막힐 만큼 나를 꽉 끌어안고서 갈라진 목소리로 속삭인…… 그 한마디에—— 제 마음을 지배하던 태풍 같은 분노가 거짓말처럼 흩어지는 것이 느껴졌습니다.

"……오, 빠……?"

잘 보니…… 오빠, 떨고 있어…….

스스로도 놀랄 만큼 선명해진 의식과 사고가, 불안한 듯이 흔들리는 오빠의 눈동자 속에서 강한 공포를 발견했습니다.

……그렇구나, 그렇겠지. 지금까지 같은 지붕 아래에서 살던 갓난아기가 갑자기 성인 남자를 죽이려고 들면 당연히 무섭겠지. 그런데도 그런 내 앞에 뛰어들어 몸을 날리면서까지 막아 준 거야.

나는 오빠와의 약속을 깨고 마법으로 사람을 죽이려 했는데…….

오빠는 아버지와의 약속대로, 나를 지켜 줬구나.

"……미안해, 오빠. 이제, 괜찮아."

그렇게 말하며 제가 웃어 주자, 오빠는 굳어 있던 표정에서 천천히 힘을 빼며 안도의 한숨을 내쉬었습니다.

저는 코앞에서 땅에 얼굴을 처박은 도적을 힐끗 쳐다본 후, 저를 안아 드는 오빠에게 몸을 맡겼습니다.

"오빠! 엄마를……!"

"그래, 나도 알아!"

저희가 다가오는 것을 본 어머니는 안심한 듯이 눈이 가늘어졌습니다. 하지만 등에서는 아직도 검붉은 피가 계속 흘러나오고 있었습니다. 빨리 조치를 취하지 않으면 돌이킬 수 없는 사태가 벌어질지도 모릅니다.

그런데, 그때…….

"꺄아아아아아?! 마시아?!"

우리 집 현관에서 어머니의 친구인 메리안느 씨가 나타났습니다. 메리안느 씨는 어두컴컴한 집 안에서도 보일 만큼 안색이 새파랗게 질리더니 저희에게 달려왔습니다.

"잠깐, 그 상처……! 그리고 방 안이 왜 이리 축축해?!"

광원이라고는 랜턴밖에 없는 탓에, 메리안느 씨는 온 바닥을 적신 액체가 혈액이라는 사실을 눈치 못 챈 모양이었습니다. 뭐, 시간문제겠지만요.

저는 도적에게 찢긴 어머니의 상의 자락을 가까이 있던 통에 넣어 마법으로 만들어 낸 온수로 살균한 뒤 바로 냉각했습니다. 그리고 딱 좋은 타이밍에 달려와 준 메리안느 씨에게 그 천을 건넸습니다.

"메리안느 씨, 이걸로 상처를 눌러 줘!"

"어?! 아, 응! 상처를 세게 누르면 되는…… 거지?"

일단 응급 처치로 바로 떠오르는 게 압박 지혈법뿐이었습니다. 이게 옳은 조치인지는 전혀 모르겠지만, 안 하는 것보다는 낫겠죠.

하지만 칼에 베인 상처에 관한 조치가 옳다고 해도, 그 도적의 단도에 붙어 있던 녹이나 세균으로 인해 상처가 곪거나 2차 감염이 일어날지도 모릅니다.

아까부터 말하지만 이 가난한 마을에 의사 따윈 없습니다. 가벼운 부상이나 병은 민간요법으로 대처하면 되지만, 이 상처는 그런 수준으로 될 게 아닙니다.

대량의 땀을 흘리며 고통을 견디는 어머니의 표정에 또다시 눈물이 차오를 뻔했지만…… 저는 입술을 깨물며 꾹 참고서 일어섰습니다.

"메리안느 씨…… 아무나 어른을 불러올게."

"아, 안 돼, 세피!! 지금 밖에는……!"

"응, 알아."

메리안느 씨가 어머니를 지혈하며 황급히 외치자, 저는 안심하도록 미소를 지어 보였습니다.

저는 오빠 덕분에 제정신으로 돌아오자마자 마을에서 일어나는 소란을 깨달았습니다.

방금까지는 눈앞의 일만이 보였던 데다가 우리 집이 마을 변두리에 있는 탓에 소동 소리가 잘 안 들려 뒤늦게 알아차리고 말았는데…… 아무래도 도적은 이 자식만 있는 게 아니었던 모양입니다.

"괜찮아. 금방 다 끝내고, 돌아올게."

저는 그렇게 말하며 손으로 어느 한 방향을 가리켰습니다. 그쪽으로 시선을 돌린 메리안느 씨는 땅에 엎어져 괴로운 듯이 꿈틀거리는 도적의 모습을 발견하고 눈이 휘둥그레졌습니다.

"메리안느 씨는 엄마를 부탁해."

저는 그렇게 말하고 크게 당황한 메리안느 씨와 매우 진지한 눈빛으로 바라보는 오빠에게 부드럽게 미소 지었습니다.

"세피."

그런데, 그때…… 불안정한 발걸음으로 현관으로 향하려던 제 등 뒤로 오빠의 목소리가 들려왔습니다.

또 그만두라거나 위험하니까 가지 말라면서 말릴 줄 알았는데, 오빠가 뒤이어 한 말은…….

"세피는 내가 지킨다고 했잖아. 자, 꼭 붙잡고 있어."

"……!! ……응!"

제 허리를 살며시 감싼 팔이 가볍게 저를 들어 올렸습니다. 저는 가슴 한가득 퍼지는 따뜻한 기분에 수줍게 웃으며 오빠의 가는 목에 팔을 둘렀습니다.

그리고 저희는 시끄러운 소리가 아득히 들려오는 마을 중심부를 향해 필사적으로 달려갔습니다.

기다려요, 모두……!!

저희가 마을 중심부에 도착하니, 그곳에는 사람들이 모여 있었습니다.

도적들에게 습격당했을 텐데 뭘 하는 건지 의아하게 생각했는데…… 사람들이 바라보는 곳으로 시선을 돌린 순간,

어떤 상황인지 이해했습니다.

마을 사람들이 둘러싼 곳 중심에는 두 사람이 싸우고 있었습니다.

한쪽에는 30대에서 40대쯤으로 보이는 곰처럼 우람한 체격의 남자가 히죽거리며 기분 나쁘게 웃고 있었습니다.

그리고 다른 한쪽에는 숨을 가쁘게 몰아쉬며 땅에 한쪽 무릎을 꿇은 네르비아 씨가 있었습니다.

싸운다기보다는 놀아나는 듯한 형세로 보였는데, 재능만은 기사 수도회에서도 인정할 정도였다는 네르비아 씨가 저렇게까지 궁지에 몰리다니…….

"……세필리아 님?"

저는 잔뜩 쉰 목소리에 뒤를 돌아보다가 모여있는 사람들 사이로 엉망진창이 되어 누워 있는 바슈할 촌장님을 발견했습니다.

저와 오빠는 놀라 바슈할 촌장님 곁으로 달려갔습니다.

촌장님을 간호하던 사람들이 "세필리아?!", "로그나 군?!" 하고 비명을 질렀습니다. 아무래도 저희가 피투성이여서 놀란 모양입니다.

저는 사람들 목소리를 무시하고 바슈할 촌장님에게 말을 걸었습니다.

"촌장님, 괜찮아……?"

저의 끔찍한 몰골을 본 촌장님은 한순간 놀랐는지 눈이 커졌지만, 금세 이쪽을 안심시키듯이 부드러운 표정을 지었습니다.

"예, 괜찮고말고요. 그러니 세필리아 님은 부디 댁으로 돌아가 주십시오."

"……무슨 일이 있었어? 솔직히 말해 줘."

제가 진지하다는 걸 표현하기 위해 목소리를 낮추고 물으니, 촌장님은 잠시 입을 다문 뒤 눈을 살짝 내리깔고서 말했습니다.

"도적들이 갑자기 습격해 왔습니다. 다행히도 네르비아 님이 심야 순찰 중이셨던 덕분에, 그분이 외치는 소리에 다들 금방 잠에서 깨기는 했지만……."

제 추측과 거의 비슷하네요.

우리 집에 네르비아 씨가 보이지 않는다는 걸 알고 어렴풋이 예상은 했습니다.

잘 보니 인파 안쪽…… 싸우고 있는 거구의 남자 외에도 본 적 없는 남자 네 명이 보였습니다.

그 자식들은 천박하게 웃으면서, 아마 도적단의 리더로 추정되는 거구의 남자가 네르비아 씨를 농락하는 모습을 견학하는 듯했습니다.

그렇다면 어머니와 오빠를 습격한 그 도적은 망보기 담당이라도 됐던 걸까요?

그때, 저는 시선 끝에서 묘한 것을 발견했습니다.

"……어? 저건, 슬리제니 백작?"

구경에 열중하는 도적들 발밑에 피투성이가 된 고깃덩어

리가 쓰러져 있었습니다.

"예에…… 아무래도 오랫동안 행방이 묘연했던 도적들을 숨겨 온 장본인이 슬리제니 백작인 모양입니다. 마을을 습격하게 시킨 다음에 혼란을 틈타 메리안느를 손에 넣으려는 꿍꿍이였던 듯한데…… 아마 도적들에게 더 이상 필요가 없어서 버려진 거겠지요."

대놓고 메리안느 씨를 납치하면 또 예전처럼 우리 아버지에게 험한 꼴을 당할지 모릅니다. 그래서 겉으로는 전혀 관계없는 타인에게 마을을 습격하게 시킨 뒤, 혼란스러운 화재 현장에서 물건을 훔치는 도둑처럼 메리안느 씨를 납치할 속셈이었나 봅니다. …………아니, 지금은 저 돼지 백작 꿍꿍이가 어찌 됐든 알 바 아닌가.

저는 쓸데없는 생각은 그만두고 주위에 있는 마을 사람들을 쓱 훑어보았습니다. 아무래도 네르비아 씨와 촌장님 이외에 다친 사람은 없는 것 같았습니다. 이거, 설마…….

"촌장님, 그 상처는…… 사람들을 지키려다가……?"

"별말씀을, 이런 상처 따윈 아무것도 아닙니다. 아직 더 싸울 수 있어요……."

촌장님은 그렇게 말하며 센 척했지만, 인상이 바뀔 정도로 호되게 얻어맞은 데다가 팔다리에도 극심한 구타의 흔적이 보였습니다. 촌장님이 고령이라는 사실을 빼고 봐도 상당히 위험한 상처인 건 분명합니다.

저는 촌장님의 용기와 각오에 압도당하면서도 네르비아

씨와 거구의 남자가 격렬하게 검을 맞부딪치는 소리가 나는 쪽으로 시선을 돌렸습니다.

"⋯⋯네르비아 언니는, 뭘 하는 거야?"

"마을 사람에게 손을 대려면 먼저 자기부터 죽이라고⋯⋯ 네르비아 님이 도적 수장에게 일대일 승부를 신청했습니다."

일대일 승부를 신청하다니, 네르비아 씨의 평소 성격을 생각하면 믿기지 않지만⋯⋯ 상대는 막강한 거구의 남자를 포함한 성인 남자 다섯 명입니다. 그렇게라도 하지 않으면 마을 사람들을 지킬 수 없으리라고 판단한 거겠죠.

그리고 그 선택은 실제로 최대한의 효과를 발휘했다고 할수 있습니다. 왜냐하면 그 덕분에 제가 이렇게 늦지 않게 도착했으니까요.

저는 오빠 품에서 내려와 촌장님 곁을 지나 도적들 쪽으로 천천히 나아갔습니다. 괜찮아, 이젠 이성을 잃지 않을 테니까.

등 뒤에서 "세필리아 님⋯⋯ 도대체 뭘 하시려고⋯⋯?"라는 촌장님의 목소리가 들려와, 사람들을 지키기 위해 자신의 몸을 바친 용감한 이에게 경의를 담아 대답했습니다.

"촌장님. 사람들을 지켜줘서, 고마워. ⋯⋯나머지는 전부, 나한테 맡겨."

저를 말리려 하는 마을 사람들을 오빠가 제지하는 목소리가 들려오는 가운데⋯⋯ 저는 싸움을 방관하는 네 명의 도적에게로 접근했습니다. 시야 끄트머리로 네르비아 씨가 놀라 눈이 동그래지는 것이 보였습니다.

제 접근을 제일 먼저 눈치챈 사람은 도적들 중에서도 가장 젊고 깡마른 남자였습니다.

자그마한 다리로 아장아장 걸어오는 저를 본 그 자식은 푸웁, 하고 웃음을 터뜨리더니 이쪽으로 다가왔습니다.

"여어, 무슨 일이야? 혹시 엄마가 당하기라도 했냐?"

제 눈앞에 깡마른 남자가 껄렁한 양아치처럼 앉아 얼굴을 들이대며 말했습니다. 아무래도 제가 피투성이인 이유를 착각한 모양입니다.

상식적으로 생각하면 보통은 그게 옳은 상상이지만……
이쪽은 타고난 상식 파괴자라서요.

저는 마침 눈앞에 있던 도적의 무릎에 손을 대고 씨익 웃었습니다.

Эпч 그대로 얼어라 Ⅲю◉ЭиⅢ
Ж
Гдпи Эпч ¢◉ёиЪ
¢◉ёи・ч€мш ф ¢◉ёи・ч€мш я Î∞Ъ
б€чйбп ¢◉ёиЪ
Ж

"『그대로 얼어라』."
<small>프리즈 프리즈</small>

순간적으로 도적의 무릎은 온도가 대략 영하 60도까지 낮

아져 '파지직' 하는 기분 좋은 소리와 함께 새하얗게 물들었습니다. 그것을 보고 무슨 일이 일어난 건지 몰라 혼란에 빠진 도적을 본체만체하며 저는 다른 쪽 무릎도 얼렸습니다.

이제 두 번 다시 못 걸을 거야.

무릎이 얼어 버린 탓에 발목에 힘이 빠진 도적은 그대로 뒤쪽으로 벌렁 넘어졌습니다.

다른 도적들은 그 꼴을 보고서 뭐 하는 거냐며 낄낄대고 웃었지만…… "무릎이 안 움직여!!"라고 비명을 지르는 깡마른 도적의 모습에 뭔가 이상함을 느끼기 시작한 듯했습니다.

제가 땅에 손을 뻗는 동안 키가 큰 도적이 다가왔습니다.

"야, 왜 그래? 무릎이 어쨌다고?"

"그, 그러니까, 무릎이 차가워져서——."

"아저씨. 이거 줄게."

저는 키가 큰 도적에게 환한 미소를 지으며 손을 내밀었습니다.

도적은 눈을 동그랗게 뜨면서도 제 손 위에 올라가 있는 것에 얼굴을 가까이 가져다 댔습니다.

그것이 '흙과 자갈'이라는 것을 깨달은 도적이 눈살을 찌푸림과 동시에, 저는 미소를 지웠습니다.

Э п ч 손안의 지뢰 Ⅲ ю◉Э и Ⅲ

Ж

Г д п и Э п ч＿Л Л д п и Ъ

Лдпи ф Лдпи н σ ₀₀₀Ъ

Лдпи · ◉ б ЭЄпч ф ◉ б ЭЄпч Ⅲ₀₀ ₀ⅢЪ

Лдпи · Ч◉¢йЛ ф Ч◉¢йЛ Ⅲ¢ⅢЪ

б Є ч й б п Лдпи Ъ

Ж

"『손안의 지뢰』." ^{세이크 핸드밤}

제 손을 중심으로 '콰광!!' 하는 폭발음이 울려 퍼지고, 키가 큰 도적이 단숨에 모습을 감췄습니다.

확인해 보니, 그 도적은 마치 걷어차인 깡통처럼 몇 번이고 회전하며 공중을 날아가다가 반대편에 있던 집 지붕에 직격해, 그대로 지붕에 구멍을 뚫고 집 안으로 낙하했습니다.

아마 안면이 무참히 뭉개졌을 테니 눈에 띄지 않는 곳에 떨어진 게 다행이네요.

그 자리에 있던 도적 전원이 입을 떡 벌리고서 구멍이 뚫린 지붕으로 시선을 모았습니다. 그리고 뒤이어, 천천히 그 참상의 원흉인 저에게 시선이 집중되었습니다.

방금 쓴 마법에서 폭발 방향을 지정했던 저는 폭발의 중심지인 제 손바닥에 상처가 없는 것을 확인하고 만족스럽게 끄덕였습니다. 역시 아주 쓸만하다니까, 이 방위 지정자라는 술식은.

양손을 탁탁 두드리며 흙을 털어낸 저는 남은 두 도적을 향해 손바닥을 내밀었습니다.

그것만으로도 도적들은 "허억?!"이나 "우와악!!" 하는 비명을 지르며 몸을 뒤로 젖혔습니다.

"너희들! 그 녀석에게서 떨어져!!"

도적단 리더인 듯한 거구의 남자가 굵은 목소리로 외쳤습니다. 그 지시를 들은 저는 그만 웃음을 터뜨릴 뻔했습니다.

마술사 상대로 거리를 벌려서 어쩔 건데요?

Э п ч 열광의 소용돌이 Ⅲ ю◉Э и Ⅲ
Ж

Гдпи_а Эпч ГЄдчЪ

ГЄдч・чЄмш ф ГЄдч・чЄмш − Î∞Ъ

ГЄдч ф ГЄдч − σ∞∞Ъ

ГЄдч・◉бЭЄпч ф ◉бЭЄпчⅢ∞ оⅢЪ

ГЄдч・Ч◉сйЛ ф Ч◉сйЛⅢсⅢЪ

бЄчйбп ГЄдчЪ

Ж

"『열광의 소용돌이』."
<small>그레이트 팬</small>

제 손바닥에서 뻗어나간 '바람'이 도망치려 하던 도적 중 한 명에게 직격했습니다.

옆에 있던 도적이 "뜨겁잖아?!"라고 외치며 아슬아슬하게 피했지만, 그쪽은 애초에 노리지도 않았으니 딱히 어찌 되든 상관없습니다.

120도까지 달아올라 나뭇잎과 먼지를 불태우며 다가오는 바람을 맞은 도적이 꿈에서나 나올 듯한 절규를 내지르며 몸부림쳤습니다.

아마 단순한 바람인 줄 알고 얕봤나 본데…… 덕분에 몸 뒤쪽만이 아니라 안구와 목까지 불타 버렸겠네요. 어쩌면 폐까지 화상을 입었을지도 모르고요.

몸에 걸친 누더기에서도 불이 타올랐지만, 그런 건 신경도 못 쓸 만큼 격렬한 통증이 호흡할 때마다 덮쳐 올걸요.

이제 남은 건 한 명.

세상의 종말이라도 찾아온 듯이 비명을 지르며 저에게서 등을 돌리고 도망치는 도적을 향해 손바닥을 내밀었습니다.

거의 맞추라고 대 주는 수준이네요.

Э п ч 바람의 창 Ⅲ ю◉Э и Ⅲ

Ж

Г д п и_а Э п ч ж Э п и Ъ

ж Э п и ф ж Э п и н Î₀₀₀₀Ъ

ж Э п и · ◉ б Э€п ч ф ◉ б Э€п ч Ⅲоо оⅢ Ъ

ж Э п и · Ч◉¢й Л ф Ч◉¢й Л Ⅲσ · ?Ⅲ Ъ

б €ч й б п ж Э п и Ъ

Ж

클리어런스
"『바람의 창』."

한 점으로 모여 발사된 공기의 격류는 굉음을 울리며 도적에게 일직선으로 다가갔습니다.

도적은 거센 바람이 등에 직격하자마자 마치 트럭에 치인 것처럼 날아가더니 흡사 물수제비처럼 몇 번이고 수면 위에서 튀어오르다, 저 멀리 있는 나무에 격돌한 뒤 움직임을 멈췄습니다.

"…………."

"…………."

쥐 죽은 듯 조용해진 마을 사람들과 새파랗게 질린 거구의 남자. 그리고 당장에라도 죽을 듯이 신음을 흘리는 도적들.

제가 안도의 한숨을 내쉬며 네르비아 씨 쪽을 돌아보니…… 아까까지만 해도 가냘프게 비틀거리던 네르비아 씨가 굳센 걸음걸이로 거구의 남자에게 접근하고 있었습니다. ……어? 어떻게 된 거지?

마찬가지로 네르비아 씨가 돌변하는 모습에 놀란 남자가 즉시 육중한 검을 휘둘렀지만…….

네르비아 씨는 그 공격을 막기는커녕 여유롭게 피하더니 검을 내려쳐 남자의 팔을 베어내고 다시 위에서 내리쳐 허벅지 안쪽을 날카롭게 갈랐습니다.

남자가 놓친 검이 맥없이 지면을 굴렀고, 비명을 지르며 그 자리에 쓰러졌습니다.

세, 세잖아……?!

후우, 하고 숨을 내쉰 네르비아 씨는 검을 집어넣더니 아직 긴장이 덜 풀린 얼굴로 저에게 달려와 제 눈앞에 무릎을 꿇었습니다.

"세피 님. 도와주셔서 감사합니다."

"엇…… 아. 응. 언니도, 사람들을 지켜줘서, 고마워."

오히려 도와줄 필요도 없었을 것 같다는 생각이 들기 시작한 정도인데요…….

이건 설마…… 만약 네르비아 씨가 도적 중 한 명을 압도해 버리면 다른 도적들은 승산이 없다고 여기고서 근처에 있는 사람을 인질로 잡았을 테죠. 그렇게 되면 완전히 발이 묶여 버렸을 겁니다. 그래서 그리 되지 않도록 약한 척을 하며 거구의 남자에게 일대일 승부를 신청해 상황이 호전될 때까지 최대한 시간을 벌었다……는 걸까요?

리더인 거구의 남자가 싸우는 동안 부하들은 마음대로 움직일 수 없을 테고, 만일 움직인다 해도 즉시 리더를 무력화해서 지휘 체계를 박살 내면 부하들에게도 틈이 생깁니다. 그때를 모 아니면 도로 노리겠다는 심산이 아니었을까요.

습격당한 짧은 순간에 거기까지 생각하고 움직이다니…… 아니, 네르비아 씨의 성격을 고려하면 이 마을에 오는 것이 결정된 시점에서 오만가지 상황을 상정하고 계획을 세워 뒀을 거예요. 몇 번이고 말해도 그만두지 않았던 심야 순찰 덕분에 이번 습격의 피해가 최소한으로 그치기도 했고요.

네르비아 씨의 정확하고 흠잡을 데 없는 판단력과 계획성, 그리고 바슈할 촌장님의 용감함이 이 전투의 승리 요인이라고 할 수 있겠죠.

 그에 비해 저는 태평하게 잠이나 자면서 어머니와 오빠를 위험에 노출시키고, 잔챙이를 괴롭히느라 뒤늦게 달려오고 말다니…… 부끄럽습니다.

 그래도 이제 겨우 사건이 마무리――.

 "우오오오오오오오오오오오!!"

 굵은 목소리의 절규가 울려 퍼졌습니다.

 네르비아 씨의 등 뒤…… 아까까지만 해도 쓰러져 있던 거구의 남자가 품에서 나이프를 꺼내 들고 휘두르며 이쪽으로 달려왔습니다. 다리를 그렇게 베이고서 아직도 움직이다니……?!

 네르비아 씨는 뒤를 돌아볼 때까지의 시간 차 때문에 순간적으로 반응이 늦었습니다. 이미 집어넣어 버린 검의 자루에 손을 올렸지만, 타이밍은 아슬아슬…….

 그리고 저도 네르비아 씨가 공격 선상에 있어 마법을――.

 아니, 아직 방법은 있어!

 Э п ч 눈알 태우기 Ⅲ ю◉Э и Ⅲ
 Ж
 Г д п и_а Э п ч ЛГЭп€Ъ
 ЛГЭп€ ф ЛГЭп€ - ÎЪ

ЛГЭпЄ ф ЛГЭпЄ н σ ∞Ъ

ЛГЭпЄ·●бЭЄпч ф ●бЭЄпчШ∞ ∞ШЪ

ЛГЭпЄ·Ч●сйЛ ф Ч●сйЛШσ ·?ШЪ

бЄчйбп ЛГЭпЄЪ

Ж

"『눈알 태우기』!!"

제 손에서 강렬한 빛이 생성되어 네르비아 씨와 거구의 남자를 감쌌습니다.

하지만 네르비아 씨는 저에게 등을 돌렸기 때문에, 눈이 타는 건 거구의 남자뿐이었습니다.

섬광을 제대로 바라본 남자는 비명을 지르고 괴로워하면서 나이프를 마구 휘둘렀지만…… 똑바로 휘둘러도 안 맞을 무기가 이 상황에서 네르비아 씨에게 맞을 리가 없습니다. 네르비아 씨는 손쉽게 공격을 회피하고서 천천히 검을 뽑은 뒤, 검 뒷면으로 남자의 후두부를 있는 힘껏 내리쳤습니다.

털썩하고 쓰러진 남자가 이번에야말로 안 움직이는 것을 확인하고 저희는 가슴을 쓸어내리며 얼굴을 마주 보았습니다.

"감사합니다, 세피 님. 방금 그 섬광으로 틈이 생기지 않았다면 아마, 죽였을 거예요……."

'당했을 거예요'가 아니라 '죽였을 거예요'라니…….

그래도 뭐, 도움이 됐다니 다행입니다.

"저런 놈 때문에, 손을 더럽힐 필요는 없어."

저는 아까 오빠에게 들었던 말을 네르비아 씨에게 그대로 읊었습니다.

그러자 네르비아 씨는 매우 감동한 듯이 눈물을 글썽이더니 다시 제 앞에 무릎을 꿇었습니다.

기사님이 내 앞에 무릎을 꿇으니 왜, 왠지 마음이 진정되지 않는걸…….

그리고 저는 살짝 머뭇거리며 마을 사람들의 표정을 살폈습니다.

어쩔 수 없었다고는 해도, 이렇게 마음껏 날뛰어 버렸으니까요. 제가 마법을 쓸 수 있다는 사실을 아는 오빠조차 약간 겁먹을 정도였는데, 마을 사람들 눈에는 제가 어떤 괴물로 비칠지…….

그런 제 걱정은 저희에게 일제히 쏟아진 사람들의 미소와 칭찬들로 전부 날아가 버렸습니다.

"대단해! 역시 세필리아는 용사님이었구나!"

"네르비아 님, 사람들을 지켜주셔서 감사합니다!"

저는 입을 모아 칭찬하는 말을 듣자 안도한 나머지 그 자리에 주저앉을 뻔했습니다.

겨우 안심했는데 이번엔 마법을 너무 많이 쓴 탓에 머리가 빙글빙글 도는 걸 깨달았습니다.

이틀 정도 밤새워 일했을 때 느꼈던 것 같은 피로입니다. 익숙하지 않은 공격 마법을 그렇게 연발해 댔으니…….

그리고서 저는 네르비아 씨 품에 안겨 바슈할 촌장님에게 다가갔습니다. 그리고 엉망진창이 된 몸으로 눈물을 흘리며 제 앞에 무릎을 꿇은 촌장님의 손을 쥐고서 이젠 괜찮다고 안심시키듯이 미소를 지어 보였습니다.

　그 후, 마을 사람들은 빈사 상태가 된 도적들을 묶거나 촌장님의 상처를 치료하는 등 각자 움직이기 시작했습니다.

　그리고 저도 어른들을 여럿 이끌고 제가 돌아오길 기다리는 어머니 곁으로 서둘러 향했습니다.

　──이리하여, 저희의 기나긴 밤은 막을 내렸습니다.

막간 악몽 같은 밤을 넘어서

"……세피, 들어갈게."

오빠의 그런 다정한 음색과 함께 아버지 방의 문이 열렸습니다.

그 악몽과도 같은 밤으로부터 며칠 후. 크게 다치고 만 어머니는 마을 안에서도 비교적 넓은 촌장님 집에서 요양 중입니다. ……그 이전에 우리 집 거실은 천장부터 벽까지 전부 피투성이가 됐기 때문에 어차피 다른 사람 집으로 옮겨야 했겠지만요.

그래서 피투성이 방을 지나야만 들어올 수 있는 아버지 방에 있었는데, 아무도 가까이 오지 않는 이곳에 오빠만은 와 주었습니다.

"또 '마도서'를 읽는 거야? 조금은 쉬는 게 어때?"

"고마워. 하지만, 그럴 시간이 없어."

저는 그날 밤부터 모든 사람과 거리를 두며 마도서를 탐독했습니다. 마을 방위에 도움이 될 만한 마법을 찾기 위해서입니다.

오빠는 이쪽으로 다가와, 제 등을 부드럽게 쓸어내렸습니다.

"시간은 얼마든지 있어."

"없어……. 또 언제, 도적이 올지 몰라."

"도적은 이제 없어졌잖아? 괜찮다니까."

"그건 모르는 일이야!!"

제 목소리가 생각보다 크게 나온 바람에, 저는 퍼뜩 제정신으로 돌아왔습니다.

"미, 미안……. 미안해, 오빠…… 미안해……."

어머니를 치료하기 위해 제도로 전서구를 날렸습니다. 위생 환경이 이렇게 안 좋은 곳에서는 2차 감염이 일어날지도 모르고, 애초에 치료조차 쉽지 않은 상황이니까요.

당연하지만 평범한 마을 사람이 제도에서 치료를 받을 수 있을 리가 없습니다. 그래서 제가 마법을 사용해 도적을 붙잡은 사실도 편지에 써 두었습니다. 이러면 어차피 도적을 넘기기 위해 제국과 접촉하게 될 테고, 마술사 후보인 저를 저쪽도 방치할 수 없을 테죠. 그 사정을 이용해 어머니의 치료를 약속받을 심산입니다.

어쩌면 어머니의 치료가 완전히 끝난 후에도, 저는 마술사가 될 것을 강요받아 전쟁의 장기 말이 될지도 모릅니다. 하나 확실히 말할 수 있는 건, 저희 가족은 이제 예전처럼 평범하게 생활할 수 없다는 점입니다.

제가 제대로 도적을 경계하고 대책을 세웠더라면 이렇게 되지 않았을 텐데…….

무심코 주먹을 꽉 쥐고 고개를 숙이고 만 저를, 오빠가 꽉 껴안아 주었습니다.

"오빠……?"

"세피는, 너무 생각이 많아."

갑작스러운 포옹에 놀라 눈이 휘둥그레진 저에게 오빠는
쓴웃음을 지으며 말했습니다.

"세피는 뭘 하고 싶어?"

"……어?"

"세피가 하고 싶은 것만 하면 돼. 하기 싫은 건, 안 해도
되니까."

오빠가 당연하다는 듯이 내뱉은 그 말에, 저는 무심코 입
을 떡 벌리고 말았습니다.

하고 싶은 것만 하면 돼? 하기 싫은 건 안 해도 된다고?

그런 말은 처음 들었습니다. 전생에서는 아무도 그런 말
을 해 준 적이 없었습니다.

왜냐하면 그런 짓을 하면 제멋대로라든가 자기중심적이라
는 말을 들으며 욕을 먹으니까요. 계속해서 참고 견뎌야 혼
나지 않으니까요.

일을 억지로 떠맡고 실컷 이용당해도 말이죠. 그래서 저는
시킨 것만 열심히 해 왔는데.

"…………그래도 돼?"

제가 기어들어 갈 듯한 목소리로 머뭇거리며 묻자, 오빠
는 다정하게 끄덕여 주었습니다.

저는 오빠의 옷을 있는 힘껏 쥐고서 떨리는 입술로 겨우

말을 짜냈습니다.

"친구를 사귀고 싶어……. 여러 장소에 가서 실컷 놀고 싶어……."

"응."

"맛있는 것도 먹고 멋진 옷도 입고…… 그리고 연애도 해 보고 싶어."

"응."

"힘들면 쉬고 싶고…… 일하기는 싫어……. 계속 집에만 있고 싶어……"

항상 결여되던, 보답받지 못했던 전생의 제가 쭉 머릿속으로만 그려 왔던 것들.

하지만…… 분명 이런 것들도 제가 진심으로 바라는 소원이기는 하지만, 이게 전부는 아닙니다.

결국 제가 제일 바라는 건…….

"열심히 하면, 칭찬해 줬으면 좋겠어……! 사랑한다고 말해 줬으면 좋겠어!!"

단순하고 타산적인 제가 정말로 바라던 소원은, 이런 보잘것없는 것이었습니다.

단 한 명이라도 좋으니, 가까이에서 제 마음을 지지해 주길 바랐습니다. 저만 필사적으로 남들을 지탱하는 게 아니라, 저에게 애정을 돌려주길 바랐습니다.

"……이제 세피만 열심히 하지 않아도 돼. 다들 세피 편이고, 세피는 내가 지키겠다고 약속했잖아?"

'열심히 하지 않아도 돼'. ……오빠는 제가 가장 듣고 싶었던 말을 해 주었습니다.

"사람들을 지켜줘서 고마워. 열심히 노력했구나. 사랑해, 세피."

"……!!"

아무리 참으려 해도 눈물이 끝없이 흘러나왔습니다. 눈물 따윈 진작 전생에서 말라 버린 줄 알았는데, 한 번 터져 나오기 시작한 감정은 억누를 수가 없었습니다.

"으흐으윽, 우와아아아아아아아아앙!!"

오빠는 아무 말도 하지 않고 이성을 잃고 꼴사납게 매달리듯이 큰 소리로 울부짖는 저를 계속 쓰다듬어 주었습니다.

이렇게 저는── 이 세상에 태어나 처음으로 눈물을 흘렸습니다.

막간 제도 베오란트에서

　일반적인 가치관에 따르면 휘황찬란하다고 표현하는 내 환경. 태어날 때부터 그것을 당연시하며 자라 온 내 입장에서는 지극히 일반적인 장식품으로 둘러싸인 집무실. 애수를 부르는 저녁노을이 먼지 하나 없이 윤이 나는 그 장식품들을 비추었다.

　그런 어둑어둑한 방에서 향긋한 호박색 차를 목으로 넘긴 나는, 아까부터 손에 잡히지 않는 서류가 산더미처럼 쌓인 책상을 흘깃 쳐다보며 의도치 않게 올라가는 입꼬리를 억누르느라 애썼다.

　"그 정도로 기분이 좋아 보이시는 건 오랜만이군요."

　그러자 조금 전 방을 방문했던 셀라드 녀석이 곤란하다는 표정으로 그런 말을 했다.

　순백색 턱시도를 완벽하게 갖춰 입은, 흰 머리가 섞인 노령의 이 남자. 이 녀석과는 오래 알고 지냈기 때문에, 저 깊게 주름이 잡힌 표정에서 어떤 수많은 고언(苦言)이 쏟아져 나올지 예상이 되어 무심코 얼굴이 찌푸려졌다.

　올해로 25세를 맞이한 나로서는 언제까지고 애송이 취급을 받는 건 유쾌하지 않다.

"불만은 실컷 들었어. 더는 듣고 싶지 않아."

어제 발생한 '야수(夜獸) 도적단'에 의한 한촌 습격 사건. 평소대로라면 그 증오스러운 도적단이 얼마나 잔혹한 소행을 저질렀는지에 대한 보고를 우울한 심경으로 전해 들었을 것이다. 그러나 마음의 준비를 하고서 받아든 보고의 실정은 너무나도 뜻밖이었으며 황당무계했다.

'아직 생후 1년도 안 된 갓난아기가 마술을 사용해 도적단을 일방적으로 유린했다.'

……보고를 하러 온 셀라드의 심신을 위로하기 위해 장기 휴양을 권유한 내 판단을 대체 누가 나무랄 수 있단 말인가.

그리고 그 보고를 듣고 매우 재밌다고 느낀 내가 독단으로, 의회의 승인도 없이 그 어린 마술사를 이곳으로 불러들인 판단을 도대체 누가 나무랄 수 있단 말인가. ……아니, 이건 각 방면에서 호되게 고언이 쏟아지겠군.

여하튼 그날로부터 벌써 7일이 지났다. 마을로 파견한 부하들이 보낸 보고에 따르면, 그 어린 마술사는 이미 오늘 낮에 제도에 도착했다고 한다. 참으로 기다리기 힘들구나.

그래서 이러한 사정 때문에 내가 손에 잡히지 않아 방치한 서류 더미를 본 셀라드 녀석이 아까 전부터 매서운 시선으로 나를 바라본다. 나중에 다 처리하겠다고 말해 두었는데.

싸늘한 그 녀석의 시선으로부터 도망치듯이 나는 집무실 곳곳에 흩어진 세 사람의 그림자로 관심을 돌렸다.

"……네놈들도 흥미가 있겠지. 그야말로 아인 성교 전설에서 나올 법한 전대미문의 마술사일지도 모르니까 말이야."

내 부름에 제일 먼저 대답한 것은, 방금 내가 비운 찻잔에 부지런히 차를 따르는 매우 자그마한 인영이었다.

"그 보고가 전부 사실이라면 걱정이야. 지나치게 강한 힘은 성가신 법이잖아."

불쾌한 듯 툭 내뱉은 그 우려의 말은 우리 신변을 염려해서 한 말이 아니다. 서로 오랫동안 알고 지낸 사이이기에 잘 안다. 지나치게 강한 힘을 가지고 태어난 그 아이가 비뚤어질까 봐 걱정하는 거겠지. 이 녀석도 고향에서 박해받으며 자랐으니, 그 아이가 도망자 신세가 되어 자신과 같은 길을 걷지는 않을까 염려하는 마음인 것도 잘 안다.

하지만 그 솔직하지 못한 다정함을 대놓고 지적하는 건 현명한 선택이라고 할 수 없다. '쑥스러워한다'는 귀여운 표현으로는 부족한 열화와도 같은 노성을 듣고 싶지 않다면 지금은 모르는 척하는 게 최선책이다.

그때, 내 정면에 있는 소파에 깊숙이 걸터앉은 거대한 인영이 내 쪽을 바라보았다.

"어머, 그래도 당신이 직접 그 아이를 불렀다는 건, '우리'와 같아지길 기대한다는 뜻이잖아? 나는 그 아이가 제도에 도착했을 때 멀리서 지켜봤는데, 밖으로 흘러나오는 마력만으로도 우리와 필적할 정도였다고. 우리야 한바탕 말썽을 피운 끝에 '가족'이 되었지만, 그 아이는 어떻게 될지 모르겠네."

"흠…… 글쎄다. 되도록 원만하게 끝내고 싶다만, 과연 어떻게 될는지."

이 녀석들과 나의 만남은 적대에서부터 시작되었다. 그 뒤로 전투를 거쳐 지금은 이렇게 서로를 신뢰하는 '가족'이라는 관계로 정착했지만……. 새롭게 제도에 초대한 어린 마술사와 적대하고 싶지는 않고, 앞으로 함께 싸우고 싶어도 짐의 친족을 대부분 살육한 '그 녀석'은 이미 10년 전에 이 손으로 토벌을 마쳤다.

그 어린 마술사는 태어난 지 1년도 안 된 몸이지만, 무시무시하게도 의사소통 능력이 거의 성인과 다름없을 만큼 수준 높은 지성을 지녔다고 들었다. 특히 전서구를 통해 제도에 도착한 편지가 문제다. 본인이 생각해서 그 편지를 쓴 것이라면, 이 마술사 작위 수여 제도의 뒷사정을 훤히 꿰뚫어 봤다는 뜻인 데다가, 나를 교섭 테이블에 앉히려는 고도의 계산까지 들어 있다고 볼 수 있다.

이성적이고 온화한 성격이면 좋겠다만…… 보고로 전해 들은 도적들의 참상을 미루어 보았을 때, 최악의 경우를 상정해 두는 편이 좋을지도 모르겠군. 셀라드 녀석도 그런 부분을 위협으로 여기겠지. 정말로 내가 직접 만날 필요가 있는지, 위험은 없는지 마음을 졸였으니.

하지만 그렇기에 더욱 내 눈으로 그자의 됨됨이를 확인해야 한다는 결론을 내렸다. 원래대로라면 마술사의 일은 마술사 단장에게 일임해야 하지만 말이다.

무엇보다…….

"네놈들이 있으니 어지간한 일은 일어나지 않겠지."

"걱정할 필요 없어."

어둡게 그늘진 창가의 그림자 속에서 벽에 등을 기댄 마지막 인영이 속삭이듯이 중얼거렸다. '인간 최강'인 저 녀석이 저렇게 단언한 이상 전혀 걱정할 것 없다. '적의 목숨을 빼앗지 않는' 저 녀석의 성격과 그 어린 마술사의 기질이 양립할 수 있을지가 유일하게 마음에 걸리는 부분이로군.

그런데 그때 집무실 문을 조심스레 두드리는 소리가 들리고 알현 준비가 끝났다는 소식이 전해졌다.

"폐하, 시간 다 됐습니다."

"음, 오래 기다렸다."

나는…… 아니, 짐은 끝부분이 검은색과 은색으로 장식된 외투를 펄럭이며 일어선 뒤, 재상인 셀라드를 향해 호전적인 미소를 지어 보였다.

"자, 그럼 짐의 제국에 탄생했단 용사를 맞이하러 가 볼까."

제6장 0세 11개월 검과 제도와 마도사님

대륙 최대 국가, 벨리시온 제국.

그중에서도 특출난 규모를 자랑하는, 인구 12만 명을 거느린 제도 베오란트.

현재 제가 있는 곳은 그런 제도 중심에 위치한 베오란트 성의── 알현실.

……즉, 황제 폐하 앞입니다.

도도도, 도대체 어쩌다 이렇게 된 거지……?!

"고개를 들어라. 아무리 짐이라 해도 갓난아기에게 무릎을 꿇게 하는 취미는 없다."

"네, 네……."

저는 땀을 줄줄 흘리고 머뭇거리며 천천히 시선을 들어올렸습니다.

확실히 제가 마술사로서의 힘을 시사하는 듯한 편지를 쓰긴 했습니다. '마술사로서 제국이 시키는 대로 하겠습니다. 다만 어머니를 치료해 주신다면 말이죠' 라는 내용이었습니다.

마법을 쓴다는 건 어떠한 증거도 없이 방화나 강도, 살인에 이르기까지 다양한 범죄를 마음껏 저지를 수 있다는 뜻입니다. 그래서 제국은 마법을 쓸 수 있는 인간에게 귀족 작위를 수여하는 대신 은연중에 목줄을 채우고, 범죄를 저지르지 않도록 감시하에 두고 싶어 한다……. 그게 이 마술사 작위 수여 제도의 목적이겠죠.

저는 그 부분을 교활하게 찌르며 '어머니를 치료해 주지 않는다면 마법으로 마음껏 날뛸 거예요!'를 돌려 말하며 제국을 협박했습니다. 네, 인정하겠습니다. 저는 국가에 싸움을 걸었습니다.

하지만 그렇다고 해서 갑자기 황제 폐하가 등장하시다니요?! 끽해야 제국군 인사부 같은 곳에서 무서운 얼굴의 아저씨와 면담하는 정도일 줄 알고 얕봤는데!

제 정면, 바닥에 깔린 붉은 융단 끝에는 전생에서 본 애니메이션 속에서나 봤던 휘황찬란한 왕좌가 번쩍였습니다. 그리고 그곳에 우아하게 걸터앉아 이쪽을 흘겨보는 사람은, 마치 늑대처럼 곤두선 검고 긴 머리와 어둠 속도 환히 밝힐 듯이 눈부시게 빛나는 황금색 눈동자를 지닌 아름다운 청년이었습니다.

그래요, 청년……! 기껏해야 20대 중반으로 보이는 외모의 저 남자가 6대 황제…… 벨하자드 바르드 베오란트. 이 제국에서 가장 신분이 높은 사람이라고요!

"그건 그렇고 놀랍군."

벨하자드 폐하는 황금색 눈동자를 날카롭게 빛내며 이 자리의 모든 것을 지배하는 듯한 침착한 목소리로 말했습니다.

"그 '야수 도적단'을 괴멸시킨 게 갓난아기라는 사실을 들었을 때는 짐의 귀가 이상해진 건지, 아니면 셀라드가 드디어 노망이 난 건지 고민했다."

벨하자드 폐하의 말에 폐하 옆에서 대기하던 하얀 턱시도 차림의 노신사가 얼굴을 찌푸렸습니다. 저 사람이 폐하가 말한 셀라드라는 인물인 걸까요? 서 있는 곳을 보아하니 대신이나 재상 같은 위치의 사람인가 보네요.

……그보다 그 도적들, 황제가 알 정도로 유명한 놈들이었던 거예요? 아무도 이름을 대지 않길래 엑스트라 도적 A~F 정도로 인식했었는데.

"게다가…… 이봐, 셀라드. 도적놈들의 부상 목록 정리 작업은 마쳤나?"

"예, 읽어드리겠습니다. ……우선 단장인 벨리아는 시각장애, 오른팔과 오른 다리 열상(裂傷), 두부(頭部) 타박상. 부관인 지라이는 안면을 중심으로 상반신 전체에 중도 타박상과 좌상(挫傷), 경추 염좌. 스크릴은 전신 화상, 시각장애와 비강, 구강, 인후, 기관지 화상. 호스타는 동상에 의한 양 무릎 괴사 및 심각한 열상(裂傷). 몬테크는 척추 골절, 전신 타박상. 그리고…… 가장 심한 것이 라바리트인데, 그 녀석은 전신 타박상과 양 손발 자상 및 골절, 안면 분쇄 골절에다가, 특히 정신장애가 심각해 '빨간색' 혹은

'백금색'을 보거나 '세피'라는 단어를 들을 때마다 발광하기를 반복합니다."

어엇…… 음…….

자, 잠깐만요, 좌우로 나란히 늘어서서 대기하는 근위병분들! 술렁거리지 마요! 앗, 거기 당신! 저랑 눈이 마주친 순간, 당황해서 피했죠! 너무해!! 저기 있는 오빠는 토하기 직전이고!

"……짐은 도적들의 참상을 들었을 때, 마을 사람들이 보복으로 사적 제재라도 가한 건가 의심했다."

우와, 황제 폐하까지 식겁하잖아……. 화, 확실히 도가 조금 지나친 것 같기도 하지만…….

"뭐, 설령 도적을 죽였다 해도 그게 죄가 되지는 않아. 하물며 상대방의 습격에 대한 정당한 반격이니. 네놈에게 죄를 물을 생각은 털끝만큼도 없으니 안심하거라. 슬리제니 백작의 사인과 살해에 사용된 흉기를 조사해 보니 역시 도적들의 범행이라는 사실도 증명됐지."

그러면 굳이 부상 목록을 읽어내릴 필요가 없었잖아요?! 그것 때문에 저를 바라보는 사람들의 시선이 따갑다고요!

아, 아까 토할 뻔한 오빠는 퇴실하는 거야? 화장실에서 토하고 오게? 그렇구나, 몸조심해!

"도적들의 상흔을 보니 그 잔인함과 인정사정없음에 감탄이 나오더군. 하지만 더 놀라운 건, 그 다채로운 속성 마법들을 완벽하게 다루며 실전에서 자유자재로 구사하는 마법

센스다.”

앞부분을 꼭 언급해야 하셨나요? 뒷부분만 말씀해도 되지 않았을까요, 폐하?

“네놈, 그 마법은 어떻게 터득했지?”

황제 폐하는 황금색 눈동자로 날카롭게 저를 노려봤습니다.

저는 그 시선에 몸을 긴장시키면서도 어떻게 대답해야 저에게 제일 이득일지 머릿속으로 주판을 튕기기 시작했습니다.

제 강함과 성장성을 알게 할 만한 대답은 피하는 게 좋겠죠. 그렇다면……

“……습격을 당하고, 무아지경 상태에 빠져서, 발동됐어요. 이게 마법이라는 건, 나중에 들어서 알았어요.”

“그럼, 지금은 그 마법을 쓸 수 있나?”

“잘 모르겠어요. 하지만…… 싸움이라는 건, 너무 무서워요…….”

그렇게 말하며 저는 불안한 듯이 몸을 움츠림과 동시에 과감하게, 보호 욕구를 자극하는 것처럼 울먹이는 눈빛으로 올려다보았습니다.

그렇게 어디까지나 우연히 마법이 발동되었다는 제 주장을 듣고 폐하의 황금색 눈동자가 서늘하게 빛났습니다.

그리고서 입술을 보기 괴로울 정도로 일그러뜨리더니 유쾌한 듯이 이렇게 말했습니다.

“그런데 네놈을 데리러 간 병사들의 보고에 따르면 거의 모든 마을 사람들이 네놈을 용사라 칭송하며 그날 밤 사건과 네놈의 언동에 관해 아주 상세하게 열변을 토했다더군."

"……………………."

"'무아지경 상태에 빠져서'라……. 상당히 침착하게, 담담히, 여유롭게 무아지경 상태에 빠졌었나 보군. 촌장이 자랑스럽게 이야기한 모양이던데."

바슈하아아아아아아아알!! 다른 사람들도 쓸데없는 소리를 하다니!!

폐하의 폭로로 다시금 알현실 안이 술렁이기 시작했습니다.

젠장~. 이 황제, 나이는 젊은데 정말 보통내기가 아니네요……!!

유쾌한 듯이 쿡쿡 웃음을 흘리는 냉혹 황제 옆에서 재상으로 추정되는 노신사 셀라드 씨가 관자놀이를 누르며 한숨을 내쉬었습니다. 하지만 도와줄 생각은 없는지 끼어들지는 않았습니다.

으으~ 이래서 권력자들이 싫다니까요! 이 세계에서도 나를 괴롭힐 셈이냐!!

어쩌지……?! 어떻게 이 상황을 빠져나가야 한담……?!

황제 폐하는 굵은 땀방울을 흘리며 가만히 굳어 있는 저를 잠시 재밌다는 표정으로 바라보았지만…… 이윽고 만족했는지 이 분위기를 전환하듯이 엄격한 목소리로 말했습니다.

"네놈들의 의견도 듣고 싶군. 들어와라."

네놈들……?

제가 갑작스러운 상황에 혼란스러워하는데, 제 등 뒤에서 중후한 문이 열리는 소리가 울렸습니다.

뒤를 돌아보니, 그곳에는…….

"어쩌면 네놈들의 뒤를 잇는 '네 명째'가 될지도 모른다. 이 자에 관한 솔직한 감상을 들려다오."

폐하의 발언에 저는 깜짝 놀라 "앗!" 하고 소리를 지르고 말았습니다.

열린 문 너머에는 세 명의 인물이 서 있었습니다.

폐하의 '네 명째'라는 말.

마법 이야기를 하고 있던 이 타이밍에 등장했다.

세 명이라는 숫자.

설마…… 하고 경악한 제 예상은 훌륭하게 적중했습니다.

"역시 마술에 관한 건 마도사인 네놈들에게 물어야겠지."

그곳에는 제국에 단 셋뿐이라는 '마도사님'이 줄지어 서 있었습니다.

마도사님들의 외모는 각양각색, 모두 상당히 개성적이었습니다.

왼쪽 끝에 있는 남자는 키가 2미터는 될 듯한 거구에 온몸이 근육질이었습니다.

전체적으로 검은색 복장을 입었는데 가슴팍을 활짝 열어서 도발적인 가슴 근육이 엿보였습니다. 옷감이 얇은 건지 몸선이 또렷하게 드러났는데, 옷자락과 소매, 옷깃 부분이

금붕어 꼬리 지느러미처럼 팔랑거렸습니다. 그뿐만 아니라 마치 체스판처럼 이곳저곳에 하양과 검정 체크무늬가 포인트로 들어가 있었습니다.

살짝 긴 암청색 머리는 파마를 해서 모두 뒤로 넘겼고, 목에 감은 솔을 등 쪽으로 내려뜨린 모습은 언뜻 보면 검은 날개가 돋은 것처럼 보였습니다.

얼굴 윤곽이 뚜렷하고, 침착한 어른 같은 분위기가 느껴지는 이목구비입니다.

다음으로 세 명 중 오른쪽 끝에 서 있는 사람은 스무 살 전후로 보이는 여자아이였습니다. 햇볕에 탄 건지 아니면 타고난 건지, 피부는 건강한 다갈색이었습니다. 갈색 피부와 비교되어 두드러지는 은색 숏컷……이 아니라 목덜미 쪽만 길게 길러서 어깨부터 가슴께까지 늘어뜨린 살짝 특이한 스타일이네요. 그 위에 검은색 군모를 깊게 눌러썼습니다.

조금 앳돼 보이기는 해도 예쁜 얼굴이었습니다만, 따분해 보이는 어두운 금색 눈동자가 왠지 친해지기 힘들 듯한 인상을 주었습니다.

그리고 마지막으로 두 사람 사이에는 키가 아주 작은 소녀가 자리했습니다.

놀랍게도 분홍색 머리에, 길고 풍성한 머리카락을 복잡하면서도 정교하게 땋아 놓았습니다. 그리고 그 위로 왕관을 본뜬 머리 장식을 했네요. 복장은 소위 말하는 고스로리 패션인데 전체적으로 하얀색과 분홍색 조합이고 빨간색 포인

트가 들어가서 색 조합이 마치 딸기 케이크 같았습니다. 등에는 거대하고 빨간 리본이 묶여 있고, 손에는 마법 소녀가 들 법한 거대한 스태프를 들어서 멀리서도 눈에 확 띄었습니다.

그 소녀는 셋 중에서는 제일 나이가 어려 보였지만, 가장 거만하고 당당한 표정을 지었습니다.

"귀……."

우선 제일 먼저, 왼쪽 끝에 있는 근육질 오빠가 입을 열었습니다.

"귀여워어어어어~~~!!"

근육질 오빠가 단단한 팔다리를 꿈틀대며 이쪽으로 달려왔습니다. ……뭐야, 이 사람 오카마였어?! 우와, 잘 보니 속눈썹도 기네?!

그 사람은 투박하고 거대한 손으로 제 몸을 꽉 잡더니, 지상으로부터 약 2미터 50센치까지 저를 들어 올려 '비행기 놀이'를 감행했습니다. 잠깐, 너무 높아! 무서워!!

"뭐야, 이 귀엽고 깜찍한 생물은! 저기, 벨 님! 진짜로 얘가 도적단을 괴멸시킨 거야?!"

'벨 님'이 누군가 했는데 "그래, 틀림없어."라며 황제 폐하가 대답했습니다.

벨 님이 벨하자드 황제 폐하를 가리키는 거였어?! 그렇게 거리낌 없이 불러도 돼?!

"……그건 그렇고 마그카르오, 그자를 놓아주도록. 겁먹었

잖느냐."

"아니야! 이제 이 애는 우리 집에 데리고 가서 내가 소중하게 키울 거니까!! 그렇지~ 베이비~?"

싫어요! 저한텐 제가 돌아오길 기다리는 사람이 있다고요!

제가 싫다며 몸부림을 치니, 마그카르오라는 이름인 듯한 오카마 오빠가 씨익 웃으며 말했습니다.

"어머, 나 미운털 박혔나 봐~. 그럼, 친해졌다는 증표로 뽀뽀나 해 둘까?"

'우~' 하는 소리를 내며 입술을 내미는 오카마 오빠를 본 저는 전율했습니다. 노, 농담이죠?! 저에게 입을 맞춰도 되는 사람은 어머니와 오빠뿐이거든요! 진짜로 하려고요?! 마법으로 날려 버릴 거예요!!

제가 새파랗게 질려서 남몰래 머릿속으로 주문을 구축하는데……

"방해돼."

다음 순간, 마그카르오 씨가 잔상이 남을 듯한 기세로 옆으로 날아갔습니다.

지상 2미터 부근에서 추락한 저는 가는 갈색 팔에 부드럽게 안착했습니다. 한편, 마그카르오 씨는 공중에서 몇 바퀴나 회전하며 알현실 벽에 일직선으로 처박혔습니다. 갑자기 바위 같은 거구가 날아온 탓에 근위병분들은 비명을 지르며 좌우로 흩어졌습니다.

그리고 제가 '저거 죽은 거 아니야?' 하고 잠시 의심했던 마그카르오 씨가 바로 팔팔하게 일어섰습니다.

"잠깐~! 뭐 하는 거야, 류미?!"

"경고했어."

"실행에 옮기기 직전에 들린 경고에 반응하는 건 너뿐이 거든?! 그리고 최소한 마법으로 공격하라고!"

"귀찮아."

기운이 넘치는 마그카르오 씨와는 대조적으로, 류미라고 불린 갈색 피부의 은발 여자는 졸린 건지 따분한 건지 나른한 태도였습니다. 심지어는 황제 폐하와 알현 중인데도 망토 안에서 육포를 꺼내 우물거리기까지 했습니다.

저 무뚝뚝함, 자유분방함, 그리고 고고한 눈매에서 저는 왠지 '고양이 같다' 는 인상을 받았습니다.

그보다…… 어? 최소한 마법으로 공격하라니…… 방금 마그카르오 씨의 거구를 날려 버린 게 마법이 아니었다는 뜻인가요? 그럼 어떻게?

류미라고 불린 여자는 저를 땅 위에 사뿐히 내려놓더니, 입가에 손을 대고 느긋하게 하품을 했습니다. 정말 마이페이스네…….

"너희들! 폐하 앞에서 뭐 하는 거야?!"

그때, 알현실 입구에서 천천히 걸어온 딸기 케이크 같은 색 조합의 옷을 입은 소녀가 딸기색 눈동자로 두 사람을 노려보며 손에 든 거대 스태프를 불쑥 내밀었습니다.

"사이가 너무 좋아서 성가셔! 됐으니까 거기 나란히 서!!"

딸기 케이크 소녀에게 혼난 오카마 오빠와 갈색 고양이 언니는 얌전히 소녀가 시킨 대로 황제 폐하와 저의 연장선 상에 줄지어 섰습니다.

그리고 세 사람은 각자 세련된 몸짓으로 황제 폐하 앞에 무릎을 꿇었습니다.

"『혜안』의 '르루 로리 레라 베오란트'. 도착했어."
레비타

『재단』의 '마그카르오 돌스타크 베오란트'. 도착했어 ♪ "
맘모나

『단련』의 '류미포트 유자논 베오란트'. 도착했어."
바르뷰트

세 사람의 소개를 들은 저는 다시 한번 눈앞에 있는 사람들이 터무니없는 거물임을 실감했습니다.

아마 그들은 황제 폐하로부터 마도사 칭호와 공작위뿐만이 아니라 '베오란트 성'까지 하사받은 거겠죠. 그것만으로도 그들이 황제 폐하와 제국에게 얼마나 특별한 존재인지 쉽게 알 수 있습니다.

그리고 이름과 함께 언급했던 레비타…… 어쩌고 하는 건 뭘까요? 별명인가?

"바쁜 와중에 잘들 모여 주었다. 자, 이 갓난아기…… 세필리아에 관해 네놈들의 솔직한 감상을 들려다오."

나란히 선 세 사람을 바라보며 기쁘게 웃은 황제 폐하는 그렇게 말하며 저를 눈짓으로 가리켰습니다.

"음~ 그렇게 말해도 말이지……."

오카마 오빠, 마그카르오 씨는 턱에 검지를 대고 몸을 비비 꼬며 곤란하다는 듯이 눈썹 끝을 늘어뜨렸습니다.

"아직 우리는 이 애를 전혀 모르는걸~? 기껏해야 마을을 습격한 도적을 잔인하게 학살한 '선혈의 처형자' 라는 소문이 병사 사이에서 도는 걸 들은 정도라고."

선혈의 처형자?!

"어라? 내가 군의관한테 들은 건 '백금색 악몽' 이었는데?"

백금색 악몽?!

제가 근위병분들을 날카롭게 노려보니, 전원이 일제히 제 눈을 피했습니다. 저기요, 참참참 게임 하는 게 아니거든요?!

마그카르오 씨와 고스로리 소녀 르루씨가 가볍게 내뱉은 지옥과도 같은 별명에 저는 전율했습니다. 군위관을 경유했다는 건, 그 도적들을 치료한 사람들이 말했다는 소린데…… . 아마 출처는 제가 제일 먼저 처형…… 크흠, 포박한 도적이려나요. 절대로 용서하지 않겠어.

그리고 선혈이라는 별명은 우리 집이 천장부터 바닥까지 피투성이가 된 것에서 유래겠죠. 현장 검증을 위해 우리 집을 들여다본 병사들이 비명을 질렀으니까요.

어, 어쨌든 그런 소문이 퍼졌다면 제 인상이 마도사님들을 포함한 제도 시민들에게 최악일 건 안 봐도 뻔합니다. 그런 피도 눈물도 없는 갓난아기라고 여겨지면 가차 없이 전장으로 보내질지도 몰라요. 지금은 일단 제가 얼마나 무해하고 친해지기 쉬운 존재인지를 설명해야겠어요! 그리고 '이렇게 연약하고 사랑스러운 아기를 싸우게 하다니, 말도 안 돼!' 라고 모든 사람이 생각하게 만들 거예요!

저는 "그, 그럼……!" 하고 용기를 짜내서 말했습니다.

"저한테 각자 하나씩, 질문을 하는 건 어떠세요?"

저의 제안에 황제 폐하는 "호오." 하고 읊조리더니 씨익 웃었습니다.

"좋다. 그럼── 누구라도 좋으니, 이 어린 악몽의 처형자에게 질문을 하거라."

잠깐만요! 그러면 질문을 하기 어렵잖아요, 폐하!! 기분 탓인지 '악몽의 처형자'라는 부분에서 웃음이 터질 뻔한 것 같은데! 이 사람 완전 사디스트잖아! 그리고 안 그래도 어처구니없는 별명인데 안 좋은 부분만 떼서 붙이지 말아 주실래요?! 더 섬뜩해졌잖아요!

제가 억지 미소를 지은 채 폐하를 노려보는데, 등 뒤에서 "질문."이라는 무뚝뚝한 목소리가 들려왔습니다. 뒤를 돌아보니 아무 생각이 없어 보이는 눈빛의 류미포트 씨가 갈색 팔을 들고 있었습니다. 폐하가 "말해 보거라."라고 발언을 허락하자, 류미포트 씨가 송곳니가 엿보이는 입을 열었습니다.

"어째서 도적을 죽이지 않았어?"

그건 무심한 듯하면서도 꽤 핵심에 가깝고 날카로운 질문이었습니다.

그렇게 비참한 꼴로 만들 바에야, 차라리 죽여 버리는 게 편하거든요.

게다가 마을과 제도까지는 마차로 3일이 걸리는 거리입니다. 전서구를 날리긴 했지만, 제도 병사는 사건으로부터 3일 하고도 반나절 뒤에야 마을에 도착했습니다. 안 그래도 여유가 없는 빈곤한 마을에서 마을을 습격한 도적 여섯 명의 식사를 마련하다니, 보통은 말도 안 되는 일이죠. 도적을 살려 둘 메리트는 당연히 없고, 죽여도 죄가 되지 않으니까요.

그렇다면 어째서 죽이지 않았는가? 그 질문의 대답은 미리 준비해 뒀다고요!

"말도 안 돼요…… 목숨을 빼앗다니, 저는 그런 거 못 해요……!!"

뮤지컬 배우 뺨치는 오버액션으로 저는 알현실에 쩌렁쩌렁 울릴 만큼 드높게 선언했습니다.

그런 제 대답에 류미포트 씨는 눈이 휘둥그레졌습니다. 좋아, 밀어붙이자!

"마법은 처음 써 봐서, 힘 조절을 못하는 바람에, 도적들이 심하게 다치고 말았지만…… 사실 그렇게, 다치게 할 생각은 없었어요……!"

저는 최대한 감정을 담아서 열변한 뒤, 부끄러운 척 자그마한 손으로 얼굴을 가렸습니다. 씨익.

그래요, 이것이 바로 저의 작전! 싸움을 무서워하는 애처로운 갓난아기를 연기해서 전장에 보내지는 걸 회피하겠다는 계획이죠!

전선에서 일기당천의 무용을 떨친다는 마도사님들은 적을

죽이지 못하는 마술사 따위 논할 가치도 없다고 생각할 테죠. '착한 척하기는' 이라며 비웃어도 이상하지 않습니다.

그리고 제가 오빠와의 약속 때문에 목숨을 빼앗을 수 없다는 것도 거짓말은 아니고요.

"……그래. 알았어."

그 말만 짧게 하고서 류미포트 씨가 한 걸음 뒤로 물러났습니다. 아무래도 질문이 끝난 모양입니다. 류미포트 씨는 나른한 표정으로 눈을 내리깔고 뭔가 생각에 잠긴 모습이었습니다.

후후후, 훌륭하게 실망했나 본데요.

"그럼 다음은 나야."

그러자 뒤이어 르루 씨가 새빨간 고스로리 구두로 또각 소리를 내며 한 걸음 앞으로 나왔습니다. 폐하가 말없이 끄덕이는 것을 본 르루 씨는 앙증맞은 분홍빛 입술을 열었습니다.

"앞으로 사람들이 너의 그 강함을 두려워할 날이 분명 올 거야. 어쩌면 동료인 인간에게 상처받는 일이 생길지도 몰라. 그때, 너는 어떻게 할래?"

두려워한다, 라. 당장 지금도 좌우로 늘어선 근위병분들이 실시간으로 두려워하는 것 같은데요…….

여기서 르루 씨나 황제 폐하에게 잘 보이고 싶으면 '공적을 쌓아서 사람들을 지키고 하루빨리 신뢰받도록 온 힘을 다할 거예요!' 라는 식으로 말하면 됩니다. 어떤 질문에도 긍정적으로 대답하는 건 면접의 철칙이니까요.

……즉, 반대로 상대를 실망하게 만들고 싶다면 부정적인 대답을 하면 된다는 뜻입니다.

저는 가슴을 펴고 오히려 자랑스럽다는 듯이 내뱉었습니다.

"도망칠 거예요!!"

고요한 알현실에 울려 퍼진 제 커다란 목소리에 르루 씨는 딸기색 눈동자를 크게 깜박였습니다.

"……도망쳐?"

"네! 그리고 아무도 저를 모르는, 어딘가 먼 곳에서 살 거예요!"

도망간다든가 피한다든가 하는 면접에서 꺼내서는 안 될 금지어만 당당히 선언했습니다. 이제 저는 뭔가 힘든 일이 있으면 바로 도망쳐 버리는 나약한 놈이라고 여겨지겠죠. 전장에 보내지기라도 하면 곧바로 행방이 묘연해질 게 뻔합니다.

"……이제 됐어. 다음, 마그카르오."

아니나 다를까 바라던 대답이 아니었나 봅니다. 르루 씨는 매우 기분 나빠 보이는 표정으로 마그카르오 씨에게 내던지듯이 패스했습니다.

그리고 마그카르오 씨가 그런 르루 씨를 어째선지 매우 부드러운 표정으로 슬쩍 바라본 후, 한 걸음 앞으로 발을 내디뎠습니다. 발 크다……!

"네에, 그럼 내 차례지? 이거 사실은 항상 벨 님이 하는 질문인데, 그냥 내가 물어볼래 ♪"

마그카르오 씨의 말에 어째선지 황제 폐하가 놀란 듯한 표정을 지었습니다.

뒤이어 류미포트 씨와 르루 씨도 놀라서 마그카르오 씨의 얼굴을 올려다보았습니다.

엇, 뭐야? 무슨 질문인데요?

근위병분들까지 술렁이는 와중에 마그카르오 씨가 질문을 꺼냈습니다.

"마술사가 되면 벨 님 명의로 직속 부하를 받는데…… 몇 명을 받고 싶어?"

직속 부하? 작전 행동을 같이하는 부하라는 뜻인가요?

그보다, 애초에 '마술사가 되면'이라는 가정부터 논점을 벗어났는데요. 군인이 될 생각은 털끝만큼도 없다고요! 어머니의 치료가 끝나면 이런 곳과는 뒤도 안 돌아보고 작별할 거거든요!

그럼 이 질문에는 어떤 식으로 대답해야 상대를 실망하게 만들까요.

욕망에 충실하게 대답하자면, 부하는 많으면 많을수록 좋습니다. 그리고 저 대신 마차의 말처럼 일하게 시키고, 저는 우아하게 놀며 지내는 게 이상적이죠.

……아, 하지만 저 대신 일하다가 그 부하들이 죽으면…… 아, 아니에요! 그런 건 전혀 신경 안 쓰거든요?! 저는 일 안 해요! 안 할 거라고요!!

……그렇지만 많은 부하를 원한다는 건 반대로 말해 그만

큼 큰 공적을 올리겠다는 뜻이고, 어떤 면에서는 의욕이 넘치는 사람으로 여길 수도 있지 않을까요? 그렇게 적극적이고 공명심에 불타는 인물로 평가받는 건 전적으로 사양입니다.

좋아좋아, 이것도 마찬가지로 정반대로 가도록 하죠.

"아뇨! 부하 따윈, 필요 없어요! 혼자서 하겠습니다!!"

"……………!!"

제가 그렇게 대답하자, 알현실은 물을 끼얹은 듯한 정적에 휩싸였습니다.

……엇?! 위, 위험해! 역시 혼나려나?!

대량의 땀이 흠뻑 흘러나오며 심장이 빠른 리듬으로 쿵쿵거리기 시작한…… 그때.

"앗하하하하하하하하하하하!!"

갑자기 마그카르오 씨가 배를 부여잡고 웃기 시작했습니다.

잘 보니 그 옆의 르루 씨도 입가에 손을 올리고 쿡쿡 웃고 있었고, 류미포트 씨는 저희에게 등을 돌린 채 어깨를 떨고 있었습니다.

그와 대조적으로 왕좌에 앉아 있던 황제 폐하는 머리를 끌어안고서 고개를 푹 숙였고, 그 옆에서 셸라드 재상이 '……이런, 이런'이라고 말하듯이 고개를 저었습니다.

도대체 뭔데?! 뭐가 어떻게 된 거야?!

마그카르오 씨가 혼란에 빠진 제 머리를 몹시 기쁜 듯이, 매우 부드럽게 쓰다듬으며 말했습니다.

"합격! 합격이야, 너! 멋진 인재구나♪"

그리고서 마그카르오 씨는 늘어선 마도사님들을 돌아보며 마치 다 아는 사실을 한 번 더 확인하는 듯한 말투로 물었습니다.

"이 애를 우리 동료로 맞이하는 것에 이의 있어?"

"후훗, 이의 없음."

"이의 없어."

"만장일치로 이의 없음이네! 자, 벨 님? 우리 의견은 다 나왔어♪"

어? 어어? 뭐가 어떻게 된 거죠? 동료로 맞이한다고요? 어째서?

제가 상황을 전혀 이해 못 하고 당황스러워하니, 아직도 조금 우습다는 듯이 웃고 있는 르루 씨가 설명해 주었습니다.

"폐하는 과보호 기질이 있어서 마음에 든 인간이나 귀중한 인재에게는 아무튼 부하를 많이 붙이고 싶어 하거든. 그래서 평범한 마술사들은 부하를 잔뜩 거느리지만……."

르루 씨는 마그카르오 씨와 류미포트 씨를 힐끗 쳐다보더니 말했습니다.

"훗날 '마도사'가 된 우리 세 사람은 모두 '부하 따윈 방해되니까 필요 없어'라고 대답했지."

그렇게 말하며 다시 쿡쿡 웃기 시작한 르루 씨를 본 황제 폐하가 깊게 한숨을 내쉬었습니다.

"네놈들…… 짐의 호의를 모조리 거절해 놓고서……."

벨하자드 폐하는 아까까지의 위엄은 어디로 갔는지, 왕좌에서 머리를 끌어안은 채 풀이 죽었습니다.

위, 위험해……!! 결정적인 선택지를 잘못 골랐잖아?! 부하는 많을수록 좋다고 대답하는 게 정답이었다니! 실패했어!

지금이라도 부하가 필요하다고 말하지 않으면 군인이 되고 말 거야!! 어, 그러니까……?!

"저, 저기……! 그럼, 네르비아 언니가, 부하가 됐으면 좋겠어요……!!"

제가 황급히 전언을 철회했으나, 어째선지 황제 폐하는 더더욱 풀이 죽어 침울해지고 알현실에는 온화한 분위기가 흐르기 시작했습니다.

혹시 내가 폐하를 배려해서 부하를 요구했다고 착각한 건가……?

아니야! 그럴 마음은 요만큼도 없다고요! 한 번만! 한 번만 더 기회를 주세요!!

그보다 저, 방금까지 한숨 나오는 대답만 마구 해대지 않았나요? 그런데 왜 만장일치로 '이의 없음'인 거죠?! 영문을 모르겠어요!

그러나 제가 이 상황을 타파할 수를 열심히 고민하는 사이에 이야기는 어영부영 정리되어 버렸고…….

몇 분 후, 저는 '마술사' 직위와 남작위. 그리고 원래대로라면 마도사가 되어야 받는 『이명』까지 하사받고 말았습니다. 날 엄청 마음에 들어 하잖아…….

이러려던 게…… 이러려던 게 아니었는데……!!

여러 가지 의미로 녹초가 된 제가 베오란트성 밖으로 나오니, 벌써 해가 져서 남색으로 물든 하늘 아래서 도개교 저편으로 낯익은 얼굴이 마중을 나와 있었습니다.

"세피 님!"

환하게 미소를 지으며 달려온 네르비아 씨는 베오란트성에서 붙여 준 메이드에게 안긴 저를 받아들고 부드럽게 끌어안아 주었습니다. 하아, 힐링된다…….

스스로도 가끔 잊어버리지만, 저는 현재 생후 11개월 된 젖먹이입니다.

키는 겨우 60cm 언저리…… 중학생 실내화를 세로로 세 개 정도 쌓으면 제가 올려다보아야 할 높이가 됩니다. 가난한 마을에서 영양 상태가 좋지 않은 생활을 해 온 데다가, 거의 잠잘 필요가 없는 제 체질까지 겹쳐서 성장이 상당히 느린 모양입니다. 머리카락은 빨리 자라긴 하지만…….

그 때문에 제도에 도착한 뒤로는 제가 이동해야 하는 상황이 늘어나기도 해서 항상 네르비아 씨가 딱 붙어 다니며 저의 다리 역할을 해 주었습니다.

……덧붙여서 네르비아 씨는 이제 갑주 차림이 아닙니다. 그래서 여성스러움이 풍만한 그 가슴에 안길 때면 항상 부드러운 감촉에 감싸인 느낌이에요. ……아, 그렇다고 어머니 가슴이 부드럽지 않다는 소리는 아닙니다.

"알현은 어, 어떠셨어요?"

"……응. 마술사가 되어 버렸어."

"그, 그렇군요……. 그러니까, 축하드립니다……?"

전혀 축하할 일이 아니거든요! 누구에게도 주목받지 않고 조용히 퇴장하겠다는 저의 제1소망이 사라져 버렸다고요!

그런 제 마음의 소리가 들렸는지 네르비아 씨는 복잡해 보이는 쓴웃음을 지었습니다. 하지만 그러면서도 무리하게 밝은 척하는 음색으로 의기소침한 저를 다독여 주었습니다.

"그, 그래도 세피 님! 이제 세피 님은 귀족이 되신 거잖아요? 듣자 하니 마술사 작위 수여는 반쯤 강제적인 거라서 영지를 못 받는 대신 파격적인 봉급이 나온다더라고요. 아는 마술사가 그랬는데 제도에 괜찮은 집 한 채 정도는 마련할 만큼 돈이 남아돈대요."

허둥대면서도 열심히 마술사가 되면 받는 특혜를 설명해 주는 네르비아 씨. 그 설명을 들은 저는 '어라라? 그러면 의외로 나쁘지 않은데?' 라는 생각이 들기 시작했습니다.

마술사는 상당히 귀중한 인재인 데다가, 자칫 험한 환경에 내버려 뒀다가 산적이라도 되면 대참사기 때문에 상당히 우대받는다고 합니다. 그러다 보니 필연적으로 전사율도 매우 낮고, 그뿐만 아니라 마술사라는 점만으로 병사와 민중들의 존경을 받는다나요.

애초에 이런 갓난아기를 전장으로 내보낸다면 아이가 있는 부모들에게서 거센 비난이 쏟아질 테죠. 아무리 마술 적성이 있다고 해도 갑자기 전장 최전선으로 내던지는 일은 웬만하면 없을 거예요. 아니, 없어야만 해요!!

그렇게 생각하니 현재 상황이 나쁘지 않은 것 같기도…… 꽤 괜찮은데요?

"에헤헤, 남작님인가~. 그렇구나. 나, 귀족이 된 거구나."

"네! 축하드려요, 세피 님!"

단숨에 기분이 좋아진 저를 네르비아 씨는 진심으로 기쁜 듯이 축복해 주었습니다.

그 뒤로도 네르비아 씨가 들려주는 꿀 같은 특혜 정보는 계속 이어졌습니다. 마술사의 봉급은 소속과 직위에 따라 정해진 급료에 더해, 실적이 좋으면 추가 포상이 주어지기도 한다네요. 추가 포상은 토지부터 저택, 광산에 섬까지 아주 다양하다고 합니다.

뭐, 일부러 추가 포상을 노리지 않아도 사치 안 부리고 조용히만 살면 공적 따윈 쌓을 필요도 없이 충분하고도 남을 급료가 나오는 모양이지만요! 뭐야 그거, 완전 쉽잖아! 크헤헤헷!

……아, 맞다.

"언니는, 내 부하로 넣어 달라고 했어."

"네에?!"

네르비아 씨는 어지간히도 놀랐는지, 제법 큰 목소리를 내며 멈춰 섰습니다.

어, 어엇, 뭐야? 왜 그러는데요?

"호, 혹시, 안 되는 거야⋯⋯?"

"아뇨!! 그럴 리가요!! 그, 그럴 수가, 앞으로도 세피 님을 모신다니, 감개무량해요! 이제 죽어도 여한이 없어요!!"

"엇, 죽지는 마."

아무래도 기뻐하는 듯한 네르비아 씨의 대답에 저는 안심해서 가슴을 쓸어내렸습니다.

다행이다, '싫어, 멍청아!' 라는 말이라도 들었으면 다신 일어설 수 없었을 거예요. 다른 사람도 아닌 네르비아 씨가 그런 말을 할 리가 없겠지만요.

"저기⋯⋯ 참고로 묻는 건데, 마술사님들은 부하를 잔뜩 가질 수 있다고 들었거든요⋯⋯. 다른 부하는, 혹시 기사 수도회에서⋯⋯?"

"어? 아니, 언니 한 명인데?"

"⋯⋯네?"

"언니 한 명이면 된다고 해 버렸어. 왜냐면, 필요 없는걸."

제가 그렇게 말하자 네르비아 씨는 잠시 입을 벌린 채로 멍하니 있더니, 그 뒤로 얼굴을 새빨갛게 물들이고 눈물을 글썽였습니다.

"세피 니이이이임!! 평생 모실게요! 목숨을 바쳐서라도 지킬게요오!!"

네르비아 씨가 저를 있는 힘껏 가슴에 끌어안았습니다. 부, 부드럽고 숨 막혀⋯⋯.

조금만 더 있으면 볼까지 비벼댈 기세로 저에게 온갖 충

성의 말을 쏟아내는 네르비아 씨를 진정시키느라 꽤 고생했습니다.

사실 처음에는 '한 명도 필요 없다'고 말했지만…… 네르비아 씨가 기뻐하는 것 같으니 이야기를 살짝 부풀리는 정도는 괜찮겠죠. 부하에게 하는 립 서비스는 중요하니까요.

우후후~ 그건 그렇고 남작님인가. 귀족이라고요, 귀족! 이제 전쟁만 끝나면 꿈에 그리던 불로소득 라이프가 코앞이에요! 그리고 전생의 지식과 마법을 총동원해서 큰돈을…… 이히히히!

저는 네르비아 씨 품에 안긴 채로 탐관오리처럼 사악하게 웃으며 목적지인 병원 근처에 도착했습니다. 현재 어머니가 입원해 있는 병원입니다.

그때, 문득 시야 끄트머리에 비친 가게를 본 저는 "언니." 하고 네르비아 씨를 불렀습니다. 네르비아 씨도 제가 하려는 말을 바로 알았는지, 짐 보따리에서 작은 가죽 주머니를 꺼냈습니다. 짤랑거리는 소리가 나는 걸 보니 금화 주머니겠죠.

"언니, 미안해……. 돈이 들어오면, 바로 갚을게."

"아니에요! 제 돈은 세피 님 돈이나 마찬가지예요! 신경 쓰지 마시고 마음껏 써 주세요!"

흐에엥, 그렇게 티끌 하나 없이 환하게 웃으니까 무서워…….

네르비아 씨, 방금 그 발언은 조금…… 아니, 그 사상부터 위험하지 않나요? 그거 완전히 쓰레기 같은 남자에게 돈을 바치는 여자가 할 법한 말인데요……. 저러다 이상한 남자한테 잘못 걸리지는 않겠죠?

그리고 제가 '일하지 않기'를 모토로 살아갈 생각인 건 분명하지만 그렇다고 해서 남이 바치는 돈을 넙죽 받아먹으며 살고 싶지는 않아요…….

돈이 수중에 들어오면 바로 갚겠다고 마음속으로 맹세하고서, 저희는 과일 가게에 들어갔습니다.

"병문안 갈 때는, 어떤 과일을 가져가는 게 좋을까?"

"글쎄요. 이쪽에 있는 벤나나 아펠리라가 좋지 않을까요?"

와아, 왠지 전생의 과일과 비슷한 것도 있고, 난생처음 보는 것도 있네요……!

제가 기뻐하며 과일을 구경하는데, 가게 안에서 아저씨와 아주머니가 나왔습니다. 이 가게를 경영하는 부부인가 봅니다.

"뭐 찾는 거라도 있니?"

"그게, 엄마 병문안하러 가요."

"어머! 깜짝 놀랐네. 엄청 어려 보이는데 말을 또박또박 잘하는구나……!"

앗, 이런……. 그러고 보니 알현실에 들어간 직후에 혼자서 제대로 걸어 다니거나 말을 하는 바람에 사람들이 많이 놀랐었죠.

우리 마을에서는 당연하다는 듯이 말을 했었기 때문에 감각이 무뎌진 모양입니다. 갑자기 갓난아기가 말을 하면 무서워하는 게 보통이죠…….

놀란 과일 가게 부부에게 네르비아 씨가 매우 의기양양한 표정을 지었습니다.

"당연하죠. 세피 님은 특별한 분이거든요."

"하아, 요즘 애들은 참 대단하다니까. 들었니? 저번에 도적단을 괴멸시켰다는 무시무시한 갓난아기도 제도에 와 있대. 분명 이름이…… 세필……리……아…….."

과일 가게 아주머니는 이야기를 하던 도중에 안색이 급격하게 새파래지더니, 이를 딱딱 부딪치기 시작했습니다. 엇, 뭐야? 왜 그러세요?

그러더니 다음 순간에는 "선……의…….."라고 중얼거리며 쓰러지고 말았습니다. 남편분이 "포나! 포나?!" 하고 이름을 부르며 어깨를 흔들었지만, 아주머니는 거품을 문 채로 일어날 기미가 안 보였습니다.

방금 분명히 '선혈의'라고 했어……. '선혈의 처형자'라고 말하려 했어…….

과일 가게 아저씨는 무릎을 꿇고 사죄하며 "부디 이걸 받아 주십시오……!!" 하고 호화로운 과일 세트를 저에게 내밀었습니다.

말해 두겠는데, 저는 온 힘을 다해 사양했습니다. 그런데 필요 없다고 했더니 아저씨가 "허억, 제발 목숨만은……!!"이라며 소리를 지르는 바람에 주위 사람들이 다 쳐다봐서 어쩔 수 없이 받은 거라고요.

전 이제 남작이 될 몸인데 이상한 소문이 돌면 어쩌죠…….

과일 세트를 받아들고 병원으로 향하는 길에 제가 "왜, 왠지 이상한 대우를 받았네." 하고 쓴웃음을 지으며 말했습니다만.

"네? 뭐가요? 저 정도는 위대한 용사님이신 세피 님에게 보일 태도로 당연하지 않나요?"

라며 진심으로 뭐가 이상하다는 건지 전혀 모르겠다는 표정으로 환하게 웃은 게 충격이었습니다.

엑. 그래서 아주머니가 쓰러졌을 때도, 아저씨가 무릎을 꿇었을 때도 히죽거렸던 거였어?!

당신, 언제부터 광신도로 전직한 거야! 촌장인가?! 바슈할 촌장의 영향인가?! 그 자식……!!

……그리고 네르비아 씨? 저에 대한 사람들의 인식은 '용사님'이 아니라 '처형자'던데요?

"그러니까, 언니는 조금 더 정도를 지킬 필요가 있어!"

"아, 네에……."

저는 병원 복도에서 과일 세트를 끌어안은 네르비아 씨 옆에서 불안정한 걸음걸이로 아장아장 걷고 있었습니다. 그리고 어머니 병실까지 가는 길에 네르비아 씨에게 자제심을 가지고 정도를 지키는 것의 중요함을 설명해 주었습니다.

모두 네르비아 씨가 제2의 <ruby>광신도<rt>바슈할</rt></ruby>가 되는 걸 막기 위해서

예요!

"다음부터는 함부로 껴안거나 이름을 외치거나 지나치게 걱정하지 말도록! 알겠지, 언니?"

"네, 네에…… 조심할게요."

저에게 혼나고 풀이 죽은 네르비아 씨를 보니 약간 불쌍하다는 생각이 들었지만…… 이것도 네르비아 씨를 위한 일입니다. 지금은 마음을 굳세게 먹어야 해요!

그와 동시에 저도 네르비아 씨의 모범이 될 수 있도록 자제심을 가지고 정도를 지키는 나날을 보내기로 결심했습니다!

"앗, 세피."

그런데 그때, 눈앞 모퉁이에서 갑자기 오빠가 나타났습니다.

"오빠아아아아!!"

시각 정보가 뇌에 전해지기도 전에 제 몸은 오빠 품으로 뛰어들고 있었습니다.

오빠의 "으억?!" 하는 목소리를 들으며 저는 오빠의 몸에 이상은 없는지 확인했습니다.

"오빠!! 괜찮아?! 이상한 사람이, 말을 걸지는 않았어? 위험한 일은 없었어?! 이상한 짓을 당하진 않았어?!"

"지, 진정해 세피! 괜찮으니까 이것 좀 놔!"

그렇게 말하며 "나 참……." 하고 부끄러운 듯이 고개를 돌리는 오빠.

하지만 오빠는 곧바로 제 머리를 쓰다듬으며 "그래도 걱정해 줘서 고마워."라고 중얼거렸습니다.

으윽……?! 한 번 튕기고 나서 다정해지는 이 고도의 기술……! 오빠가 장래에 여자를 울리는 남자가 되지는 않을지 걱정됩니다. ……종종 자신의 외모를 악용하는 제가 할 말은 아니지만요.

그렇지만 그 사건 이후로 어딜 가든 오빠와 어머니가 걱정이 돼서 견딜 수가 없는 걸 어떡하나요. 언제 어디서 위험한 일이 생길지 모르잖아요. 잃어버린 생명은 어떻게 해도 다시 되돌릴 수 없으니 아무리 걱정해도 부족하지 않아요.

제가 오빠의 가슴에 얼굴을 묻고 떨어지지 않자, 오빠는 한 번 더 부드러운 음색으로 "괜찮아."라고 말해 주었습니다.

그래도 역시 그날 밤의 공포는 그렇게 간단히 사라지지는 않는 모양입니다.

그런데 그때, 등 뒤에서 강렬한 시선이 느껴졌습니다. 뒤를 돌아보니 네르비아 씨가 복잡해 보이는 표정으로 볼을 부풀리고 있었습니다.

네르비아 씨? 왜 저러지?

응? 그러고 보니 아까 네르비아 씨한테 뭐라고 말하고 저도 무언가를 결심했던 것 같은데…… 뭐였더라? 뭐, 생각이 안 나는 걸 보니 그다지 중요한 일은 아니겠죠.

그리고 저는 오빠가 열어 준 문을 통해 어머니 병실 안으로 발을 내디뎠습니다.

"……세피!"

환자복을 입은 어머니가 제 얼굴을 보자마자 기쁜 표정을 지었습니다.

물론 등의 상처가 벌어지면 안 되니 침대에 가만히 누운 채로요.

등을 다쳤으니 엎드려서 자나 했는데, 꼭 그렇지는 않나 봅니다.

어머니에게 안 아프냐고 물었더니, 어머니는 마을에서 얇은 천을 깔고 잤던 것에 비하면 침대가 매우 부드러워서 아프지도 않고 쾌적하다고 웃었습니다.

……하지만 환자복 사이로 붕대가 보일 때마다 항상 가슴이 격렬하게 아파 옵니다.

오빠와 어머니를 제대로 지키지 못했다는 충격 때문에 마을에 틀어박혔을 때만큼은 아니지만…… 역시 제 마음에 깊게 남은 상처는 그리 쉽게 낫지 않을 모양입니다.

아니, 나아서는 안 돼요.

계속 가슴속에 품은 채로 마음에 경고를 내려서 같은 과오를 두 번 다시 반복하지 않도록 해야 합니다.

무의식적으로 제가 표정을 굳혔는지, 오빠가 제 어깨를 끌어안아 주었습니다.

그 덕에 무거웠던 마음이 조금은 가벼워진 듯한 기분이 들었습니다.

네르비아 씨 도움으로 저는 어머니 침대 위로 올라갔습니다. 밑에서는 어머니 얼굴조차 제대로 보이지 않거든요.

제 얼굴을 보고 온화하게 미소 짓는 어머니. 그 옆에 꼭 붙어서 저는 어머니가 궁금해할 만한 사실을 보고했습니다.

"엄마. 나, 이제 곧 남작이 된대. ……기뻐해 줄 거지?"

"물론이지! 우리 애가 남작이라니, 이렇게 자랑스러운 일이 또 어디 있겠어?"

"……에헤헤. 마술사도 되어 버렸는데, 본격적으로 제도에서 일하기 시작하는 건, 두 달 뒤부터래."

"그래……."

역시 어머니도 제가 제도에서 일을 시작한다는 소식에는 표정을 흐렸습니다.

전시 중에 귀족이 할 일이라 하면 최전선에서 싸우는 것 정도니까요……. 어머니로서는 마음이 복잡하겠죠.

그래도 괜찮아, 엄마! 온갖 방법을 동원해서 최선을 다해 일하지 않도록 노력할 테니까!

네? 노블레스 오블리주요? 그게 뭐죠?

세상은 이상만 좇아서는 살아갈 수 없어요! 이러니저러니 해도 이승이 낫다고요! 죽으면 다 무슨 소용이겠어요!

저는 전생에서 말 그대로 죽을 만큼 일했었죠. 이제 일하다 죽는 건 절대 사절입니다.

……아니, 이미 전생에서 현생의 몫까지 일했다는 느낌도 들지만요.

그러니까 엄마, 안심해. 이 세계에서는 엄마를 남겨 두고 죽지 않을 테니까.

무슨 일이 있어도 가족을 울리지 않을 거야.

***

사상 최연소……라 해야 할지, 갓난아기가 작위를 수여한다는 전대미문의 화제성 덕분에 제 작위 수여식에는 많은 귀족이 구경하러 모인 듯했습니다.

왠지 제 무시무시한 별명과 빈말로도 온건하다 할 수 없는 『이명』이 퍼진 탓에 제국 상층부에서도 이런저런 물의를 빚던 모양이지만…….

그래도 어찌어찌해서 저는 정식으로 귀족이 되었습니다.

생후 11개월 만에 남작이라니. 신동이라 불릴 수 있는 일곱 살까지 확고한 지위를 확립하겠다는 제 계획을 고려하면 그럭저럭 나쁘지 않은 출발이네요.

사실은 어차피 작위를 받을 거라면 전쟁의 형세가 조금더 인간 측으로 기울어서 승리를 눈앞에 둔 상황이 됐을 때가 좋겠다 싶었지만요. 모든 일이 그렇게 마음대로 되지는 않나 봅니다.

하지만 군인이 되었다고 해서 반드시 위험한 일만 시키지는 않을 터……라고 믿고 싶습니다. 아무리 강해도 외모가 이렇잖아요.

작위 수여식이 끝나고, 이번에는 제국군 상층부에 인사를 올릴 차례였습니다.

기사단 단장이나 대장급 사람들과 저와 같은 마술사분들이 전체 인원의 약 절반 정도를 차지했다고 합니다.

전시 중인데도 엄청난 출석률이네요……. 그만큼 이번 수여식이 평범하지 않다는 뜻이겠죠.

베오란트성 내 회의실에 모인 그 사람들 앞에서 저는 간단히 인사를 올렸습니다.

"처음 뵙겠습니다, 세필리아라고 합니다. 아직 풋내기지만 제국을 위해 이 한 몸 바쳐 성심성의껏 힘쓰겠습니다. 앞으로 잘 부탁드립니다."

너무 얕보이면 안 될 것 같아서 왠지 갓난아기답지 않은 말투가 되고 말았네요. 참석자들도 상당히 놀란 모양입니다.

물론, 제국을 위해 이 한 몸 바쳐 성심성의껏 힘쓸 생각 따윈 털끝만큼도 없습니다.

나라를 위해서 일하다가 죽다니, 절대 사절이거든요. 가족을 울릴 바에야 차라리 적 앞에서 도망쳐 버리는 게 나아요.

제 겉치레 식 인사에 참석자들에게서 박수가 쏟아졌습니다.

뭐, 아직 저 사람들 앞에서 이렇다 할 활약을 보여 주지도 않았고…… 그냥 분위기에 휩쓸려서 손뼉치는 거겠죠. 저에게 작위를 수여하기로 결정한 사람은 황제 폐하기도 하고요. 그 결정에 대놓고 반항할 만큼 기개가 넘치는 사람은 없나 봅니다.

……아, 아니네요. 한 명, 노골적인 사람이 있군요.

회의실의 박수 소리가 멈춤과 동시에 '그 남자'는 불쾌해 보이는 표정을 숨기려 하지도 않고 "허!" 하고 다 들리라는 듯이 코웃음을 쳤습니다.

"언제부터 제국군이 소꿉놀이를 추진하게 됐지?"

남자의 그 말에 주위 사람들은 모두 일제히 눈살을 찌푸리거나 눈빛이 날카로워졌습니다. 아무래도 소위 말하는 '문제아'인 모양입니다.

이 사람은 언뜻 보니, 기껏해야 20세 전후로 추정될 만큼 상당히 젊었습니다. 이 자리에 참석을 허가받은 사람 중에는 고령자가 많은데, 그에 비하면 명백한 풋내기입니다.

복장과 면면, 남자가 앉은 자리 주위에 마술사가 모인 모습을 보면 아마 마술사겠죠.

그 청년은 붉은 기가 도는 금발을 손으로 쓸어 올리고서 단정한 얼굴을 도발적으로 일그러뜨리며 이쪽을 노려보았습니다. 몸짓 하나하나에서 자존심이 매우 셀 것 같다는 인상을 받았습니다.

'마술사 단장'이라는 노령의 여성이 "말조심하세요, 보즈라." 하고 나무랐지만, 보즈라라고 불린 청년은 물러서지 않았습니다.

"하지만 단장님. 제국 국민과 다른 나라 녀석들이 저 꼬맹이를 보고 과연 무슨 생각을 할까요? 제국은 괜찮은 걸까,

하고 걱정하지 않겠습니까?"

"세필리아 씨에게 실적과 실력이 있다는 사실은 폐하께서 인정하셨습니다. 저희가 끼어들 일이 아니에요."

"보십시오! 역시 단장님도 속으로는 납득 못 하신 것 아니십니까? 폐하께서 인정하지만 않으셨어도 이런 꼬맹이와 같은 급으로 취급받는 걸 절대로 받아들이지 않았을 텐데. 하물며 『이명』까지 하사받았다지 않습니까. 뭔가 내막이 있는 겁니다, 분명."

본인을 앞에 두고 이렇게까지 거침없이 말할 만큼 대담하다니, 제법 감탄해 줄 가치가 있네요.

아니면, 제가 그만큼 저 사람의 자존심을 건드린 걸까요.

저도 반대 입장이었다면, 제가 오랫동안 노력해서 쌓아 올린 자리 옆에 갑자기 갓난아기가 나타나 앉으면 많은 생각이 들었겠죠. 반대로 이건 대체 무슨 농담인가 하고 웃었을지도 모르고요.

그리고 만약 제가 토벌한 도적단을, 다른 마술사가 똑같이 토벌했어도 이렇게까지 높이 평가받지는 않았을 거예요. 폐하가 저를 흥미롭게 여긴 이유는 제가 갓난아기였기 때문에, 즉 '신동'으로 취급하기 때문이니까요.

마술사 단장도 그 말에 내심 공감했나 봅니다. 뒷말을 잇지 못하네요.

……어이가 없어서 말이 안 나오는 걸지도 모르지만요.

만약 이 자리에 세 마도사님이 있었다면 어떤 표정을 지었을까요.

폐하의 칙령이라는 이성과, 자신들의 감정. 한쪽을 우선하고 다른 한쪽은 억눌러야 합니다. 마술사 단장과 보즈라 씨가 둘 중 뭘 우선하는지가 다를 뿐이에요.

다시 말해, 저는 이곳에 있는 대다수의 사람…… 특히 마술사분들에게 인정받지 못한다는 뜻이죠.

……음, 뭐, 솔직히 아무래도 상관없습니다.

인정받지 못한다고 해서 어떻게 되는 것도 아니고, 실력을 무시당할수록 더 안전한 임무를 받지 않겠어요? 그건 저도 바라 마지않는 일이라고요.

게다가, 보즈라 씨의 '뭔가 내막이 있다'는 말은 상당히 날카롭게 핵심을 찔렀습니다.

황제 폐하도, 재상도, 마도사님들도 직접 말은 안 했지만, 결국 이 마술사 작위 수여 시스템에는 제국의 속셈이 크게 얽혔거든요.

마법을 쓰면 암살이나 절도를 마음껏 할 수 있습니다. 금이나 보석 같은 것들을 마법으로 복제하면 사형이라는 법률은 있는 모양이지만, 어차피 입만 다물면 들키지 않아요. 완전 범죄도 자유자재로 저지를 수 있습니다. 즉, 마술사를 그냥 내버려 두면 국가의 존망마저 흔들릴지 모른다는 뜻이죠.

그렇기 때문에 마법을 발동할 수만 있으면 즉시 귀족이 되고, 제국에서 소중하게 다루고, 장래를 약속받죠. 범죄 따위로 손을 더럽히지 않아도 평안하게 살아가도록 제국이 짜놓은 겁니다.

그 사실을 '내막'이라고 본다면 내막이 있다는 말이 틀린 지적은 아닙니다. 다만, 황제 폐하나 마도사님들이 저를 묘하게 마음에 들어 하는 이유나, 원하지도 않는 『이명』을 하사받은 이유는 저도 전혀 모르겠지만요…….

하지만 그런 사실을 친절하게 설명해 줄 이유는 없습니다. 저는 이대로 남들이 깔보는 허울뿐인 아기 마법사로서 존재감 없는 잉여 사원처럼 사라지려 했는데…….

"이봐, 꼬맹이. 너도 뭐라고 말해 보지 그래."

보즈라 씨가 그렇게 말하며 비웃는 표정으로 저에게 발언을 재촉한 덕분에 저는 의도치 않게 이 자리의 토론 주도권을 쥐게 되었습니다.

같은 마술사로서 동료가 될 사람들이라 우호적인 관계를 쌓고 싶었는데 안타깝지만 보즈라 씨와 사이좋게 지내는 건 포기해야겠네요.

최근 들어 저는 네르비아 씨가 처한 입장에 어떻게 손을 쓸 수 없을까 생각하고 있었습니다. 기사 실격이라는 낙인이 찍히고 의절이나 다름없는 꼴로 제도에서 쫓겨난 네르비아 씨의 명예를 회복시키고 싶었거든요.

그러기 위해서 어느 정도 실적이 있는 기사와 연결고리를 만들고 싶었던 참이었습니다.

네르비아 씨의 미소와 동료의 호감도. 어느 쪽을 우선해야 할지는 고민할 것도 없습니다.

자, 그럼······ 기사님의 관심을 얻으려면, 이때 슬쩍 모두의 인상에 남을 만한 말을 해서 앞으로도 친하게 지내고 싶은 재밌는 녀석이라는 인상을 남길 필요가 있겠죠.

다행히 아무래도 보즈라 씨는 문제아인 모양입니다. 이 사람과 적대한다고 해서 그렇게 나쁜 인상이 박히지는 않을 거예요.

저는 짓궂은 미소를 짓는 보즈라 씨에게로 시선을 돌리고 입술을 핥았습니다.

"하나, 묻고 싶은 게 있는데요."

저는 최대한 순진무구하게 어린아이 같은 표정을 지으려 노력하며 보즈라 씨의 파란 눈동자를 똑바로 바라봤습니다.

"보즈라 씨는, 지금까지 공적을 전혀 못 쌓으신 건가요?"

"······뭐?"

제 무례하기 짝이 없는 도발 섞인 질문에 보즈라 씨는 불쾌한 듯이 눈을 찌푸리며 목소리를 낮췄습니다.

회의실이 날카로운 긴장감으로 얼어붙었습니다.

"무슨 뜻이냐, 꼬맹이."

"아, 죄송합니다. 그런 뜻으로, 들려서요."

"어디를 어떻게 들으면 그렇게 되는 건데!!"

우와, 발화점 낮네.

저는 곤란한 척 볼을 긁적이며 짐짓 "으~음." 하고 읊조렸습니다.

"저는, 야수 도적단이라는 걸, 해치웠어요."

"그래서 어쨌다고! 겨우 그 정도로 우쭐대지 마!!"

"맞아요, '겨우 그 정도' 예요!"

제가 기쁘다는 듯이 그렇게 대답하자, 격앙 상태였던 보즈라 씨가 의아하다는 표정을 지으며 입을 다물었습니다.

저는 그 틈을 파고들듯이 말을 이었습니다.

"전, 야수 도적단이 뭔지, 전혀 들어본 적이 없어요. 그리고, 무지 약했어요. 여기에 있는 누구라도, 그런 놈들은, 간단하게 무찔렀을 거예요."

저는 참석자들을 둘러보며 어린아이처럼 손발을 과장되게 움직여 마치 연설을 하듯이 말했습니다.

장년 남성이 많은 기사단 상층부도, 여성이 많은 마술사단 사람들도 모두 눈이 휘둥그레졌습니다.

폐하가 '그 야수 도적단을'이라고 강조하며 말씀하실 정도니, 그럭저럭 유명하고 실력도 있는 놈들이었을 테죠. 여기에 있는 누구라도 이길 수 있을지는 잘 모르겠지만, 그 점은 지금 중요하지 않습니다.

"보즈라 씨도, 여러분도, 지금까지 많은 활약을 하셨겠죠. 도대체 누가, 그런 여러분을, 아무런 실적도 없는 저 따위와, 같은 실력일 거라고 생각하겠어요? 보즈라 씨가 걱정하는 그런 일은, 분명 일어나지 않을 거예요. 이 제국에, 그렇게 바보 같은 사람은, 한 명도 없을 테니까요."

궤변이다.

저는 제 입으로 지껄이면서도 잘도 이런 어처구니없는 궤변을 내뱉는구나, 하고 웃을 뻔했습니다.

논점이 완전히 빗나갔잖아요. 갓난아기를 군 요직에 앉히는 것에 대한 국민의 감정과 대외적인 체제 이야기를 하고 있었는데 개개인의 실적 이야기가 되어 버렸습니다.

아마 제삼자로서 침착하게 이야기를 듣던 사람들이라면 명백히 이상한 화제 전개에 의문을 품었을 테죠.

하지만 머리에 피가 쏠린 보즈라 씨는 거기까지 생각이 미치지 않는 건지, 제 궤변에 설득돼서 입을 꾹 다물고 말았습니다.

보즈라 씨가 정신을 차리기 전에 한 방 더 먹여 둘까요. 제가 2점을 먼저 얻으면 거의 승리나 다름없다고요.

"그리고, 나이는 상관없어요. 무슨 일을 해 왔는지가, 중요하죠. 그렇지 않나요, 보즈라 씨?"

"……어?"

"저희 입장은, 나이로 정해지지 않아요. 나이는, 상관없어요. 그렇죠?"

저는 빈정거리는 티가 나지 않도록 신경 쓰던 얼굴을 보즈라 씨에게만 보이도록 돌려 찰나의 순간 도발적으로 일그러뜨렸습니다.

그 모습을 본 보즈라 씨는 너무나도 쉽게 욱한 표정을 지었습니다.

"꼬맹이는 윗사람 말을 따라야지."

"물론이에요! 위치가 더 높은 인간…… 맞죠? 나이가 아니라."

"아무것도 모르는 꼬맹이는 얌전히 연장자가 하는 말이나 따르라고!!"

나이는 상관없다고 강조해 버리면 보즈라 씨는 부정할 수밖에 없습니다. 나이에 따른 상하관계 따위는 없다는 소리를 긍정하면 저와 보즈라 씨 사이에 상하관계가 없다고 인정하는 게 되니까요.

하물며 저는 『이명』까지 하사받았습니다. 자칫하면 폐하의 의향에 따라 앞으로 제가 입장면에서 우위에 놓일 수도 있어요. 게다가 저는 아직 실력이 미지수인 상식 파괴자. 어쩌면 앞으로 큰 공적을 쌓을지도 모릅니다.

그런 상황에서 '연공서열'을 들먹이지 못하게 되면 곤란하겠죠.

그래서 대놓고 판 함정에 생각 없이 뛰어들고 만 겁니다.

"나이가 많은 사람이, 훨씬 더 훌륭한가요?"

"그래, 그러니까 이제 입 다물어라, 꼬맹아."

"하지만 저는, 말조심하지 않아도 되는데요?"

"뭐야?!"

마침내 화가 머리끝까지 치솟은 보즈라 씨에게 저는 환하게 웃으며 말했습니다.

"왜냐하면 아까, 보즈라 씨보다 '나이가 많은' 단장님이, '말조심하세요'라고 했는데, 보즈라 씨가 무시했잖아요?"

제 추궁에 보즈라 씨는 두 번째로 말을 잃은 모습을 보여주었습니다.

아이참, 나도 한 성격 한다니까.

제 억지 논리와 말꼬리 잡기가 훌륭하게 먹히자, 기사분들과 마술사분들이 웃음을 참거나, 혹은 참지 못하고 웃음을 터뜨렸습니다.

보즈라 씨가 얼굴을 새빨갛게 물들이고 이를 갈며 저를 노려보았지만, 저는 '어라~ 왜 화를 내는 거지?'라고 말하듯이 시치미를 떼며 미소로 받아쳤습니다.

더 하면 인상이 안 좋아질 것 같으니 이 정도로 해 둘까요.

……아니, 역시 한 방 더 먹여야겠어요.

"여러분, 귀중한 시간을, 소꿉놀이에 쓰게 만들어서, 정말 죄송합니다!"

제가 그렇게 말하며 고개를 숙이자, 저와 가까운 자리에 앉은 최연장자로 보이는 남자가 "와하하핫!!" 하고 바깥까지 다 들릴 만큼 큰 소리로 웃기 시작했습니다.

제가 깜짝 놀라 올려다보자, 그 남자는 우락부락한 얼굴을 웃음기로 일그러뜨리며 저를 향해 몸을 돌렸습니다.

"거참, 폐하께서 갓난아기를 마술사로 임명하겠다고 말씀하셨을 때는 휴식이 필요하신 건 아닌지 걱정했는데……. 과연, 폐하가 마음에 들어 하시면서 『이명』까지 하사하신 이유를 알겠군."

그 남자는 그렇게 말하며 에메랄드색 눈동자로 저를 바라본 뒤, 마술사 단장에게로 시선을 돌렸습니다.

"유망한 신인이 들어온 듯해서 부럽기 짝이 없는걸. 어떤가, 잠시 나에게 맡겨 보지 않겠나?"

"어머, 기사단장님이 감당하실 수 있겠어요?"

"와하핫! 그것도 그렇군!"

기사단장……!

제일 연장자로 보이는 데다가 상석에 앉았길래 어렴풋이 예측은 했지만, 역시 그랬군요!

그건 그렇고 기사들 우두머리는 조금 더 조용한 분위기일 줄 알았는데, 의외로 호쾌한 분인가 보네요.

기사단장님은 다시 저에게로 시선을 돌렸습니다.

"그런데 말일세, 선배의 시비를 자기소개의 발판으로 쓰는 건 아주 당돌하고 훌륭하다만, 되도록 사이좋게 지내 주게나!"

우헤헤. 역시 들켰네요. 그야 당연하죠.

제가 '무슨 말씀이신지?'라는 표정으로 싱글싱글 웃으며 무마하자, 기사단장님은 "와하핫! 참으로 재밌군!"이라며 폭소했습니다. 이쪽은 웃음이 안 나옵니다만.

저를 무시무시한 눈빛으로 노려보는 보즈라 씨 모습이 시야 끝에 들어왔지만, 못 봤습니다. 아무튼 저는 못 봤어요.

이러저러한 일이 있고 나서 제국군 상층부 사람들에게 올리는 인사는 아무 문제 없이 온화한 분위기 속에서 막을 내렸습니다.

기사단장님은 바쁜 몸이라 다음에는 또 언제 만날 수 있을지 모릅니다.

그래서 저는 제국군 전선 부대 상층부에 인사를 올린 후 사람들이 회의실을 나가기 시작한 타이밍에 바로 기사단장 곁으로 달려갔습니다.

사실은 마술사 단장님과 마술사분들에게 먼저 인사를 올리고 싶었지만 시간이 없으니 어쩔 수 없습니다.

"기사단장님. 아까, 상황을 정리해 주셔서, 감사합니다!"

그렇게 말하며 꾸벅 고개를 숙이자, 제 머리 위에서 "와하핫! 정말이지, 아무리 봐도 어린아이답지 않은 세심함이군."이라는 목소리가 들려왔습니다.

기사단장님은 희끗희끗한 머리를 손으로 쓸어넘기며 밝고 호쾌한 미소를 지었습니다.

"그러고 보니 자기소개가 늦었구나! 나는 '라트롬 그렝 발르작'이다. 잘 부탁한다!"

"세, 세필리아라고 합니다. 잘 부탁드려요. 앞으로도, 절 기억해 주시면 좋겠어요."

"잊고 싶어도 잊을 수가 없지! 와하하하하!"

확실히 누가 장난 친 것 같은 이런 아기 군인을 보면 그럴지도 모르겠지만…….

제가 쓴웃음을 짓는데, 발르작 기사단장님이 제 얼굴을 들여다보며 말했습니다.

"그건 그렇고 자네가 그 악명 높은 '백금색 악몽'이라니.

언뜻 보기엔 '백금색 공주님'이라 불러야 할 것 같은데 말이지."

"그, 그건, 야수 도적단 사람들이, 호들갑 떤 거예요."

"그럴 리가. '선혈의 처형자'라는 별명이 붙을 만큼 철저하게 잔악무도하다는 걸 다 들었다고! 와하핫!"

······저, 앞으로도 계속 이 별명으로 괴롭힘당하려나요.

저는 조금 우울해하면서도 때마침 좋은 화제가 나온 순간을 놓치지 않고 바로 본론을 꺼냈습니다.

"그렇게 거창한 이름은, 어울리지 않아요. 저 혼자서는, 야수 도적단으로부터 모든 사람을, 지킬 수 없었을 테고요."

"호오? 그러고 보니, 기사 수도회의 견습이 마을 경호로 파견되었다고 했었지."

"맞아요. 그 기사님은 머리도 좋고, 판단력도 좋고, 게다가, 도적단의 단장을 단숨에 해치울 만큼, 강해요."

"뭐라고? 그 벨리아를······ 대단한걸. 역시 루나벤트 가문의 영애로군."

루나벤트 가문?

저는 어디선가 들은 적이 있는 가문 이름에 퍼뜩 정신이 들었습니다. 그러니까 분명······ 맞아요, 슬리제니 백작과 대치했을 때 네르비아 씨가 딱 한 번 풀네임을 말한 적이 있었죠.

"루나벤트······ 그게, 네르비아 씨의 성인가요?"

"이런, 몰랐나?"

"네르비아 씨는, 집에서 쫓겨나 버려졌다고 했어요. 그래서, 저희에게는 이름 전체를 알려 주지 않았어요."

제가 그렇게 말하자 기사단장님은 약간 복잡해 보이는 얼굴로 "……그렇군."이라고 짧게 대답했습니다.

"루나벤트 가문은 기사 명가이자, 실력 있는 후작 가문이라네."

후…… 후작?! 후작이라니, 엄청 대단하잖아요! 그래서 슬리제니 백작이 자기 가문을 자랑해도 네르비아 씨가 '그래서요?'라는 표정이었던 거로군요.

여기서 저는 기사단장님이 네르비아 씨 사정을 살짝 불쌍히 여기는 듯한 반응을 보인 것을 놓치지 않았습니다. 이 둘도 없는 기회에 저는 있는 힘껏 달려들었습니다.

"네르비아 씨는, 약하지 않아요. 쓸모없지도 않아요. 단지, 너무 상냥할 뿐이에요!"

"그건 나도 안다네. 기사 수도회는 우리 제국 기사단과 제법 많이 접촉하니까. 그 아이가 볼 울프를 못 죽였다는 이야기도 전해졌지."

"하지만 도적은 해치웠어요! 볼 울프는, 저항하지도 않고, 죽이는 의미가 없어서 안 죽인 거예요!"

저는 이때란 듯이 목소리를 높여 필사적으로 호소했습니다.

기사단장님은 에메랄드색 눈동자를 진지하게 빛내고 너그럽게 끄덕이며 이야기를 들어 주었습니다.

"……네르비아 씨는, '기사 수도회'나, 가족 이야기가 나오면, 엄청 슬퍼 보이는 표정을 지어요. 그래서, 루나벤트 가문에 찾아가서, 한번 이야기를 해 보고 싶어요."

"왜 그렇게까지 하지?"

"네르비아 씨는…… 언니는, 제 직속 부하이기도 하고, 저에게 가족 같은 존재니까요! 언니를 위해서 제가 할 수 있는 일이 있다면, 뭐든 할 거예요!"

……이건 겉치레가 아니라 제 진심입니다.

이미 저는 제 맘대로 네르비아 씨를 진짜 언니처럼 생각하고 있어요. ……뭐, 가끔 여동생 같다는 생각을 할 때도 있지만요.

그러니까 네르비아 씨가 끌어안은 괴로움을 없앨 기회가 있다면, 놓치지 않을 거예요.

그러기 위해서라면 이용할 수 있는 건 뭐든 이용하겠어요. 설령, 그게 기사단장이라 해도……!

"그러니, 기사단장님…… 부탁이에요. 그때가 되면, 저와 함께, 루나벤트 가문에 가 주시겠어요……?"

"내가, 말인가?"

"저는 보시는 대로, 어린아이예요. 제가 상관인 걸 네르비아 씨 가족분들이 알면, 걱정할지도 몰라요. 그러니까……."

"과연. 나와도 연이 있을 정도로 신분이 확실한 인물이라고 생각하게끔 만들겠단 거로군. 게다가 루나벤트 가문은 우수한 기사 배출을 중요시하지. 그래서 마술사 단장이 아니라 기사단장인 나에게 부탁한 건가."

기사단장님은 이해했다는 듯이 끄덕이더니, 갑자기 미소를 지었습니다.

"이 나를 신분증 대신 사용하려 하다니, 역시 얕볼 수 없겠는걸. 폐하로부터 하사받은 『이명』과는 달리, 자네는 상당히 사려 깊은 계략가 같군."

"실례를 무릅쓰고, 이렇게 부탁드립니다⋯⋯."

"와하핫! 좋아! 루나벤트 가문과는 나도 연이 깊지. 내가 가면 일이 쉬워질 거다. ⋯⋯그리고 방금 이야기를 듣고 나니, 나도 네르비아 아가씨의 사정에 관해 하고 싶은 말이 생겼다네. 맡겨다오!"

"가, 감사합니다!"

저는 안심과 기쁨으로 가슴을 쓸어내리며 미소를 지었습니다.

어쩌면 네르비아 씨가 끌어안은 괴로움과 고통을 아주 조금이라도 누그러뜨릴 수 있을지도 몰라요. 그렇게 생각하니 자연스레 웃음이 나오고 말았습니다.

그때, 벌써 들떠 하던 저는 퍼뜩 제정신으로 돌아왔고, 그런 저를 매우 흥미롭게 관찰하던 기사단장님과 눈이 마주쳤습니다.

"와하핫! 과연 그렇군. 그저 두뇌 회전만 빠른 어린아이였으면 폐하께서 마음에 들어 하셨을 리가 없지. 아무래도 그 반대편⋯⋯ 그쪽에 폐하가 끌리신 모양이야."

"⋯⋯어, 저기⋯⋯?"

"아니, 신경 쓰지 말게나. 그보다 나는 제법 바쁜 몸일세. 이렇게 시간을 낼 수 있는 날은 많지 않아. 다른 일이 없다면 오늘 당장 루나벤트 가문에 찾아가는 건 어떤가?"

오, 오늘 당장? 그건 아직 마음의 준비가…….

하지만 확실히 오늘을 놓치면 다음에 또 언제 기사단장님을 붙잡을 수 있을지 모릅니다.

모처럼 기사단장님이 제안을 받아들여 주셨는데, 이런 데서 고집을 부릴 수는 없죠.

"아, 알겠습니다. 잘 부탁드려요! 네르비아 씨는, 성 앞에서 기다리고 있을 거예요!"

"좋아, 알겠네! 그럼 가도록 하지!"

기사단장님은 의자에서 일어서더니, 세련되고 우아한 몸짓으로 회의실 출구까지 나아가 문을 열고서 저를 돌아보았습니다.

"자, 가 보실까요. 백금빛 공주님."

아무래도 기사도 정신을 따라 저를 에스코트해 주려나 봅니다.

……이런, 저도 모르게 살짝 두근거리고 말았네요.

제가 회의실에 남은 마술사 단장들에게 깊이 고개 숙여 인사한 뒤, 회의실을 나와 네르비아 씨를 맞이하러 가려던 —— 그때.

복도 저편에서 걸어온 인물을 보고 저는 물론이고 기사단장님도 약간 놀란 듯했습니다.

갈색 피부를 감싼, 검은색 바탕에 하얀색 문양이 그려진 망토. 은백색으로 빛나는 숏컷을 목덜미 부분만 길게 길러서 가슴께로 늘어뜨린 독특한 헤어 스타일. 그 위로 눌러 쓴 검은색 군모.

어두운 금색 눈동자는 멍하고 무기력해 보였지만, 어딘가 다부진 분위기가 감돌았습니다.

발끝 부분만 감싸는 이상한 신발을 신고, 항상 발끝을 세워서 발소리를 내지 않고 걷는 이 사람은…… 『단련^{바르뷰트}』이라는 이명의 마도사, 류미포트 유자논 베오란트였습니다.

넓은 부지에 마치 성처럼 우뚝 서 있는 순백색 건물, 루나벤트 후작 저택.

그곳으로 우리를 들여보내 준 사람은 소디르 루나벤트라고 하는 온화해 보이는 장년 남성이었습니다.

대대로 걸출한 실력의 기사를 배출해 온 것으로 잘 알려진 후작 가문 루나벤트의 현 당주.

옛날에 전장에서 입은 부상으로 다리를 잘 못 쓰게 된 뒤로 일선에서 물러났지만, 아직 제국군에 막대한 발언력과 영향력을 지닌 엄청난 거물입니다.

그런 이 사람은 현재 안절부절못하며 새파랗게 질린 얼굴을 푹 숙인 채 홍차 표면만 뚫어져라 쳐다보면서, 시도 때도 없이 손수건으로 땀을 닦고 있습니다.

이처럼 소디르 씨가 가시방석에라도 앉은 양 고개를 못 드는 데에는 어쩔 수 없는 이유가 있습니다.

지금 소디르 씨 맞은편 소파에 네 사람이 나란히 앉아 소디르 씨를 바라보기 때문입니다.

우선 무시무시한 악명을 떨치는 마술사이자 젖먹이 아기이자 남작인 저.

그리고 소디르 씨가 예전에 집 그리고 제도에서 쫓아낸 친딸 네르비아 씨.

거기다 제국 기사단 현 단장이자 소디르 씨의 전 상사이기도 했다는 발르작 씨.

결정타로, 제국에 셋뿐인 마도사이자 인간 최강이라 일컬어진다는 류미포트 씨.

이 정도면 거의…… 이쪽이 미안할 정도로 거물뿐이네요. 터무니없는 압박 면접입니다. 말없이 '너, 무슨 말을 하러 왔는지 알고 있겠지……?' 라고 하는 듯한 눈빛으로 노려보면서 총구를 들이대는 것 같은 위협적인 구성입니다.

……농담이 아니라 이 넷이면 어지간한 성 정도는 여유롭게 함락할 전력이니까요.

비유하자면 소파 반대편에 전차 수백 대가 포신을 겨누며 대기하는 듯한 상태입니다.

그런 병기와도 같은 사람들이 결코 좋다고 할 수 없는 이유로 쳐들어온 겁니다. 보는 것만으로도 위가 쓰릴 정도네요. 소디르 씨 본인은 그 수천 배는 고통스럽겠지만요.

사실은 기사단장님만 따라와 줘도 됐는데, 베오란트성에서 우연히 만난 류미포트 씨가 기사단장님과 함께 있는 저에게 어디로 가냐고 묻길래 솔직하게 사정을 이야기했더니,

'동행할게.'라며 저희 뒤를 쫄래쫄래 따라오더라고요.

무슨 생각을 하는 건지도 모르겠고, 사실 아무 생각 없는 걸 수도 있지만 아무튼 류미포트 씨가 있어서 이 자리의 위압감이 수 배로 부풀어 오른 건 확실합니다.

자, 계속 입 다물고 있어서야 이야기가 시작되지 않겠죠.

슬슬 도화선에 불을 붙여 볼까요.

"네르비아 씨를, 집…… 제도에서, 쫓아냈다고 들었어요."

제가 담담한 투로 그렇게 말하자, 소디르 씨는 눈을 까뒤집으며 "아, 아닙니다!" 하고 황급히 반론했습니다.

"그럴, 생각은…… 이 아이를, 위해서였어요……."

"네르비아 씨는, 우리 마을에 왔을 때, 울면서 '버려졌다'고 말했어요."

"……!!"

그 말을 들은 소디르 씨는 매우 서글픈 표정을 지었습니다.

그 표정에서는 확실히 '그럴 생각은 아니었다'는 감정이 엿보이기는 했습니다.

뭐, 어쩌면 '아뿔싸…… 이대로라면 진짜로 살해당할 거야…… 이걸 어째…….'라는 서글픔이었을지도 모르지만요.

아버지의 그런 모습을 보고 아까부터 괴로운 듯이 입술을 깨물던 네르비아 씨가 걱정스러운 표정을 지었습니다.

네르비아 씨는 원래 성격이 착하니까 걱정은 별로 안 했지만, 역시 아버지를 향한 정은 옅어지지 않았나 봅니다.

그 사건 전까지는 여느 가정과 다를 바 없는 사이좋은 부녀가 아니었을까 싶네요.

그런데 그때, 기사단장님이 "이보게, 소디르." 하고 온화한 음색으로 소디르 씨를 불렀습니다.

"사람은 누구나 각자 다른 성격과 가치관, 그리고 적성을 가졌지. 아무리 재능이 뛰어나도 싸우는 일에 어울리지 않는 아이가 있는 법이야."

"하, 하지만 대장…… 아아, 아니, 단장님. 이 루나벤트 가문에 태어난 이상 기사의 삶에 목숨을 바쳐야 합니다."

"그렇다고 해서 제도에서 쫓아낼 필요까지 있나?"

"쫓아내다니 그건……! 이전에도 기사 수도회의 시험에 떨어진 자는 있었습니다. 하지만 '이기지 못한' 것이라면 몰라도, 이 아이처럼 '죽이지 못한' 것이 원인인 경우에는 장래에 본인의 입장이 위태로워지지요."

확실히 그럴지도 모릅니다.

요컨대 싸울 각오가 없는 자로 여길 수도 있고, 그렇게 되면 말석으로 밀려나거나 최악의 경우에는 전장에서 쓰고 버려질 수도 있다는 뜻이에요.

그런 일을 피하고자 소디르 씨는 일시적인 회피책으로써 적당한 이유를 대고 제도에서 네르비아 씨를 멀리 떨어뜨려서 세간의 관심이 식기를 기다렸다……?

"제멋대로네."

침묵으로 일관하던 류미포트 씨가 툭 내뱉듯이 말했습니다.

기사단장님처럼 잘 아는 사이도 아니고, 저처럼 지위가 낮지도 않은 류미포트 씨에게 적의가 담긴 시선을 받는 건 상당히 견디기 힘들겠죠.

류미포트 씨가 무미건조한 음색으로 담담하게 소디르 씨를 규탄했습니다.

"당신은 이 아이의 미래를 짓밟는 해악이야."

"무슨…… 그, 그럴 리가……."

"기사가 아니면 인정하지 않겠다. 훌륭한 기사가 되지 않으면 용서하지 않겠다. 마치 저주 같네."

"루나벤트 가문은 대대로 그래 왔단 말입니다! 우수한 기사를 육성하고, 배출하고, 그리고……."

질리도록 들은 그 대사를 다시 되풀이하려던 소디르 씨가 류미포트 씨의 날카로운 시선을 한 차례 받더니 입을 다물었습니다.

류미포트 씨가 온몸으로 내뿜는 노기가 기사단장님을 사이에 둔 저에게까지 저릿저릿하게 전해져 왔습니다.

저, 저 노기를 직접 받으면 확실히 입을 다물 수밖에 없겠네요……. 찻잔에 유리창까지 바들바들 떨고 있다고요…….

"한 사람의 미래는 오로지 그 사람만의 것이야. 길을 제시하는 건 좋아. 이끄는 것도 좋아. 준비를 도와주는 것도 좋아. 하지만 타인이 멋대로 결정하는 건 그저 오만일 뿐이야."

류미포트 씨는 그렇게 말하며 네르비아 씨를 힐끗 쳐다보았습니다.

그리고 살짝 부드러워진 음색으로 말을 이었습니다.

"어떤 길로 나아가고 어떤 식으로 살아갈지는 네가 정하는 거야."

류미포트 씨는 그렇게 마무리하더니, 하고 싶은 말을 다 했다는 듯이 다시 소파에 몸을 묻고 망토 속에서 과일을 꺼내 먹기 시작했습니다.

류미포트 씨에게 두들겨 맞은 소디르 씨는 넋이 나간 채로 시선을 내리고 고개를 숙였습니다.

소디르 씨도 자기 나름대로 방금 들었던 말을 되새기는 걸까요.

저는 그런 소디르 씨에게 최대한 온화한 목소리로 말을 걸었습니다.

"사후 보고지만, 네르비아 씨는, 마술사인 저의, 직속 부하가 됐어요. '제국 기사단'도, '기사 수도회'도 아니에요."

"……들었습니다."

"네르비아 씨는, 전혀 겁먹지 않고 야수 도적단과 싸워서, 상대를 굴복시켰어요. 실력도, 각오도 있어요. 단지 너무 상냥할 뿐이에요. 그리고 그건, 결점이 아니라고 생각합니다."

그 사람은 착하지만 절대로 겁쟁이가 아니고 무르지도 않습니다.

여차하면 도적의 팔다리를 칼날로 내리쳤고, 한 걸음도 물러서지 않고 검을 맞부딪치며 용감하게 싸웠습니다. 만약 소디르 씨가 그 점을 오해한다면, 무슨 일이 있어도 바로 잡아야 해요.

아니나 다를까 소디르 씨는 눈이 휘둥그레져서 네르비아 씨를 의외라는 눈빛으로 바라보았습니다.

제도에서는 야수 도적단을 저 혼자서 괴멸시킨 걸로 하고 있으니까요.

"네르비아 씨는, 일류 기사예요. 제가 보증할 거고, 앞으로도 증명해 보이겠어요."

저는 몸을 앞으로 내밀고 소디르 씨의 눈을 똑바로 바라보며 단언했습니다.

그 선언을 들은 소디르 씨는 잠시 침묵한 뒤, 뭐라 형용할 수 없는 표정으로 네르비아 씨를 바라봤습니다.

"……멋진 주인을 모시는 건 기사 최고의 명예지. 네리, 내 눈이, 그리고 판단이 잘못되었구나. 용서해다오……."

"……아버, 님……."

안 그래도 눈물샘이 약한 네르비아 씨는 자신에게 고개를 숙이는 아버지의 모습을 보고 눈물샘이 터진 듯 폭포처럼 눈물을 흘렸습니다.

그러면서도 네르비아 씨는 쉴 새 없이 눈물을 닦으며 열심히 말을 이었습니다.

"저……저는, 그 마을에 가서, 다행이라고, 생각해요…….

세피 님을, 만났고…… 훌쩍…… 그리고, 다들, 다들 멋진 분들이고……!"

"……너는 이렇게나 강한 아이였구나. 나는 아버지 실격이다. 기사의 길을 걷기 싫다면 언제든지 말하거라. 네 미래를 응원하게 해다오."

"아니에요, 기사로서 세피 님을 모시는 게…… 지금 제가 살아가는 의미예요……!"

"……그러냐. 만약 너만 괜찮다면…… 언제든지 이 집에 돌아왔으면 좋겠구나."

"네……!!"

그 뒤에 저와 네르비아 씨는 그 마을에서 있었던 여러 가지 사건을 이야기했습니다.

소디르 씨는 내내 온화하고 기뻐 보이는 미소를 지은 채 흥미롭게 들어 주었습니다.

이 모습을 보니 이제 제가 무언가를 하지 않아도 나머지는 부녀끼리 알아서 잘 해결할 것 같네요.

잠시 뒤 해가 기울기 시작했을 즈음, 저희는 슬슬 가 보기로 했습니다.

기사단장님도 마도사님도 바쁘실 테니까요.

네르비아 씨에게는 이대로 집에 남아도 된다고 말했지만, 본인이 어제까지와 마찬가지로 저와 오빠가 빌린 병원 근처 여관방에 계속 머물겠다고 주장한지라 마음대로 하게 두었습니다. 음, 저도 오빠와 단둘이 있으면 스스로도 무슨 짓을 저지를지 모르거든요.

루나벤트 저택을 나온 저희가 베오란트성 방면으로 향하는 도중에, 류미포트 씨가 우물거리던 빵을 한입에 삼키더니 망토 속에서 무언가를 꺼내 네르비아 씨에게 내밀었습니다.

"줄게."

그건 아무래도 롱소드인 것 같았습니다. 네르비아 씨가 항상 허리에 차는 것과 길이는 거의 비슷해 보였습니다.

다만 칼집 장식과 세공에 상당히 공이 들어갔고, 한눈에 봐도 고급품인 걸 알 수 있는 물건이었지만요.

⋯⋯그보다 어디에서 꺼낸 거죠? 아까까지만 해도 망토 속에 그런 건 없었잖아요⋯⋯?

갑자기 검을 받아서 "어, 저기⋯⋯?!" 하고 당황하는 네르비아 씨에게, 기사단장님이 "와하핫!" 하고 크게 웃으며 말했습니다.

"단련의 유자논 경에게서 검을 하사받다니 기사단장 급에게도 없는 일이라고? 모처럼이니 고맙게 받아두도록!"

아무렇지도 않게 터무니없는 정보를 보충해 주는 기사단장님.

그렇게 명예로운 일이었구나. 이거⋯⋯ 대단한걸, 네르비아 씨.

기사단장님 설명을 듣고서 점점 더 얼굴이 붉으락푸르락해진 네르비아 씨였지만⋯⋯ 저를 잠시 땅에 내려놓은 뒤,

긴장해 덜덜 떨면서도 어떻게든 장검을 받아 들었습니다.

"신중맹검(迅重猛劍) 플랑베르주. 걸작이야."

그렇게 말하며 조금 자랑스러운 듯이 가슴을 펴는 류미포트 씨.

그런 뒤 제 쪽을 돌아본 류미포트 씨가 저와 시선을 맞추듯이 쪼그려 앉더니…….

"응원하고 있어."

라며 제 머리를 쓰다듬…….

잠깐, 무슨…… 에엑?!

류미포트 씨가 제 눈앞에서 쪼그려 앉은 덕분에 키가 작은 제 시야에서 망토 속이 훤히 보였습니다.

당신, 그 망토 속에 팬티만 입었던 거예요?!

시, 심지어 끈이……! 면적이……!!

류미포트 씨는 제가 경악하는 것 따위는 전혀 개의치 않고 태연하게 일어서서 그대로 뚜벅뚜벅 앞으로 걸어가기 시작했습니다.

왜, 왠지 알아선 안 되는 비밀을 알아 버린 것 같아요…….

루나벤트 저택을 나온 저와 네르비아 씨는 제가 병원 근처에 빌린 여관방으로 돌아왔습니다. 제가 빌렸다고 하기엔, 지금은 네르비아 씨 저금으로 돈을 지불하는 상황이긴 하지만요…….

도중에 제가 류미포트 씨에게 '그리고 보니 베오란트성에는 어떤 일로 왔어요?'라고 물었더니 "아, 그리고 보니 벨이 불렀었지."라며 경악할 만한 대답이 돌아왔습니다. 그 바람에 저도 함께 벨하자드 폐하께 가서 이마에 핏줄을 세운 채 줄곧 기다리셨던 폐하께 손이 발이 되도록 빌기도 했죠…….

덧붙여서 발르작 기사단장님은 슬쩍 빠졌습니다. 그 아저씨……!

뭐, 그런 소란을 거쳐서 겨우 귀가했습니다.

그런데 방에 오빠가 없길래 분명 어머니 병실에 있겠지 싶어서 바로 방을 나가려는데…… 갑자기 강한 시선이 느껴졌습니다.

뒤를 돌아보니 저를 땅에 내려놓은 네르비아 씨가 쭈뼛거리며 저를 뚫어져라 바라보고 있었습니다.

어라? 평소에는 장소를 가리지 않고 저를 안아 드는데, 오늘은 꽤 얌전하네요.

그러고 보니 최근 들어 네르비아 씨가 함부로 저를 안아 들거나 과하게 찬미하는 일이 없어진 것 같기도 하고.

어째서일까…… 하고 생각하다가 예전에 제가 그런 것들을 금지했었다는 게 떠올랐습니다. 아아, 그래서 지금도 계속 참는 거로군요.

저는 네르비아 씨를 보며 미소 지은 뒤, 양팔을 벌렸습니다.

"여기서는 괜찮아. 이리 와."

반응은 신속했습니다.

네르비아 씨가 거의 제가 반응할 수 없는 속도로 다가오더니 저를 가볍게 들어 올려 침대 위에 부드럽게 내려놓았습니다. 그리고 자신은 침대 옆 땅바닥에 쭈그려 앉는가 싶더니 이내 제 품에 뛰어들었습니다.

 안고 싶은 게 아니라, 안기고 싶은 거구나. 귀여워라. 그래, 그래.

 "저는 세피 님을 만나서 행복해요! 세피 님을 만나기 위해서 살아온 거예요!!"

 "너, 너무 호들갑 떠는 거 아니야?"

 "그렇지 않아요! 이미 한 번 살 희망을 잃었던 제게 있을 곳을 내려 주시고…… 게다가 저 따위를 위해 발르작 기사단장 각하와 유자논 마도사 각하라는 제국의 영웅분들을서 불러 주시다니!!"

 아니, 류미포트 씨는 멋대로 따라왔을 뿐인데요. ……폐하의 호출도 무시하고.

 아무래도 제 행동에 감격한 모양인 네르비아 씨의 머리를 안고서 쓰다듬어 주다가, 문득 그 허리에 꽂혀 있는 두 자루 검에 눈길이 갔습니다.

 "그러고 보니 그 검……."

 "맞아요!! 바르뷰트 경께 검을 받다니 기사로서 최고의 명예예요!! 아버님도 이걸 보시면 졸도하실 게 분명해요!!"

 그, 그렇구나…… 몰랐습니다. 그래서 반짝거리는 눈빛으로 넋을 잃고 검을 쓰다듬었던 거로군요.

그런데 어째서 검일까요? 이 세계에 그런 풍습이라도 있는 걸까요?

의아한 제 표정을 눈치챘는지, 네르비아 씨는 그에 관해 설명해 주었습니다.

"바르뷰트 경은 인간 최강의 전사이자 세계 최고의 '대장장이'이기도 하거든요. 심지어 그냥 검을 만드는 게 아니에요. '인조 마검'이라고요!"

"인조…… 엑, 마검?! 그거, 마검이야?!"

"아마 그럴 거예요. 바르뷰트 경은 마검에만 이름을 붙인다고 들었어요. 이 검을 받았을 때 각하가 『신중맹검 플랑베르주』라고 말씀하셨죠. 게다가 '걸작이야'라고 덧붙이시기까지!! 감격스러워요!! 가보로 삼을 거예요!!"

제 품에 얼굴을 문지르는 네르비아 씨가 새된 목소리 질렀습니다. 네르비아 씨가 용사 신앙 이외의 일로 이렇게까지 신이 나다니 별일이네요.

그건 그렇고, 마검…… 마검인가요.

그렇다면 이 검에는 무언가 마법이 걸렸다는 뜻입니다.

그리고 그건 저처럼 손바닥 안의 대상에만 효과를 발휘하는 마법이 아니라 분명 누가, 언제, 어디서 써도 효과를 발휘하는 마법일 테죠.

그 마술 방식은 *조건 분기문일까, 아니면 **이벤트 핸들러일까…… 으으음.

---

* 특정 조건을 충족하면 A, 충족하지 않으면 B의 결과가 나오게 하는 프로그래밍 언어
** 특정 행위를 했을 때 특정 결과가 나오게 하는 프로그래밍 언어

가르쳐 달라고 하면 가르쳐 주려나요. 둘 중 하나를 쓸 수 있으면 다루는 마법의 폭이 한층 더 넓어질 텐데요.

그리고 『단련』이라는 건 자신을 갈고닦거나 단련한다는 의미가 아니라, 있는 그대로 '검을 단련한다'는 의미였나 봅니다.

아니, 인간 최강의 전사라고 불릴 정도니 자기 단련 역시 소홀히 하지 않을 거에요. 남의 연습을 도울 가능성도 있겠네요.

즉, 실력을 연마하는 것과 대장장이라는 이중적인 의미를 지닌 호칭인 건가요? 와, 멋지네요.

분명 다른 마도사님들의 『혜안』이나 『재단』에도 깊은 의미가 있겠죠.

……그런데 제 『이명』은 대체 왜, 그런……! 정말! 폐하는 못됐어! 이 사디스트!!

어찌 됐든 네르비아 씨가 이렇게까지 기뻐하는 걸 보니 나중에 류미포트 씨에게 감사 인사를 해야겠네요.

다음에 만나면 그 배고픈 고양이 언니에게 맛있는 음식을 대접해야겠습니다.

만약 길들이면 무심코 마법에 관해서 알려줄지도 모르잖아요. 우헤헤.

저는 그 마검…… 『신중맹검 플랑베르주』로 시선을 돌렸습니다.

"있잖아, 그 검. 휘두르면 어떻게 되는지 시험해 볼래?"

"네?! 하지만……."

"물론 밖에서. 휘두르면 무슨 일이 일어나는지조차 모르면 무서워서 못 들고 다니잖아."

"그, 그것도 그렇네요…… 알겠습니다!"

네르비아 씨는 아쉬운 듯이 제 품에서 떨어지더니 저를 안아 들고 여관 뒷마당으로 이동했습니다.

참고로 제가 실험 장소를 야외로 지정한 이유는 만일을 위해서입니다.

그 나른하고 배고픈 고양이 언니의 마검이니 '벤 대상을 산산조각 낸다'든가 '검 끝에서 레이저가 나간다' 같은 효과가 있을지도 몰라요.

저희는 인기척이 없는 마당으로 이동해, 그곳에 자란 굵은 나무 한 그루를 표적으로 정했습니다.

"그럼, 저걸 베어 볼까."

"괜찮을까요…… 검에 흠집이 안 생기면 좋겠네요."

저는 오히려 베인 나무가 폭발하며 불타오르지는 않을지 걱정되는데요.

네르비아 씨는 "그럼……."이라고 말한 뒤 검을 뽑더니 "엑?!" 하고 놀라 검을 바라보았습니다.

"왜 그래?"

"가, 가벼워요…… 이상하리만치. 마치 깃털 같아요. 거기다 '날'이 없어요."

그, 그거 괜찮은 거죠? 휘둘렀는데 뚝 부러지는 건 아니죠?

잘 보니 그 검은 반질반질함이나 날카로움과는 거리가 먼, 굽이치듯이 울퉁불퉁하고 호쾌한 모양새였습니다.

게다가 원래 날이 있어야 할 부분이 매우 두꺼워서 검이라기보다는 '얇게 늘린 쇳덩어리' 라는 느낌이었습니다.

……이거, 류미포트 씨에게 농락당한 건 아니겠죠?

제가 나무뿐만이 아니라 검까지 걱정하는데, 네르비아 씨가 흠칫거리며 플랑베르주를 들고 자세를 취했습니다.

그리고 일격을 날렸습니다.

"?!"

그 직후, 무지막지한 파괴음과 함께 직경이 15cm는 될 법한 나무가 중간부터 날아가 수 미터 앞에 떨어졌습니다.

저는 입을 떡 벌린 채로 말을 잃었습니다.

그리고 안색이 새파래져서 네르비아 씨를 보니, 그녀도 "으아아앗……!" 하며 허둥댔습니다.

이거, 역시 벤 것을 박살 내는 검이었어?!

"뭐, 뭐야?! 무슨 일이 일어난 거야?!"

"아, 저기, 그게……! 검을 휘두른 순간, 왠지 엄청 무거워진 것 같아요……!"

그렇게 말하며 검을 가볍게 휘두르려던 네르비아 씨는 '으악?!' 이라는 말과 함께 오히려 검에 휘둘렸지만, 바로 균형을 되찾았습니다. 마치 중량이 급격하게 변화한 것처럼요.

신기한 듯이 검을 바라보는 네르비아 씨의 모습에, 제 머릿속에 한 가지 가능성이 떠올랐습니다.

……혹시, '검을 휘두르는 속도'와 '도신의 중량'이 비례하나?

보아하니 검에서 네르비아 씨 손으로 충격이 전해진 것 같지는 않았습니다. 충격을 확산시키는 기구도 달린 모양입니다.

강도를 중시하고 날카로움은 도외시한, 너무나도 극단적인 설계 스타일. 평소에는 깃털처럼 가볍기 때문에 빠르게 휘두를 수 있고, 빠르게 휘두르면 휘두를수록 검의 중량이 가속도가 붙듯이 증가한다.

그야말로 '죽이지 않기 위한 검'이었습니다.

물론 머리통을 깨 버리면 죽겠지만, 그만큼이나 가벼우면 속도를 제어하기는 쉬울 거예요.

하지만 최대 위력이라면 견고한 갑옷이든, 강대한 마물이든 상관없이 무찌를 터.

그뿐만 아니라 어떻게 휘둘러도 '칼등 치기'가 됩니다.

아무리 강하거나 약한 상대라도 힘을 '조절'할 수 있죠.

그것이 『신중맹검 플랑베르주』.

볼 울프를 죽이지 못한, 너무나도 상냥한 네르비아 씨에게 바르뷰트 경이 하사한 '상냥한 마검'.

"……멋진, 검이네."

마음이 따뜻해진 제가 네르비아 씨에게 웃으며 그렇게 말하니…….

"네!!"

네르비아 씨도 환하게 빛나는 미소와 함께 끄덕였습니다.

확실히 이건 '걸작'이네요.

제7장 0세 11개월 바람과 이명과 어전 시합

"어전 시합……이요?"

벨하자드 황제 폐하의 집무실에 불려간 저는 폐하에게서 어떤 행사에 관한 고지를 들었습니다.

어전 시합이 그거죠? 아주 높은 분 앞에서 말단들을 싸우게 하는 거.

이 제도에서 열리는 어전 시합이면 그 높은 분은 물론 황제 폐하가 되겠죠.

그럼 싸우는 전사들은 누가 될까요?

"듣자 하니 세필리아. 네놈, 군 간부와의 회합 자리에서 어느 마술사와 대립했다지?"

"네? ……아아, 벨리아 씨."

"보즈라다. 벨리아는 야수 도적단의 두목이고."

"아, 네. 보즈라 씨. 얼굴은 어어…… 어렴풋이 기억나요."

제 애매한 대답에 폐하는 어이가 없다는 표정을 지었습니다. 하지만 바로 정신을 가다듬은 뒤 황금색 눈동자로 저를 바라보며 입을 열었습니다.

"이번 어전 시합…… 네놈이 그 보즈라와 싸워 줘야겠다."

"…………?"

저는 폐하가 무슨 말씀을 하시는 건지 이해 못 해 잠시 얼어붙었습니다.

내가, 싸운다고? 누구랑? 벨리…… 보즈라 씨랑? 왜? 어전 시합?

"네에에에에에에에에에에에?!"

뒤늦게 사태를 이해한 저는 무심코 소리를 지르고 말았습니다.

왜?! 어째서 내가?!

제 의문에 앞서 폐하는 사건의 전말을 설명하기 시작했습니다.

"예년대로 이 시기에 어전 시합을 거행하는 것 자체는 예전부터 정해져 있었다. 제도 백성들에게 제국군의 실력을 알리고 안심시키며 나아가서는 군사 방면으로 세금을 투입하는 걸 이해시키기 위해서 말이지."

우와, 그야말로 어른의 사정이네요.

"그리고 어전 시합에 참가할 전사도 이미 후보를 정해 놓았었는데, 이번에 보즈라라는 마술사가 짐에게 탄원하더군. 자신과 세필리아를 맞붙게 해 달라고 말이야."

"왜, 왜죠……?"

"갓난아기이자 마술사로서 귀족 반열에 든 네놈의 실력을 널리 알려서 다른 마술사와 군인, 귀족과 평민들까지 납득시키겠다는 취지인 모양이야. 표면상으로는."

"표면상으로는……?"

"음. 진심은 네놈에 대한 개인적인 원한과 화풀이겠지."

그렇게 잘 알면 좀 말려 주셨어야죠, 폐하! 이 사디스트!!

그런 저의 외침이 들린 건지 아닌지, 폐하는 짓궂게 씨익 웃었습니다.

"그 표면상의 이유엔 설득력이 있고, 애초에 제도 인간에게 네놈의 실력은 미지수다. 네놈을 싸우게 해 보면 어떻겠냐는 의견이 예전부터 있었지. 무엇보다 짐도 네놈이 싸우는 모습을 한 번 이 눈으로 직접 확인해 두고 싶었거든. 그래서 허가했다."

"네, 네에~? 마법이라니 저는 그런 거, 전혀 쓸 줄 모르는데요……."

"……아니, 아무리 그래도 그런 말도 안 되는 거짓말은 관둬라. 네놈 집에 마도서가 있었다는 사실도, 네놈이 그걸 일상적으로 탐독했다는 사실도 파악했으니."

크윽, 어떻게 그걸?!

"보즈라에게 이기면 네놈을 마도사 밑에 부관으로 붙일까 생각 중이다. 마술사로서는 최고의 명예라고."

"……그, 그것참 멋지네요."

아니아니, 마도사님들은 바쁘게 전장을 뛰어다니잖아요?! 싫다고요, 그런 사람들을 따라 돌아다니는 건! 목숨이 몇 개라도 부족할걸요!

심지어 거기서 어설프게 실력을 내보이기라도 하면 주위

사람들이 기대할 테고, 그야말로 돌이킬 수가 없게 될 거라
고요! 빼도 박도 못하는 전장 코스라니까요!

"……참고로, 지면 어떻게 되나요?"

"보즈라가 말하길, 자신에게 질 정도라면 마술사로서 갖
추어야 할 최소한의 실력도 없다는 뜻이니 마술사라는 군
적에서 제적해야 한다고 주장했던가."

"엑!"

"물론 그렇게까지 할 생각은 없다……만, 만일 보즈라에
게 진다면 네놈을 한동안 후방 지원…… 병참부 보좌로 배
속한 뒤 상황을 지켜보는 안을 검토 중이다."

……후방 지원? 병참부 보좌?

…………

완전 이득이잖아요!!

위험한 전선 임무는 피하고 더욱 안전한 후방 지원으로!

마법을 구사해서 병사들을 위한 보급과 물건 운반을 돕는
병참 임무! 안전! 편안! 완벽! 뭣하면 잘려도 상관없어요!

우후후, 저에게도 천운이 따르기 시작했네요……. 보즈라
군에게 감사해야겠습니다.

하지만 여기서 노골적으로 기뻐하면 안 좋은 인상이 남겠죠.

지금은 참으로 안타까운 척 연기해야겠어요.

"……그런, 가요……. 그건, 어쩔 수 없네요……."

"만약 진다고 해도 짐이나 관객들을 만족시킬 만한 실력
을 보여 준다면 그리 되지는 않을 거다."

좋아, 참패해 드리죠.

애초에 저는 전생에서 과로사해서 '일하기 싫다'는 게 좌우명입니다. 게다가 오빠와 '마법으로 사람을 죽이지 않는다'는 약속까지 했는데 전쟁이라니 말도 안 돼요! 어떤 수를 써서라도 전장 행을 회피하고 말겠어요.

"어젠 시합은 일주일 후다. 그때까지 실력을 갈고닦으며 정진하도록 해라."

네. 얼마나 자연스럽고 위화감 없이 질지 궁리해 두겠습니다.

뭐, 반대로 보즈라 씨가 강해서 질 수도 있겠지만요. 그렇게 젊은 나이에 큰소리를 치는데도 안 짓밟힌 걸 보면 실적이나 실력은 있다고 생각해도 될 테고요.

아, 하지만……!

"폐하, 하나 부탁이 있습니다."

"말해 보거라."

"만약 제도에 '마도서'가 있다면, 그걸 볼 수 있을까요?"

제 제안에 폐하는 "흠." 하고 잠시 고민하더니 말했습니다.

"좋다. 제국 도서관 금서실 출입과 마도서가 열람을 허가하지. 글을 읽을 줄 아나?"

"아, 아뇨…… 못 읽어요."

"그렇다면 글과 마법을 잘 아는 자를 네놈에게 붙여 주마. 때마침 큰일이 일단락되어 한가한 자가 있으니 말이지."

"감사합니다!"

만약 금서실이라는 곳에 네르비아 씨가 들어가지 못한다면 기합으로라도 해독하려고 했는데…… 상당히 운이 좋네요.

마법을 잘 아는 자라는 말은 마술사거나 그 관계자라는 소리겠죠. 어쩌면 마도서보다 그쪽에서 더 좋은 정보를 얻을지도 모릅니다.

"그럼, 건투를 비마."

그렇게 마무리된 폐하와의 비공식적인 알현은 참으로 유의미했습니다.

어전 시합에 지면 그 후에는 한동안 안전한 후방에서 가볍게 역량을 시험받는다.

그곳에서 전선 임무 때보다 큰 활약을 보이면 아마 계속 그 임무에 투입될 테니 안전하다.

게다가 어전 시합 날까지 일주일 동안 마음껏 마도서를 볼 수 있을 뿐만 아니라, 마법에 정통한 사람과 같이 있을 수도 있다.

일석이조…… 아니, 삼조, 사조도 가능합니다. 환상적이에요!

저는 콧노래라도 부르고 싶은 기분으로 베오란트성을 나와, 네르비아 씨에게 "기분 좋아 보이시네요, 세피 님."이라는 말을 들으며 부드럽게 안겨 여관으로 돌아왔습니다.

그리고 어떤 마법과 만날까, 후방 임무에 배속되면 어떤 식으로 활약해 볼까, 하고 김칫국을 마시며 침대에서 한 시간 정도 뒹굴거리고 있었는데…… 갑자기 저희가 빌린 여관방 문을 누군가가 두드렸습니다.

오빠와 네르비아 씨는 방 안에 있는데 도대체 누구일까 생각하면서, 저는 오빠의 무릎베개 위에 엎드린 채 네르비아 씨가 문을 열어 주러 가는 모습을 바라보았습니다.

그러다가 네르비아 씨의 "엇, 아, 에엑?!" 하고 경악하는 목소리에 벌떡 일어났습니다.

네르비아 씨가 무심코 두세 걸음 정도 뒤로 물러나니 보인 문 너머에 제가 전혀 예상치 못한 인물이 서 있었습니다.

복잡하고 정밀하게 땋은 길고 풍성한 분홍색 머리와 그 위에 달린 왕관을 본뜬 머리 장식.

하얀색을 기조로 한 고스로리 패션 위로, 오늘은 복슬복 슬하고 하얀 퍼가 달린 새빨간 판초를 둘렀습니다.

곳곳에 곁들인 장식들과 등 뒤에 묶은 커다란 리본. 그리고 크고 동그랗고 의지가 강해 보이는 선명한 딸기색 눈동자. 마법 소녀 같은 스태프도 그대로네요.

체구는 초등학생 정도에 옷이 전체적으로 딸기 케이크 같은 색 조합이지만, 요정 같은 외모와는 어울리지 않게 압도 적으로 보스 같은 느낌을 뿜어내는 이 사람.

혜안의 이름을 지닌 마도사, 르루 로리 레라 베오란트 공 작 각하가 그곳에 군림했습니다.

르루 씨는 딸기색 눈동자로 저희 셋을 죽 훑어보더니, "들어가도 될까?" 하고 물었습니다. 네르비아 씨가 새파랗게 질린 안색으로 저희를 돌아보는 바람에, 저는 당황해서 "드, 들어오세요……."라고 힘없이 대답했습니다.

마도사님이 저한테 도대체 무슨 용무일까요……?

방에 들어오자마자 르루 씨는 방 안을 두리번거리더니 말했습니다.

"귀족치고는 꽤 수수한 방이네."

"아, 그게…… 죄송합니다."

"왜 사과하는 거야? 영문을 모르겠는데."

"그…… 네, 죄송합니다."

르루 씨는 불쾌하다는 듯이 저를 내려다보며 방문을 살며시 닫았습니다.

그리고 문 옆에 선 채로 어째선지 입을 다물고 말았습니다.

그런 데 계속 서 있어도 마음이 불편할 뿐이니, 저는 용기를 내서 눈앞에 계신 공작 각하의 갑작스러운 방문에 의문을 표해 보기로 했습니다.

"저기…… 레라 공작 각하."

"뭐야, 그 호칭. 닭살 돋게. 르루라고 불러."

"아, 그러니까…… 르루 님."

말없이 노려보는 르루 씨의 눈빛에 제가 덜덜 떨며 "……르루 씨." 하고 부르자, 겨우 강렬한 시선이 누그러졌습니다. 으아아, 애 무서워…….

"그래서, 르루 씨…… 오늘은, 무슨 용건으로……?"

"……뭐어? 폐하한테서 아무 말도 못 들었어?"

"네?"

"네가 어전 시합을 위해 마도서를 읽고 수행하겠다고 했다면서. 내가 그 교육을 담당하게 된 거야."

르루 씨가 언짢다는 듯이 알려 준 사실에 저, 그리고 네르비아 씨는 입을 떡 벌리고 말았습니다.

덧붙여서 오빠는 이분이 누구인지 몰라 고개를 두리번거렸습니다. 귀여워.

하지만…… 어? 아니, 잠깐만요. 그, 그럴 리가 없는데요.

"저기, 폐하께서는, 글을 못 읽는 저를 위해서, 한가한 사람을 붙여주시겠다고……. 그게, 그러니까, 실례지만 르루 씨에게 이야기가 간 건, 뭔가 착오가 있던 게 아닌지……."

"때마침 큰일이 끝난 참이었으니까, 뭐 한가하다고 하면 한가하지."

"아뇨, 그…… 르루 씨는, 마도사님이고, 공작 각하시잖아요? 전, 가난한 마을의, 평범한 마술사인데요?"

제가 그렇게 말하자, 르루 씨는 어째선지 눈빛이 매우 날카로워지며 노기를 드러냈습니다.

에엑?! 왜 갑자기 화내시는 거예요?!

"……그게 어쨌는데? 혹시, 나는 마음에 안 드니?"

"아, 아뇨! 당치도 않아요! 하지만 아무리 생각해도 이상해요……! 폐하께 한번 이야기를 들으러 가 봐야겠어요!"

어쩌면 진짜로 무언가 착오가 있었을지도 모릅니다. 아

니, 분명히 있었을 거예요.

저를 위해서 제국에 셋뿐인 마도사님이 일주일이나 이런 잡일을 맡다니, 아무리 생각해도 이상하잖아요. 이런 지시는 제정신으로 내렸다고 볼 수 없어요.

르루 씨가 폐하의 말을 잘못 들었거나 착각했을 가능성이 매우 높습니다.

자칫하면 언젠가 류미포트 씨가 폐하와의 약속을 멋대로 취소했을 때처럼 또 제가 손발이 닳도록 사죄하는 꼴이 될지도 모른다고요. 그런 불합리함은 사절입니다.

"네르비아 언니, 미안해. 한 번 더, 성에 가자."

"네, 네! 알겠습니다!"

제가 벗어 던졌던 웃옷을 걸치고 나갈 준비를 시작하는데, 성큼성큼 다가온 르루 씨가 작은 동물 정도는 쇼크사시킬 듯한 살인적인 눈빛으로 저를 내려다보았습니다.

"……그렇게, 내가, 못 미덥니……?"

"아, 아뇨, 그……."

저는 딸기색 눈동자를 새빨갛게 불태우는 르루 씨에게서 필사적으로 눈을 돌리려고 했습니다. 그런데 르루 씨가 제 몸을 양팔로 들어 올리더니 부드러운 손놀림으로 그대로 끌어안았습니다.

"저, 저기……?" 하고 당황하는 저를 무시하며 르루 씨는 그대로 방 밖으로 향했습니다.

"제국 도서관에 갔다 올게. 어차피 금서실은 우리밖에 못 들어가니까, 따라올 필요 없어."

그렇게 말하고서 어안이 벙벙해진 오빠와 네르비아 씨를 내버려 두고 르루 씨는 저를 끌어안은 채 방을 나가 버렸습니다.

저, 정말로 르루 씨가 일주일이나 저를 돌봐주려나 봅니다.

……그 황제 폐하, 머리가 이상한 게 아닐까요.

교실만 한 크기의 좁은 실내는 매우 캄캄해서 사서분에게 빌린 램프가 없으면 제대로 걷지도 못할 정도였습니다. 제국 도서관 최심부에 있는 철제문을 지나 계단을 내려오면, 지하실에 있는 '금서실'에 도착합니다.

이곳에는 마도서를 시작으로 일반인에게는 공개할 수 없는 종류의 서적들이 벽 쪽에 늘어선 서가에 빼곡하게 꽂혀 있다고 합니다.

르루 씨는 방 중앙에 있는 석조 테이블 위에 램프를 올리고서 저를 바닥에 내려놓았습니다.

그리고서 천장에 매달린 로프 끝부분 금속 장식을 램프에 연결한 뒤 램프 바닥에 있는 손잡이를 돌리니, 광량이 늘어나 실내가 조금 밝아졌습니다.

천장에는 도르래가 달린 모양인지, 르루 씨가 반대편 로프를 당기니 램프가 천천히 천장으로 올라갔습니다.

왠지 익숙해 보이는 걸 보니, 르루 씨도 이곳에 자주 들렀

나 봅니다.

"너는 못 읽겠지만, 모든 서가 맨 위에 진열된 책 종류가 써 있어. 이번에 우리가 열람을 허가받은 건 마도서 서가뿐이니까 저쪽만 꺼내 볼 수 있어."

르루 씨는 그렇게 말하며 벽 쪽에 늘어선 서가 중 하나를 가리켰습니다. 저는 전혀 구분할 수가 없네요.

그때 르루 씨가 테이블 옆에 있던 의자를 끌어당기더니, 자신이 걸쳤던 판초를 벗어서 곱게 접은 뒤 의자에 깔았습니다.

당연히 그대로 앉을 줄 알고 바라보는데, 르루 씨는 저를 들어 올려서 자신이 깐 판초 위에 앉혔습니다.

"어, 저, 저기……?"

"잘못하다가 램프에 불이 붙기라도 하면 위험하니까 이 방에는 부드러운 소재를 못 쓴대. 석제 의자라서 그냥 앉으면 엉덩이가 아플 거야."

그렇게 말하면서도 자신은 아무것도 깔지 않은 채 의자에 앉더니, 르루 씨는 "그래서?"라며 우아한 몸짓으로 저를 돌아보았습니다.

"너는 어떤 마도서를 읽고 싶어? 지금 시점에서 뭔가 과제라도 있는 거야? 아니면 쓰고 싶은 마법이라든가, 구체적으로 일으키고 싶은 현상이 있어?"

"아, 그러니까…… 마법으로 영향을 주는 물체에는, 우선 이름을 붙여야 하죠?"

"사역 계약이야."

"사, 사역……?"

르루 씨가 당연하다는 듯이 말한 걸 보니, 아마 마술사계에서는 상식인 모양입니다.

제 반응을 보고서 '무아지경 상태에 빠져 마법이 우연히 발동되었을 뿐'이라는 제 변명이 떠올랐는지, 르루 씨가 곧바로 보충 설명을 해주었습니다.

"주문이란 물체에 명령을 내려서 마치 사역하듯이 조종하는 거잖아? 그러기 위해서 우선 이름을 붙이는 행위를 일반적으로는 사역 계약이라고 불러."

"그, 그렇군요…… 죄송합니다, 아무것도 몰라서."

"그런 건 몰라도 마법은 쓸 수 있으니까 신경 안 써도 돼."

르루 씨가 부드러운 목소리로 위로해 주었습니다. 기분 탓인지 표정도 평소보다 부드럽고 따뜻한 것 같았습니다.

르루 씨는 항상 불쾌한 듯 찌푸린 얼굴을 하기 때문에, 그 차이에 살짝 두근거리고 말았습니다.

"그래서 사역 계약이 왜?"

"네. 지금까지는, 손바닥 안에 있는 것에, 이름을 붙인다는 방법을 썼었는데요, 그 외에도, 이름을 붙이는 방법이, 아주 많겠죠?"

"누구한테 들은 거야?"

"아뇨…… 하지만 아마 그렇지 않을까 싶었어요."

제 대답에 르루 씨는 "……흐음." 하고 어째선지 짜증스러운 듯이 읊조렸습니다.

"확실히 사역 계약 방식은 여러 가지가 있어. 네가 지금 쓰는『장악 제어』외에도 직접 만진 물체 전체를 사역하는『접촉 제어』, 공간 좌표를 지정해서 잘라낸 영역을 통째로 사역하는『절대 영역 격리』와『상대 영역 격리』……. 그리고 특이한 방식으로는 타인이 사역하는 물체에 영향을 끼치는『편승 증량』이나『귀순 침범』같은 것도 있지."

만진 물체 전체에 이름을 붙인다, 공간을 잘라서 이름을 붙인다, 누군가가 이름을 붙인 물체를 조작한다. 거의 생각했던 대로네요. 특별히 의외인 건 없습니다.

"우선은 제일 잘 알려진『접촉 제어』부터 해 볼래?"

"네! 잘 부탁드립니다!"

제가 고개를 숙이자, 르루 씨는 천천히 일어서더니 서가에서 마도서 몇 권을 가져왔습니다. 그리고 그중 한 권을 저에게 건네며 말했습니다.

"우선, 네가 지금까지 어떻게 마법을 배웠는지 알려 줄래? 사람은 각자 빠르게 익히는 방법이 다르고, 네 방식이 너한테 맞는 방식인지는 모르니까."

"네. 어어, 저는 우선, 주문을 보고, 각각의 단어가, 어떤 의미인지를, 정확하게 이해하려 해요."

저는 건네받은 마도서를 무릎 위에 올려놓고서, 적당히 앞쪽 페이지에서 주문이 쓰인 부분을 찾았습니다.

그러자 르루 씨도 이쪽으로 의자를 끌어당겨 같이 페이지를 들여다보았습니다.

그리고 "접촉 제어를 사용하는 주문은 이거야."라며 해당 페이지를 펼쳐 주었습니다.

그러니까 어디 보자…….

Эпч Лч◉п€_Эпсбєдлє Шю◉Эиш
Ж
ч◉йȼГ Эпч Лч◉п€Ъ
Лч◉п€ ф Лч◉п€－оЪ
бєчйбп Лч◉п€Ъ
Ж

"오오~!"

'ч◉йȼГ Эпч'인가요, 처음 본 명령 방식이에요!

이게 만진 물체를 명명한다는 접촉 제어인가 봐요! 정말 신나네요!

저는 즉시 제가 깔고 앉은 르루 씨의 판초를 손으로 들었습니다.

그리고 'ч◉йȼГ Эпч'라는 단어를 뚫어져라 쳐다본 뒤, 천천히 눈을 내리깔고 집중했습니다.

……대상물은 공작 각하의 사유물이니 실패는 허락되지 않습니다.

저는 술식을 살짝 바꾼 뒤에 머릿속에서 주문을 구축했습니다.

Эпч 복제 Ⅲю◉ЭиⅢ
Ж
ч◉й¢Г Эпч_Л Лч◉пЄЪ
Лч◉пЄ ф Лч◉пЄн эЪ
бЄчйбп Лч◉пЄЪ
Ж

"……『복제』." ^{카피페이스트}

제가 마법 명을 외운 직후, 제가 손에 든 판초가 '펑!' 하고 두 장으로 늘어났습니다.

오오, 실험은 성공이네요. 다행이다. 실험에 실패해서 르루 씨 사유물을 사라지게 했다면 분명히 혼났을 테니까요.

하지만 달리 적당한 물건이 없기도 했고, 전혀 실패할 것 같지 않아서 그만 강행해 버렸어요. 데헷.

판초는 제 손바닥 안에 들어오는 크기도 아니었고, 판초의 일부만 만졌는데 판초 전체에 효과가 미쳤습니다.

신난다! 이제 다룰 수 있는 마법 종류가 현저하게 늘었습니다!

제가 기뻐하며 르루 씨를 보자, 어째선지 어안이 벙벙한 표정을 짓다가 불쾌한 듯이 얼굴을 일그러뜨렸습니다.

"……저기, 왜 그러세요? 혹시, 실패했나요?"

"아니…… 잘했어, 완벽해. 그런데 이 페이지의 주문을 잠 깐 본 것만으로, 심지어 영창도 없이 발동시키다니……."

앗……?! 위험해요, 저도 모르게 한 방에 발동시키고 말았 어요! 마법은 아직 자발적으로 발동 못 시킨다는 설정이었는 데! ……물론 그게 거짓말이라는 사실은 다 들켰겠지만요.

"보통은, 어떻게, 발동시키나요?"

제가 노골적으로 이야기를 돌리자, 르루 씨는 "음, 보통 은……."이라며 제가 복제한 판초 한 장을 테이블 위에 올 리고서 매지컬 스태프로 겨눴습니다.

그리고 마도서의 주문을 눈으로 훑으며 조용히 입을 열었 습니다.

"──내 이름에 복종하고 따르거라, '판초'여. 그 수를 두 장으로 늘리니, 현현하라──『복제』."

르루 씨가 든 스태프가 희미한 빛을 내뿜자, 판초는 제가 했을 때와 똑같이 "펑!" 하고 둘로 늘었습니다.

오오, 왠지 주문을 외우면서 마법을 발동하니까 멋있네 요. 진짜 마법 같아요.

하지만 일일이 주문을 영창하면 마법 발동이 늦어지지 않 을까요?

"항상, 그렇게 '영창' 해야 하나요?"

"평범한 마술사는 그래. 나도 특기 분야 외에는 일일이 영 창하는 편이고. 시간을 들이면 영창 없이도 가능하지만 마 력을 극심하게 소비하거든."

"네? 그래요?"

"영창하는 시간이 길면 길수록 마력이 많이 소비돼. 그래서 머릿속으로 주문을 완성하는 데에 시간이 오래 걸리면 효율이 떨어지지. 말로 하면 주문을 빠르게 정리할 수 있으니까 익숙하지 않은 주문은 영창을 외우면서 발동시키는 게 기본이야."

저는 처음 안 사실에 무심코 "호에~." 하고 감탄의 한숨을 흘렸습니다. 과연, 계산을 암산으로 하냐 필산으로 하냐의 차이 같은 건가 보네요. 지금까지 제가 마법을 발동시켰던 방법은 그다지 일반적이지 않았던 거로군요.

저는 여러 해 동안 프로그래밍만 미친 듯이 했었기 때문에 주문 구조도 바로 이해하고, 문자열을 머릿속에 선명하게 떠올릴 수도 있습니다. 그러면 저는 말로 하는 것보다 빨리 마법을 발동시킬 수 있으니까, 영창을 안 외우는 편이 마력이 더 절약되겠네요.

르루 씨는 복제된 두 장의 판초를 테이블 위에 내던진 뒤 설명을 계속했습니다.

"주문 이해도가 애매하면 마법이 발동 안 되거나, 발동해도 위력이 눈에 띄게 떨어지지. 심지어 마력 소비량도 현저하게 늘어서 서투른 마술사는 금방 지쳐 버리고 말지."

즉, 마력 소비를 줄이려고 서둘러서 마법을 발동시켜 봤자 엉성하게 구축된 마법이면 손실이 늘어날 뿐이고, 오히려 쓸데없는 마력 낭비만 많아진다는 뜻이군요.

빠르고 정확하게 발동시키도록 매일 수행하는 게 제일 높은 효율로 마법을 발동시키는 지름길이겠네요.

그렇다면 전투에 사용되는 마법을 평소에 연습해 둬야겠는걸요. 그 이외의 주문은 마력 소비나 발동까지의 시간을 별로 신경 쓸 필요가 없어요.

"그건 그렇고……."

르루 씨는 짜증을 숨기려고도 하지 않고 제 얼굴을 뚫어져라 쳐다보며 말했습니다.

"주문 습득 속도, 이해도, 응용력, 발동에 걸리는 시간, 적은 마력 소비까지 모든 능력이 질투가 날 정도로 천재적이야. 아마 너, 단순한 공격 마법으로만 싸우면 나보다 훨씬 강할걸."

"어, 아니, 그건……."

"겸손 떠는 게 아니야. 뭐, 마그카르오는 기본기를 탄탄히 갖춘 타입이니까 아직 못 이길지도 모르지만. ……류미는 논외로 치고."

아, 역시 류미포트 씨는 논외인가요……. 그 사람, '인간 최강'이라고 불렸으니까요.

그리고 마그카르오 씨는 저와 마찬가지로 속성 공격을 완벽하게 다루는 균형 잡힌 타입인가 봅니다. 겉보기에는 뇌도 근육으로 되어 있을 것 같았는데 의외로 건실하네요.

……그리고 르루 씨는 아무렇지도 않게 내뱉었습니다만, '단순한 공격 마법으로만 싸우면 나보다 훨씬 강할걸'이라

는 말은…… 다시 말해 단순한 공격 마법으로 한정하지 않는다면 반드시 저를 제압할 자신이 있다는 뜻이겠죠.

아까 '나도 특기 분야 외에는 일일이 영창하는 편이고'라고 말하기도 했고요.

제국에 셋뿐이라는 마도사님이니까 분명 비장의 패를 몇 장이나 가졌을 거예요.

마법은 전투에만 쓸 수 있는 게 아닙니다. 마검을 단조(鍛造)해서 아군에게 건네주는 것처럼, 지원면에서 매우 우수할 가능성도 있어요.

오히려 지금 저처럼 싸울 줄밖에 모르는 게 마술사로서는 이류, 삼류가 아닐까요.

르루 씨는 어떤 마법을 사용할까요? 어쩌면 『혜안』이라는 이명과 뭔가 관련이 있을지도 모릅니다.

으음, 궁금한걸. 물어보면 가르쳐 주려나?

좋아, 밑져야 본전이니 물어보죠.

"저기, 르루 씨. 르루 씨의 마법은, 어떤 마법인가요?"

"물어봐도 되겠어?"

"네?"

그 직후, 어두컴컴하고 서늘한 지하실 공기가 급속히 차가워지며 온몸에 소름이 끼쳤습니다.

천장에 매달린 희미한 램프 빛 아래서 번뜩이는 피바다처럼 새빨간 두 눈동자. 그것이 마치 저를 평가하듯이 날카로워졌습니다.

"내 마법의 진수를 알고서 지금까지 살아 있는 인간은……
폐하뿐이거든."

……앗.

"여여여역시 괜찮아요."

"어머, 그래? 그럼 다음에는 『영역 격리』를 연습해 볼까?"

"자자자자잘 부탁드립니다다다."

르루 씨는 줄곧 언짢아 보이는 표정을 한 것과는 달리 가르
치는 방식이 의외일 만큼 다정하고 친절해서 아주 이해하기
쉬웠으나…… 그 후의 연습에는 그다지 진척이 없었습니다.

이유가 뭘지는…… 여러분의 판단에 맡깁니다.

***

다음날.

저는…… 아니, 저희는 르루 씨의 스펙을 얕보고 있었다
는 사실을 깨달았습니다.

"어, 엄청 맛있어……."

"이, 이렇게 맛있는 요리는 처음 먹어 봐요……."

장소는 제가 빌린 여관방.

르루 씨가 프릴 앞치마를 두르고 자그마한 손에 주방용 장
갑을 낀 채 가져온 요리는, 모두 말도 안 되게 맛있었습니다.

더 정확히는 르루 씨가 주방에서 요리할 때부터 매우 맛

있는 냄새가 풍겨 왔기 때문에 요리를 보기도 전에 맛있으리라는 걸 알았지만요.

어째서 천하의 마도사님이 우리 집 주방에서 요리를 해주는가 하면…….

그것은 한 시간 전의 일——.

오전에 저희 여관방을 방문한 르루 씨와 사소한 일상 대화를 나누던 중 "식사는 어떻게 하고 있어?"라는 질문을 했습니다.

그래서 저희는 당연하다는 듯이, "근처 싼 가게에서 먹고 있어요."라고 대답했습니다. 물론, 저는 아직 어머니의 젖을 먹거나 이유식을 먹지만요. 저는 머리카락이 믿기지 않을 만큼 빠르게 자라는데, 이는 몹시 더디게 납니다. 몸도 상당히 작고요. 그래서 이유식도 조금 늦게 시작했습니다.

이 여관은 일단 부탁하면 식사를 내주기는 하지만 바깥에서 먹는 것보다 비싼 데다가 맛도 별로 없는 모양이라……오빠와 네르비아 씨는 외식으로 삼시세끼를 때우는 신세입니다.

그 말을 들은 르루 씨는 네르비아 씨에게 "그럼 네가 만들면 되잖아."라고 했지만, 안타깝게도 네르비아 씨는 요리를 전혀 못 합니다. 네르비아 씨는 어린 시절부터 검술 수행에만 몰두한 나머지, 신부 수업 같은 걸 전혀 받지 못한 탓에 가슴과 성격 이외에는 여성스러움이 절망적인 수준이거든요.

르루 씨는 저희의 식사 사정을 듣더니 깊게 한숨을 내쉬며 어깨를 떨구었습니다. 그리고 '잠깐 기다려!!' 라며 방을 뛰쳐나간 지 30분 뒤, 요리 도구 세트와 식재료를 든 르루 씨가 돌아왔고…… 현재에 이르렀습니다.

"저 말이야, 로그나 군도, 네르비아도 제대로 영양을 섭취해서 튼튼한 몸을 만들어야 할 시기잖아? 외식만 해서 영양이 치우친 식사를 하면 안 된다고. 알겠어?"

왠지 자취하는 자식을 보러 고향에서 올라온 어머니 같은 말을 하면서 두 사람의 접시 위에 요리를 쉴 새 없이 나눠주는 르루 씨. 요리가 맛있다고 칭찬이 쏟아져도 표정이 전혀 바뀌지 않아 불쾌해 보이기까지 하는 르루 씨는 자기 요리에 손을 대려 하지 않았습니다.

저는 매우 맛있는 냄새를 풍기는 요리들을 보고 배에서 꼬르륵 소리를 내고 말았습니다. 어머니가 이 자리에 없으니 참아야 한다고 스스로를 타이르면서 공복을 견뎠는데, 그때 갑자기 르루 씨가 제 몸을 들어 올렸습니다.

"너, 이 시간에 먹는 건 모유야? 이유식이야?"

"그러니까…… 점심은 모유예요."

제 대답에 르루 씨는 "그래."라며 쌀쌀맞은 얼굴로 대답하더니 저를 무릎 위에 올려놓았습니다. 그리고서 고스로리 옷의 목깃에 달린 리본을 천천히 풀고 가슴팍을 크게 열어젖히더니, 그대로 오른쪽 가슴을 드러냈습니다.

뭘 하는 건지 이해 못 하는 저희를 아랑곳하지 않고, 르루 씨는 당연하다는 표정으로 제 얼굴 쪽으로 가슴을 들이 댔습니다. 어, 어라? 르루 씨 가슴이 이렇게 컸었나? 어제 안겼을 때랑은 전혀……. 옷을 입으면 말라 보이는 느낌인가? 아니아니, 그런 수준이…….

"자, 먹어."

"네? 뭐, 뭘…… 네?"

"배고프잖아? 어머니가 입원 중이면 모유도 영양이 부족할 테고."

네? 이건 도대체 무슨 농담인가요?

저는 도움을 요청하듯이 오빠와 네르비아 씨를 보았지만, 둘 다 입을 떡 벌릴 뿐 도와줄 수 있는 상황이 아닌 듯했습니다.

겉보기에 초등학생 정도 체구인 르루 씨의 새하얀 피부와 분홍빛 선단이 제 얼굴 바로 앞에 있었습니다. 르루 씨 얼굴을 슬쩍 올려다보니 평소의 언짢은 표정이 아닌 매우 다정한 미소를 지으며 제 머리를 살며시 쓰다듬었습니다.

……이건 젖을 먹어야 이야기가 진행되겠는데요.

저는 각오를 다진 후 외모 나이가 초등학생인 소녀의 가슴을 빨았습니다.

"음……."

"──?!"

그리고 너무 놀란 나머지 튕겨 나오듯이 얼굴을 뗀 뒤, 뺨을 살짝 분홍빛으로 물들이고서 야릇한 표정을 짓던 르루 씨에게 크게 당황한 채로 물었습니다.

"어, 어째서 나오는 거예요?!"

"나오게 했으니까."

나, 나오게 했다고요……? 어떻게……?

제가 혼란스러워하니, 르루 씨가 제 귓가에 대고 속삭이듯이 말했습니다.

"어제 내 마법을 알고 싶다 했지? 특별히 알려 주는 거야."

가슴을 크게 만들거나 모유가 나오게 하는 게 르루 씨의 마법인가? 아니, 그게 아니야…… 르루 씨 마법의 본질은 분명
──.

뭘 한 건지는 대강 상상이 갔지만, 무슨 수치를 어떻게 조정했는지는 짐작도 안 갑니다.

여, 역시 제국 마술사들의 정점…… 정말 터무니없는 아이네요…….

"자, 너는 같은 나이대 갓난아기들과 비교해도 몸이 너무 확연하게 작으니까 제대로 영양을 섭취해야 해."

르루 씨는 그렇게 말하며 제 입술에 가슴을 들이밀었습니다.

그리고 제 몸을 천천히 흔들며 기분 좋은 리듬으로 등을 팡팡 두드려 주어서, 마치 진짜로 어머니에게 안긴 듯한 기분이 들기 시작했습니다.

항상 불쾌해 보이는 눈으로 저를 보길래 당연히 저를 싫어하는 줄 알았는데…… 어째서 이렇게까지 돌봐주는 걸까

요……?

문득 돌아보니 오빠가 르루 씨가 지은 밥을 정신없이 퍼먹은 덕분에 한가득이었던 요리가 어느새 줄어 있었습니다. 아아, 오빠가 르루 씨 요리에 매혹되고 말았어…….

저를 포함한 세 사람의 식사가 끝나니, 테이블 위 요리는 깨끗하게 사라져 있었습니다. 르루 씨는 한 입도 안 먹은 것 같은데, 텅 빈 접시를 보며 찰나의 순간 미소 짓더니 흐트러진 옷매무새를 고치고 일어섰습니다.

그리고 눈 깜짝할 사이에 설거지를 척척 끝내고서 말했습니다.

"이 여관, 정기적으로 청소도 안 해주니? 먼지가 많은걸. 젖먹이 아기가 지낼 만한 환경이 아닌데. ……세필리아, 너도 귀족이 됐으니까 더 좋은 곳에서 사는 게 어때?"

"아, 네……."

"일단 오늘은 내가 다 청소해 주겠지만…… 네르비아, 이제부터 너도 청소하는 법 정도는 배워."

르루 씨의 그 말에 네르비아 씨는 "네엣?!" 하고 펄쩍 뛰어오르더니, 부끄러운 듯이 고개를 숙였습니다.

그 후 르루 씨는 주문이 쓰인 종이 몇 장을 저에게 건네주더니 "내가 청소하는 동안 연습이나 해 둬."라고 말하고는 진짜로 방 안을 청소하기 시작했습니다. 앞치마와 삼각 두건을 두른 르루 씨는 능숙하게 청소를 해치우며 네르비아 씨에게 정리 정돈 방법과 얼룩을 지우는 요령을 교육하는 듯했습니다.

그리고 그날을 기점으로 르루 씨는 마법만 가르쳐 주는 게 아니라, 저희의 생활까지 전반적으로 살펴 주게 되었습니다.

어쩐지 기분 좋게 웃는 르루 씨 왈, "나 참, 내가 없으면 안 된다니까!"라나요.

이, 이 아이, 네르비아 씨와는 다른 의미로 남자 버릇 나쁘게 만드는 여자잖아……?!

                              ＊＊＊

르루 씨가 절 도와준 지 내일로 벌써 일주일이 됩니다.

다시 말해, 오늘이 어전 시합을 코앞에 둔 날이라는 뜻이죠.

오늘은 어전 시합 규칙에 관해 설명이 있다며 폐하가 저를 베오란트성으로 호출하셨습니다.

시합이 내일인데 이제 와서 규칙 설명이라니, 의문스럽기는 하지만 쓸데없는 준비를 못 하게 하려는지도 모릅니다. 아니면 규칙 설명이라는 건 저를 불러낼 구실일 뿐이고 뭔가 다른 사정이 있을 가능성도 있지요.

어쨌든 저는 현재 네르비아 씨 품에 안겨 베오란트성 앞에 도착했습니다.

저를 내려 준 네르비아 씨에게 "언니, 고마워!"라고 말한 뒤 성의 문지기 쪽으로 걸어갔습니다.

문지기 아저씨는 제 얼굴을 보자마자 "오오, 세필리아

님."하고 웃어 주었습니다. 이 아저씨, 처음에는 제 얼굴만 봐도 '움찔!!' 하고 어깨를 떨었지만 몇 번이고 얼굴을 마주 보는 사이에 가까스로 익숙해진 모양입니다.

매번 끈질기게 '해치지 않아요~ 무섭지 않아요~'라는 오라를 뿜어댔던 게 효과적이었을지도 모르겠네요.

"안녕하세요, 세필리아입니다! 폐하의 소집 명령에 따라, 지금 도착했습니다!"

"이야기는 들었습니다. 자, 지나가시지요."

"감사합니다! 수고하세요!"

저는 문지기 아저씨에게 미소를 지으며 경례 흉내를 내고서 베오란트성 안으로 발을 들였습니다.

참고로 제 하인이나 마찬가지인 네르비아 씨 역시 성에 들어와도 되는 듯하지만, 네르비아 씨는 너무 황공해서 못 들어가겠다는 이유로 사양한다고 합니다. 뭐, 네르비아 씨는 정확히 말하자면 하인이나 시녀가 아니고 부하니까, 호출 받지도 않은 네르비아 씨가 성안에 들어가기를 꺼리는 마음을 모르는 건 아니지만요.

이 성에 온 게 오늘로 몇 번째일까요. 평범한 귀족들보다 자주 드나드는 것 같습니다. 그 덕분에 베오란트성 안의 대략적인 구조라 해야 할지, 여러 위치 관계들을 거의 파악하고 말았습니다.

저는 성안을 다 안다는 듯이 자그마한 보폭으로 활보하면서 스쳐 지나가는 근위병 오빠와 메이드 언니들에게 인사를 하며 복도를 나아갔습니다. ……아무도 저와 눈을 마주쳐 주지 않았지만요.

그리고 이 성에서 저에게 가장 어려운 관문…… 그 녀석이 제 눈앞에 모습을 드러냈습니다.

그렇습니다, '계단'입니다…….

한 단 한 단이 제 무릎보다 높은 이 녀석들은 집요하게 제 갈 길을 막아선다고요.

네르비아 씨가 있었으면 이런 녀석들쯤은 손쉽게 짓밟으며 뛰어넘었을 텐데…… 크으윽.

으음, 평지를 일직선으로 걷는 정도는 어떻게든 가능하지만 역시 계단은 저에게 너무 벅찹니다. 메이드 언니가 지나가기를 기다려야겠네요.

이런 생각을 하며 계단 앞에 멈춰 서 있다가, 계단 위에서 이쪽을 바라보는 인영을 눈치챘습니다.

"앗…… 보릴라 씨!!"

"보즈라야!!"

이런, 실례.

계단 위에서 이쪽을 내려다보는 사람은 붉은 기가 도는 금발을 재수 없는 몸짓으로 쓸어 넘기는 보즈라 씨였습니다.

엇, 혹시 저와 같은 타이밍에 이곳에 불려온 걸까요.

"보즈라 씨도, 폐하를 뵈러 가는 길인가요?"

"뭐? 나는 방금 알현이 끝난 참인데."

어라. 그럼 일부러 같은 이야기를 두 명에게 따로따로 하는 걸까요?

 ……뭐, 그럴 리가 없겠죠. 분명 미묘하게 다른 이야기를 할 생각일 거예요.

 보즈라 씨는 계단을 내려온 뒤 저를 내려다보며 당돌하게 웃었습니다.

 "홋…… 꼬리를 말고 도망칠 기회는 지금밖에 없다고. 엄마 눈에 눈물 나게 하기는 싫잖아?"

 "어라? 저랑 싸우고 싶다고 한 사람은, 보즈라 씨 아니었나요?"

 "크으…… 여, 여전히 짜증 나는 꼬맹이로군……."

 당돌하게 웃는 얼굴이 점점 굳어지며 움찔거리는 보즈라 씨. 마술사로서는 우수할지 몰라도, 지휘관으로서는 아닌 듯합니다. 이 사람 밑에서 일하기는 조금 불안하네요.

 "하, 하지만 그렇게 잘난 척하는 것도 오늘이 마지막이다……. 내일, 제도 백성들과 폐하 앞에서 철저히 때려눕힌 다음 그 얼굴 가죽을 벗겨내 줄 테니까!!"

 폐하와 민중 앞에서 갓난아기를 철저하게 때려눕히면 보즈라 씨 얼굴 가죽이 벗겨지지 않을까요?

 뭐, 규칙에 따라 다르겠지만 기본적으로는 질 생각이니 내일이면 보즈라 씨의 응어리는 풀리겠네요.

 그때, 제 침묵을 어떻게 해석했는지 보즈라 씨가 씨익 웃었습니다.

 "무섭냐? 그래, 그렇겠지. 센 척해 봤자 어차피 갓난아기니까. 정말 절실하게 고개 숙여 부탁한다면 하나 정도는 네 부탁을 들어주마."

"네?"

"첫 공격을 먼저 하게 해 달라든가, 시합 개시 위치에서 움직이지 말라는 부탁도 상관없다. 후훗…… 어쩔 거냐?"

오오, 이 자리에서 강자 특유의 핸디캡 제안인가요. 아마 위기에 몰리면 '이제 봐주는 건 끝이다!'라며 체면이고 뭐고 내던지고 공격해 오겠지만요.

그런데 예로 든 조건이 미묘하게 좀스러운걸요. 더 화끈하게 첫 공격은 그냥 받아 주겠다든가, 눈을 가리고 싸우겠다, 같은 말은 못 하는 걸까요?

그래도 모처럼이니 뭔가 부탁을 해 보고 싶기도 하네요. 전 쿠폰이 있으면 적극적으로 쓰고 싶은 가난뱅이거든요.

으음…… 부탁할 게 뭐가 있으려나……?

아, 그렇지!

"그럼, 하나 부탁드립니다."

"뭐냐, 말해 봐라."

순순히 고개를 꾸벅 숙인 저를 보고 기쁘게 입가를 일그러뜨리는 보즈라 씨.

그리고 저는 현 상황에서 가장 곤란한 벽을 극복하기 위해 부탁했습니다.

"계단 올라가기가 힘들어서 그런데 저를 위까지 데려다주시겠어요?"

"………………."

보즈라 씨는 뭐랄까, 굉장히 안타까운 듯한 뭐라 형용할 수 없는 표정을 지었습니다.

……하지만 제대로 맨 위까지 데려다준 걸 보면 의외로 좋은 사람일지도 모르겠네요.

보즈라 씨의 도움으로 폐하 집무실에 도착한 저는 자그마한 손으로 중후한 문을 몇 번 두드렸습니다. 안에서 울리는 "들어오거라."라는 낮은 목소리에 저는 열심히 발돋움을 해서 어찌어찌 손잡이를 붙잡은 뒤 문을 열었습니다.

방 안에는 변함없이 늑대를 연상시키는 검고 길게 곤두선 머리와 칠흑 속에서도 빛날 듯한 황금색 눈동자를 가진 청년, 벨하자드 황제 폐하가 기다리고 있었습니다.

"'남작' 세필리아, 지금 도착했습니다."

"음, 수고했다. 『이명』도 같이 말하면 더욱 좋겠군."

누가 말할까 보냐, 그런 불명예스러운 이명.

제가 폐하의 짓궂은 농담을 미소로 묵살하자, 폐하는 가까스로 본론으로 들어가 주었습니다.

"우선, 이번 어전 시합의 기본적인 규칙은 '바람을 일으키는 마법' 이외의 마법을 금지한다는 것이다."

폐하의 설명에 저는 "그렇구나." 하고 납득했습니다.

이 어전 시합은 제도 백성들도 보러 옵니다. 그런 곳에서 폭염을 흩뿌리거나 섬광을 쏜다면 큰 소란이 벌어지겠죠.

그게 아니더라도 너무 잔인한 효과를 가진 마법으로 적을 섬멸하거나 사지가 폭발하는 충격적인 장면을 보여드리는 건 좋지 않습니다.

하물며 저는 갓난아기입니다. 이렇게 어린 아기가 다쳐서 피를 토하는 그림도 위험하고, 반대로 갓난아기가 어른을 유린하는 전개 역시 조금 그렇겠죠.

그래서 비교적으로 상처를 입기 힘든 '바람 마법'으로 한정하나 봅니다.

"다만, 세필리아…… 네놈, 예전에 마을을 습격했던 도적 중 한 명에게 원거리에서 바람 마법을 쏴 날려 보내서 척추 골절이라는 중상을 입힌 적이 있다던데."

"그랬던가요?"

"그래……! 뭘 어떻게 했는지는 모르겠지만, 그런 것도 금지다. 규칙은 상대를 발판에서 떨어뜨리면 승리. 따라서 필요 이상으로 격한 위력이나 규모의 마법을 사용하는 건 설령 '바람 마법'이라도 금지한다."

오오, 전투 구역에서 떨어뜨리면 이기는 거로군요. 그렇다면 볼 것도 없이 먼저 마법을 발동시키는 쪽이 이기겠네요. ……어라? 제 마법은 영창이 없으니까 엄청 유리한 거 아닌가요?

"참고로, 물리 공격은, 금지인가요?"

"마술사용 경기장에는 사방 5m짜리 발판 두 개가 15m

간격으로 설치되어 있다. 마술사는 각자 발판 위에 서서 마주 보고 전투를 실행한다. 그리고 발판 주위에는 깊이 1m의 물이 차 있지."

즉, 양측의 거리는 최소 15m니까 때리고 싶어도 때릴 수가 없겠네요. 정말로 순수한 마법 승부인가 봐요.

물이 차 있는 이유는 떨어졌을 때 다치지 않게 하기 위해서겠지만, 키가 약 60cm인 저는 간단히 죽겠는걸요.

그런 제 시선에 폐하는 무슨 말을 하고 싶은지 다 안다는 듯이 끄덕였습니다.

"네놈이 물에 떨어졌을 때는 대기하는 병사가 즉시 구출하기로 되어 있다. 안심하도록."

바람에 날려 물속에 떨어져서 첨벙거리는 사이에 구출된다……. 살짝 낯부끄러운 모양새지만, 귀엽고 흐뭇한 그림이 될 것 같습니다. 나쁘지 않은 패배 비전이네요.

아무튼 피를 피로 씻는 싸움이 될 것 같지는 않아서 안심했습니다.

"관객은, 어디서 보나요?"

"음. 양측이 싸우는 일직선상을 사이에 두고 좌우에서 보게 되어 있지. 네놈들이 서로에게만 마법을 쓴다면 피해는 없을 거다."

뭐, 의도적으로 관객에게 마법을 날릴 일은 없을 테니까요.

물론 마법을 쓰려했는데 상대의 마법 때문에 균형을 잃어서…… 같은 상황이 벌어지지 않는다고 확신할 수는 없지만, 뭐 적당히 힘을 뺀 바람 마법 정도라면 괜찮을 거라고 판단했나 봅니다.

 ……아아, 혹시 다른 마술사분들이나 마도사님들이 올지도 모르겠네요.

 어전 시합이니까 황제 폐하가 직접 관람하실 테고, 폐하에게 마법이 맞거나 혹은 다른 곳에서 암살 시도가 들어오는 걸 막기 위해 상주하고 있겠죠.

 "알겠습니다. 또 주의해야 할 게, 있나요?"

 "아무튼, 죽이지 마라. 알겠나, 절대로 죽이면 안 된다. 절대로! 진지하게 하는 말이다!"

 폐하는 저를 뭐라고 생각하는 걸까요?

 악몽의 처형자?

 그렇군요. 알겠습니다.

 ……이번 어전 시합에서 제가 사실은 별거 없는 무해하고 귀여운 갓난아기라는 사실을 제도 사람들에게 알려주겠어요.

 "덧붙이자면 바람 마법은 보즈라가 가장 잘 쓰는 마법이라고 한다."

 "아, 그래요?"

 "……그게 뭐 어쨌냐는 듯한 말투로군."

 아뇨, 그런 거 아닙니다만.

 하지만 언제 어디서든 얻을 수 있는 '공기'를 이용한 마법은 누구나 중점적으로 연습하지 않을까요? 저도 가장 처음으로 연습한 게 바람 마법이었고요. 그러니 딱히 바람 마법이 특기라고 해서 특별할 건 없다고 생각하는데요.

오히려 바람 마법을 잘 못 쓴다는 말을 들었으면 감탄이 나왔을 것 같아요. 마침 르루 씨가 그런 느낌이었고, 저는 전투에만 특화된 저 자신이 조금 부끄러워졌었거든요.

그건 그렇고, 이 마술사끼리의 어전 시합은 대체로 항상 바람 마법에 한정된 싸움이 아니었을까 싶습니다. 불이든, 물이든, 흙이든 상대를 날려버릴 위력이면 관객석에 피해가 갈 테고, 사고가 일어나거나 부상자가 나올 수도 있으니까요.

억측일지도 모르지만, 보즈라 씨가 어전 시합으로 승부를 걸어온 이유가 자신이 바람 마법을 잘 써서일 수도 있지 않을까요? ……아니, 아무리 그래도 너무 쓰레기 같은 억측이려나요.

제가 스스로의 생각에 가볍게 자기혐오를 느끼고 있는데, 폐하가 헛기침을 했습니다.

"그런데 르루와는 잘 지내나?"

"네? 아, 네. 레라 각하가, 잘 대해주세요."

"그 녀석은 까다로워 보여도 누구보다 마음씨가 따뜻하지. 그러니 표면적인 부분만 보고 판단하지 말고 사이좋게 지냈으면 한다."

"어어……네, 네."

"르루는 네놈이 매우 마음에 든 모양이더군. 요즘에는 계속 네놈 이야기만 할 정도다."

네? 그 르루 씨가, 저를 마음에 들어 한다고요?

아뇨, 그럴 리가……? 의외로 빈번하게 불쾌해 보이는 표정을 짓던데요. 그냥 푸념 아닐까요?

……제 입으로 말하기도 조금 그렇지만, 제도 인간들 중에 저에게 진심으로 호의적인 사람은 네르비아 씨뿐일걸요. 나머지는 무서워하거나, 싫어하거나, 관심이 없거나 셋 중 하나고요. 어라, 눈에서 땀이…….

그런데 르루 씨의 이야기가 나온 순간, 항상 날카로웠던 폐하의 눈매가 마치 아버지처럼 온화하고 다정한 빛을 띤 듯한 기분이 들었습니다. 뭐 전투 능력은 둘째치고, 외모가 그렇게 어린 소녀니까 자기 딸처럼 느껴지는 것도 모르는 건 아니지만요.

"……응?"

그때. 문득 발밑을 보다가, 카펫에 긴 머리카락이 떨어져 있는 것을 깨달았습니다.

보통은 머리카락을 보기만 해서는 누군가를 특정하기 불가능하지만, 제가 주운 것으로는 손쉽게 특정할 수가 있었습니다. 왜냐하면 분홍색이었거든요.

그리고 저는 방 안을 둘러보았습니다.

폐하의 집무실……이지만, 예전에 왔을 때보다 훨씬 정돈된 느낌이 드는걸요.

기분 탓일 수도 있지만, 저는 불현듯 떠오른 가능성을 말해 보았습니다.

"……이 방, 정리가 꽤 잘 돼 있네요. 폐하의 책상도, 아주 깨끗하고요."

"음? ……으, 으음. 그렇지."

제 손에 들린 분홍색 머리카락을 발견한 순간, 저는 폐하가 눈에 띄게 움찔한 것을 놓치지 않았습니다.

"정리는, 스스로 하시나요?"

"……글쎄. 그럼, 이야기는 끝났군. 짐은 바쁜 몸이다. 네놈도 돌아가서 내일을 위한 준비라도 해 두도록 하거라."

폐하는 노골적으로 저에게서 얼굴을 돌리더니 '아, 바쁘다 바빠!'라고 말하는 듯한 몸짓으로 갑자기 일을 개시했습니다. 이, 이 자식…….

한순간이지만 아버지 같다고 느낀 제가 바보였습니다.

……르루 씨, 너무 닥치는 대로 오냐오냐하는 건 좋지 않다고요.

저는 그 딸기 케이크 같은 색 조합의 옷을 입은 소녀가 오냐오냐해서 버릇이 나빠진 남자의 방을 뒤로 했습니다.

***

베오란트성을 나온 저는 네르비아 씨와 합류해, 바로 병원으로 직행하기로 했습니다.

오빠는 의외로 외로움을 잘 타기 때문에 제가 네르비아 씨와 외출하면 높은 확률로 어머니의 병실을 방문한다는 사실이 당사의 조사를 통해 밝혀졌습니다. 귀여워.

뭐, 오빠를 보기 위해서만은 아니고 순수하게 어머니 병문안을 가고 싶다는 이유가 제일 크지만요.

그런 연유로 제가 병원으로 향하는데…… 도중에 낯익은 과일 가게가 눈에 들어왔습니다.

병문안을 가는 김에 과일이라도 사 가고 싶은데, 또 전처럼 아주머니를 실신시키면 미안하고…… 어떻게 해야 할까요.

제가 망설이고 있는데, 제 시선을 눈치챈 네르비아 씨가 '알겠습니다☆'라고 말하는 것 같은 표정을 짓고 망설임 없이 과일 가게로 들어가 버렸습니다. 잠깐만 네르비아 씨, 하나도 모르고 있잖아!

저희가 과일 가게에 들어가자마자, 아니나 다를까 과일 가게 부부가 움찔 어깨를 떨었습니다. 그리고 부부끼리 얼굴을 마주 보거나 이쪽을 힐끔힐끔 쳐다보면서 마치 길가에서 사람과 스쳐 지나간 새끼 고양이 같은 반응을 보였습니다. 그렇게 겁먹을 필요까지야…….

저는 너무 신경 쓰지 말라고 스스로를 타이르며 어머니가 좋아할 만한 과일을 찾았습니다.

"이 팔로인이라는 거, 엄마가, 좋아했었지?"

"맞아요. 신 과일보다 당도가 높은 과일을 좋아하시는 걸지도 몰라요."

"그럼, 시모치라는 것도, 좋아할까?"

"분명 좋아하실 거예요."

기본적으로 저도 전생에서는 단 걸 매우 좋아했기 때문에 빨리 이 세계의 과일들도 먹어 보고 싶습니다.

하지만 그러려면 우선 어머니가 만들어 주는 이유식부터 시작해야 합니다. 어머니가 모르는 곳에서 멋대로 먹으면 분명 무척 슬퍼할 테니까요. 어머니는 그런 걸 아주 신경 쓰는 사람이거든요.

태어난 지 일 년 동안은 모유로 키운다는 방침인 듯하니, 이제 조금만 더 있으면 젖을 뗄 수 있습니다.

제가 네르비아 씨와 열심히 과일을 고르는데, 놀랍게도 과일 가게 부부가 먼저 다가와 저희에게 말을 걸었습니다.

"저, 세필리아 님…… 단 과일을 찾으신다면, 이쪽의 남부산 아펠리라도 추천합니다."

"네? 아펠리라는, 새콤한 맛 아니에요?"

"남부에서 난 건 당도가 높고 시큼함이 적습니다. 올해 것이 특히 달아서 만족하시지 않을까 싶어서……."

"그렇군요. 그럼, 그것도 부탁드립니다. 감사합니다!"

과일 가게 부부가 말을 걸어 준 게 기뻤던 저는, 저도 모르게 싱글거리며 감사 인사를 했습니다. 그러자 어째선지 부부는 겸연쩍은 표정을 짓더니 이윽고는 고개를 숙이고 말았습니다.

어, 어엇? 뭐죠?! 또 실신하는 건가요?!

"저번에는 멋대로 호들갑을 떨어서 죄송했습니다. 그…… 세필리아 님의, 소문을 들었던지라……."

"아, 네……. 하지만 어쩔 수 없죠. 그렇게 무서운 『이명』이 붙으면 누구나 무서워할 거예요. 신경 쓰지 마세요."

"아뇨, 그럴 수는……. 생각해 보니, 외모나 나이가 어찌 되었든 황제 폐하께서 성에 초대하셨고, 제도에서 자유롭게 지내고 있으니…… 직함과는 관계없이, 저희가 겁먹을 이유가 없었습니다."

그, 그런가요. 갓난아기가 도적단을 섬멸하고 '선혈의 처형자'라고 불리면 무서워하는 게 당연한 것 같은데요. 황제 폐하의 신뢰도란 대단하네요. 사디스트 늑대 주제에.

하지만 부부가 그렇게 말해 줬으니, 그 호의에 편승해 볼까요.

"저는, 사람들에게 별로 환영받지 못해서, 그렇게 말씀해 주시는 건, 진심으로 기뻐요. 감사합니다!"

"화, 환영받지 못하다니, 그렇지는……!"

아뇨아뇨, 괜찮아요. 제가 두려움 받는 건 자업자득이니까요…… 훌쩍.

물론 흉악한 별명이나 『이명』을 퍼뜨린 황제 폐하와 근위병과 제도 군의관들에게도 책임은 있지만요……!

그렇지만 제도 사람들에게는 죄도 책임도 없습니다. 저를 향한 평가는 달갑게 받아들여야겠죠.

"그럼, 팔로인이랑 시모치랑, 그리고 이 아펠리라도 주시겠어요?"

"네, 네!"

"이번에는, 돈 낼 거예요."

제가 살짝 찔러 보니, 부부는 쓴웃음을 지으며 끄덕였습니다.

그리고 저는 네르비아 씨를 돌아보았습니다.

"언니, 미안해. 과일 값, 부탁해도 될까?"

"네, 기꺼이!"

그렇게 좋아할 요소가 어디 있는데……?!

지갑 취급을 당하고서 행복해 보이는 네르비아 씨가 저는 매우 걱정됩니다…….

네르비아 씨는 만족스럽게 지갑을 꺼내 저 대신 과일을 구입해 주었습니다. 돈은 나중에 돌려줄게, 알았지? 무슨 일이 있어도 돌려줄 거다, 응?

과일 가게 부부가 호의로 바구니에 담아 준 과일을 받아 들고 저희는 다시 병실을 향해 걸어갔습니다.

저는 싱글벙글하며 네르비아 씨 귓가에 대고 말했습니다.

"에헤헤. 나를 대하는 태도가 자연스러워졌어. 오해가 풀렸나?"

"확실히 예전보다 친근한 거리감으로 대했죠. ……나중에 잘 훈계해 둘게요."

잠깐만요! 훈계가 필요한 건 그쪽이거든요!

아무래도 우리 인식에 차이가 있나 보다. 그 점에 관해서 오늘 밤에 천천히 이야기해 보자. 알았지?

나날이 커져가는 네르비아 씨의 신앙심을 억제할 방법을

찾기 위해 저는 한동안 골머리를 앓았습니다.

어머니의 병실에 도착하니, 아니나 다를까 오빠도 병문안을 와 있었습니다. 어머니는 이제 등의 상처도 많이 나은 듯 아주 건강해 보였습니다.

어머니가 죽고 못 사는 오빠가 매일 병문안을 와 주는데 상처가 나을 만도 합니다.

하지만 제 얼굴을 보자마자 어머니의 발랄했던 표정이 어둡게 가라앉았습니다.

딱히 싸운 것도, 무슨 일이 있었던 것도 아닙니다. …… 르루 씨 모유 건으로 한바탕 분쟁이 있기는 했지만, 그것도 금방 해결된 과거 일입니다.

그럼 어째서 어머니가 저런 표정을 짓는가 하면…… 역시, 내일로 다가온 어전 시합이 걱정되기 때문이겠죠.

아무리 다치지 않도록 만반의 준비를 갖췄다고 해도, 마법을 직접 맞부딪치는 싸움이니까요. 완벽하게 안전하다고 단언할 수는 없습니다. 저도 어머니 입장이었다면 자식의 몸이 걱정돼서 견딜 수가 없었을 거예요.

저는 네르비아 씨 품에서 어머니 침대로 내려왔습니다. 그러자 침대에 누운 어머니는 몸을 뒤척이며 제 쪽을 돌아보더니, 그대로 팔을 뻗어 저를 끌어안았습니다.

"세피…… 부탁이니까, 부디 위험한 짓은 안 했으면 좋겠구나. 사실은 어전 시합에도 나가지 않았으면 좋겠지만……."

"하지만…… 폐하의, 명령인걸."

"진심은 그렇지 않잖아? 세피도 속으로는 어전 시합에 나가고 싶다고 생각했지?"

"!"

갑자기 정곡을 찔린 저는 놀라서 말문이 막히고 말았습니다.

영락없이 긍정하는 제 반응을 본 어머니는 "역시." 하고 쓸쓸하게 쓴웃음을 지었습니다.

"세피가 뭔가 꾸밀 때는 표정만 봐도 금세 알 수 있거든. 왜냐하면 난 네 엄마니까."

"아…… 그게……."

"세피는 아주 똑똑하고, 이유 없이 나를 걱정시킬 아이가 아니잖아. 분명 어전 시합에 나가면 뭔가 좋은 점이 있는 거겠지?"

어머니가 제 백금색 머리카락을 부드럽게 쓰다듬으며 모든 것을 꿰뚫어 보는 듯한 눈으로 웃었습니다.

어머니의 몸은 마치 중학생 같지만, 그 안에는 '어머니'로서의 커다란 그릇이 깃든 모양입니다.

얕봤던 건 아니지만, 저를 이렇게까지 잘 안다는 사실에 놀라움과 그 이상의 기쁨을 느꼈습니다.

"……후후. 역시, 엄마야. 나랑 오빠의 엄마다워."

"이 정도로 뭘. 너희들에 대한 건 점 개수까지 다 아는걸."

아니, 그건 좀 기분 나쁜데요…….

저는 어머니 목에 팔을 두르고서 서로의 뺨이 딱 붙도록 껴안았습니다.

"엄마, 사랑해."

"알아. 하지만 내가 더 사랑한다는 걸 알아 뒀으면 하는구나."

아무리 마법을 쓸 수 있어도 어머니에게는 당할 수 없나 봅니다.

***

"야, 손 좀 치워! 제대로 씻을 수가 없잖아!"

"아아아~앗?! 괘, 괜찮아요! 혼자서 씻을게요!!"

제가 빌린 여관방에는 원래 욕실이나 욕조 같은 건 구비되어 있지 않았습니다.

애초에 제도에서도 뜨거운 물로 하는 목욕은 상류 계급의 사치로 여겨지며, 평범한 사람들은 간단하게 샤워를 하거나 길어 온 물을 이용해 몸을 닦는 게 일반적입니다.

하지만 물리 법칙을 비트는 힘을 가진 저에게 그런 상식은 통용되지 않습니다. 문자 그대로 목욕탕처럼 뜨거운 물을 만들어내서, 그걸 이용해 쾌적한 입욕 생활을 보내는 중이죠.

단순히 전생의 제가 모 '국민적인 파란 너구리 애니메이션'의 여주인공처럼 목욕을 각별히 사랑했기 때문이기도 하고, 목욕이 '오빠와의 히히덕 계획'의 일환이기도 하거든요.

뭐, 실제로는 다섯 살짜리 아이와 갓난아기 둘이서 목욕을 하는 건 약간 위험하니 네르비아 씨도 같이 들어가 주고 있지만요……. 그래도 네르비아 씨의 여성스러움 가득한 가슴을 보고 얼굴이 빨개지는 오빠가 귀여우니 괜찮습니다.

그런데, 그런 저의 평온이 최근 들어 어느 분홍색 소녀 때문에 박살 나고 있습니다.

"으앗?! 가, 간지러워어……."

"네가 몸부림치니까 그렇잖아. 자, 얌전히 있어!"

르루 씨는 요 일주일 동안 우리 집의 요리, 청소, 세탁 같은 전반적인 가사를 당연하다는 듯이 모두 떠맡은 데다가, 요즘에는 제 목욕까지 도와주고 있다니까요.

사실은 다 같이 목욕하고 싶었던 것 같지만, 제가 만든 욕실은 그렇게까지 넓지 않습니다.

그래서 제가 사양하며 '르루 씨 혼자서 들어가세요~'라고 했더니, '그럼 로그나 군이랑 같이 들어갈까.'라며 웃기지도 않은 소리를 하길래 단호히 저지했습니다. 그 결과 자연스레 제가 르루 씨와 같이 목욕을 하고 말았죠.

르루 씨, 저를 다루는 방법을 깨달으셨네요…….

르루 씨는 새하얀 피부로 저를 끌어안고서 굳이 씻겨 줄 필요 없는 곳까지 구석구석 정성껏 씻겨 주었습니다. …… 나 이제 시집 못 가.

르루 씨는 머리를 내리면 땅에 닿는 길이인지 수건으로

머리를 말아 올린 채, 제 백금색 머리카락을 손가락으로 부드럽게 마사지했습니다. 르루 씨가 뒤에서 저를 끌어당기자, 또 커진 듯한 르루씨의 가슴이 '말캉' 하고 제 등에 닿았습니다. 르루 씨의 마법은 어디까지 육체를 지배할 수 있는 걸까요.

제가 그 끝을 알 수 없는 르루 씨의 힘에 전율하고 있는데, 르루 씨가 저를 뒤에서 끌어안은 채로 작게 속삭이기 시작했습니다.

"그래서 결국…… 내일은 일부러 질 거야?"

오싹, 하고 제 온몸에 소름이 돋았습니다.

김이 피어오르는 욕실이 갑자기 무거운 정적으로 가득 찼습니다.

제가 녹슨 것처럼 뻣뻣해진 목을 겨우겨우 움직여 르루 씨를 향해 돌리자, 딸기색 눈동자가 코앞에서 저를 바라보고 있었습니다. 아니, 꿰뚫어 보고 있었습니다.

아까까지만 해도 편안함을 주던 르루 씨의 팔이, 가슴이 180도 돌변해 무시무시하게 느껴졌습니다.

저는 르루 씨에게 내일 어전 시합에서 일부러 지겠다는 말은 한 마디도 한 적이 없습니다.

아니, 르루 씨만이 아니라 어디에서 이야기가 샐지 몰라 오빠에게도 네르비아 씨에게도 말하지 않았습니다.

어머니에게는 오늘 낮에 다 들켰기 때문에 그때 병실에 있던 세 사람은 그 시점에 알게 되었을 테지만…….

병실 바깥에서 몰래 듣고 있었나? 나중에 누굴 추궁했나? 아니면 그 병실에 르루 씨도 있었나?

"……그럴, 생각이에요."

이 상태에서 얼버무리기는 불가능하다고 판단한 저는 깨끗하게 사실을 인정했습니다.

그러자 르루 씨는 "……그래."라고 말한 뒤 평소의 불쾌해 보이는 얼굴과는 살짝 다른, 괴로워 못 견디겠다는 듯한 표정을 지었습니다.

어째서 르루 씨가 그렇게 고통스러운 얼굴을……?

그 의문은 바로 르루 씨가 직접 설명해 주었습니다.

"……이런 건 너한테 말해봤자 어쩔 수 없겠지. 하지만…… 그래도 말이야. 보즈라는 네가 진심으로 싸워 주기를 바랄 거야."

"네?"

"분명 네가 진심으로 나가면 보즈라는 손도 못 쓰고 지겠지. 폐하가 보즈라에게 기회를 주기 위해 일부러 그 애에게 유리하게 규칙을 만든 모양이지만, 그래봤자 의미는 없을 테고. 그래도…… 보즈라는 진심을 다한 너와 싸우고 싶을 거야."

질 걸 알면서도 진심을 다했으면 좋겠다고? 내가 봐주면 이길 수 있는데?

저는 보즈라 씨를 전혀 모릅니다. 도대체 어떤 사정이 있고, 어떤 인생을 걸어왔는지 하나도 아는 게 없어요.

하지만 어쩌면 르루 씨는 그걸 아는지도 모르겠습니다.

"네가 졌을 때의 처우는 폐하에게 들었어. 그래서 왜 네가 일부러 지겠다는 결론에 다다랐는지도 알 것 같아. 내가 그 이유와 결론에 뭐라 불평할 입장이 아니라는 것도 잘 알아."

르루 씨는 매우 괴로운 듯이 눈을 내리깔고서 들릴 듯 말 듯 한 목소리로 말했습니다.

"하지만…… 그 때문에 상처받는 사람이 있다는 걸 염두에 두었으면 해."

"……."

"게다가 과보호 기질이 있는 폐하가 아무리 세다고는 해도 갓난아기를 전장으로 보낼 리가 없어. 너를 마도사 중 누군가의 부관으로 붙이면, 그 누군가를 제도 방위 담당으로 이동시켜서라도 너를 아예 전장에서 멀리 떨어뜨릴 게 분명하다고."

저는 르루 씨의 말에 놀라움을 금치 못했습니다. 마도사 님의 부관이 되면 전장으로 내던져질 거라고만 생각했었는데, 그 예상은 완전히 빗나간 모양입니다.

그렇다면 도대체 어떤 의도로 전장에 내보내지도 않을 거면서 갓난아기를 마술사로 만든 걸까요? 혹시 제가 모르는 어떤 이해관계가 물밑에서 움직이고 있는 것은 아닐까요……?

——어쨌든 르루 씨는 일부러 패배하겠다는 제 계획을 부정하지는 않았습니다. 어전 시합이라는 자리에서 짜고 치기나 다름없는 짓을 저지르려는데도, 제 의도까지 파악해서 그걸 존중해 주었습니다.

물론 이런 말을 꺼낸 걸 보면 사실은 제가 진심으로 싸우길 바라는 거겠죠.

하지만 역시 저는 이 어전 시합에서 활약해서 리스크를 짊어지는 건 어떻게 해서든 피하고 싶습니다. 아무리 폐하가 과보호라도 긴급한 상황이 되면 주위 사람들이 반드시 제가 활약하기를 바랄 테니까요.

어머니와 오빠를 걱정시키고 싶지도, 제 부하인 네르비아 씨를 위험에 노출시키고 싶지도, 마법으로 많은 생명을 빼앗고 싶지도 않습니다.

그러니까 어전 시합에 나가기로 한 이상 질 거고, 이길 바에야 나가지 않을 거예요.

진심을 다해서 싸우라니—— 말도 안 됩니다.

"……죄송합니다."

저는 차마 르루 씨 얼굴을 볼 수가 없어 앞을 바라본 채로 사죄의 말을 내뱉었습니다.

그 대답에 르루 씨는 명백하게 가라앉은 음색으로 말했습니다.

"사과할 필요 없어. 너를 나무라려는 건, 아니니까."

그리고서 제 머리를 부드럽게 쓰다듬었습니다.

＊＊＊

제도 베오란트성에는 아름다운 정원이 있고, 그 너머에는 르하호(湖)라는 호수가 펼쳐져 있습니다.

맑은 날이면 르하호는 거울처럼 풍경을 비춰내서, 호수 너머에 세운 작은 휴게소에 앉아서 바라보면 위아래로 맞물린 두 개의 베오란트성을 조망할 수 있다고 합니다.

그런 토막 지식을 알려 준 르루 씨는 방금 저와 떨어져서 보즈라 씨에게 뭐라고 귀띔을 한 뒤 벨하자드 황제 폐하가 계시는 좌석 곁으로 향했습니다.

이미 경기장에는 좌우를 모두 채울 정도의 관객들로 북적거렸고, 상상 이상의 주목도에 저는 그만 압도되고 말았습니다.

호수 옆에 제작된 특설 경기장은 간단히 말해, 커다란 학교 수영장에 네모난 발판을 두 개 띄워 놓은 느낌이었습니다.

크기는 가로 20m, 세로 30m 정도로, 체육관과 거의 비슷했습니다. 거기에 사방 약 5m의 발판이 떠 있고, 각 발판 사이의 거리는 약 50m였습니다. 경기장 전체에는 수심 1m 정도의 물이 채워져 있었는데, 아무래도 경기장과 접해 있는 르하호에서 직접 흘러들어오는 듯했습니다.

듣자 하니 이 경기장은 마그카르오 씨가 하룻밤 만에 만들었다 합니다. 의외로 손재주가 좋네요, 그 여성스러운 오빠.

참고로 보즈라 씨 쪽 발판 후방에는 르하호가 펼쳐져 있고, 제 쪽 발판 후방에는 베오란트성이 우뚝 서 있습니다. ……이 배치, 제가 성 쪽으로 마법을 쏠까 봐 그런 건 아니겠죠? 그냥 우연이겠죠?

"잘도 도망치지 않고 와 줬구나!!"

벌써 경기장 발판 위로 이동한 보즈라 씨가 홀딱 젖은 모습으로 큰소리를 쳤습니다.

……당신, 아무리 수심이 일 미터라지만 일부러 걸어서 거기까지 간 거예요……?

"자, 빨리 경기장으로 올라오시지! 정 무서우면 꽁지 빠지게 도망쳐도 상관없다만!!"

좌우에 있는 관객석——이라 해봤자 석조 계단에 의자가 설치되어 있을 뿐이지만——에는 무수한 관객이 몰려 있었습니다. 보즈라 씨가 저렇게 신이 난 건 많은 사람이 모인 상황이라 흥분했기 때문이려나요. 아니면 어전 시합의 분위기를 띄우려는 서비스 정신일지도 모릅니다.

저는 어떻게 발판까지 걸어갈까 잠시 고민하다가, 보즈라 씨를 본받아서 소소한 서비스 정신을 발휘해 보기로 했습니다.

Э п ч 냉각수 Ⅲ ю◉Э и Ⅲ

Ж

д ß Л◉ ë й ч € Э п ч ¢◉ ë й Ⅲ о о ó о о я Î ? о

о о́ о о Î ₒₒₒ о Î̃ₒ Ⅲ Ъ

¢◉ё й・ чЄмш ф ¢◉ё й・чЄмш яо оЪ

б Єчй бп ¢◉ёйЪ

Ж

"『냉각수』."

화이트 카펫

제 머리의 중심부를 절대 지점으로 삼아 공간 좌표를 지정.

그리고 그 공간 좌표를 기점으로 X축, Y축, Z축으로 이루어지는 입방체 모양 영역을 지정.

그 뒤, 분리한 공간 전체에 마술로 수치 조작을 실행.

이것이 르루 씨와의 수행으로 익힌 새로운 마술 방식 중 하나, 『절대 영역 격리』입니다.

제가 예상했던 대로 경기장을 가득 채웠던 물 위에 카펫이라도 깔린 듯이 하얗게 얼어붙은 '길'이 만들어졌습니다.

저는 일부러 젖기도 수영하기도 싫거든요. 이렇게 물을 얼려서 그 위를 유유히 걸어가려고요.

제 마법에 관객석에서 "오오~!!" 하며 환성과 술렁임이 일었습니다.

"저렇게 어린 아기가, 진짜로 마법을……!"이라든가, "저 정도의 마법을 영창도 없이 간단하게……?!"라든가, "저, 저것이 선혈의 처형자……."라는 목소리들이 들려왔습니다. 어이, 마지막 놈은 나중에 나 좀 따라와라. 화 안 낼 테니까.

제가 살짝 시선을 끈 탓에 홀딱 젖은 보즈라 씨가 '크으
윽……!' 하는 표정으로 이쪽을 노려보았습니다.

그렇게 노려볼 거였으면 보즈라 씨도 바람 마법으로 날아
오면 됐잖아요?

뭐, 시합을 앞두고 조금이라도 마력을 절약하고 싶었던
걸지도 모르지만요.

저는 얼음길 위를 걸어 발판까지 도착한 뒤 바로 마법으
로 얼음을 녹이고서 보즈라 씨에게로 몸을 돌렸습니다.

"살살, 부탁드립니다."

"……보증은 못 한다."

아까까지 퍼포먼스를 뽐내던 태도는 어디로 갔는지, 보즈
라 씨의 눈동자 깊은 곳에서 조용히 투지가 불타오르는 것
이 보였습니다. 방금 제 마법을 보고 방심하거나 깔보는 마
음이 날아가 버린 거라면 약간 실책이 아니었을까요.

그런데 그때, 보즈라 씨가 붉은 기가 도는 금발을 쓸어 올
리며 기분 나쁘게 웃었습니다.

"네 사정은 스승…… 레라 각하에게 들었다. 네가 이 시
합에 지고 싶어 한다는 것도, 그 이유도 말이지."

"네에?!"

갑작스러운 발표에 저는 그만 얼빠진 목소리를 내고 말았
습니다.

자, 잠시만요! 르루 씨, 뭘 고자질한 거예요?! 그보다 보
즈라 씨, 사정을 알면서 폐하 앞에서 말하면 어떡해요! 다

들키잖아요!!

 아니나 다를까, 폐하는 제 얼굴을 보더니 슬며시 눈빛이 날카로워졌습니다. 흐아아…….

 제가 폐하의 시선에 겁먹으니, 보즈라 씨는 점점 더 유쾌하다는 듯이 눈꼬리를 휘었습니다.

 "사실, 내가 이 시합에 이기면 폐하께서 내 소원을 하나 들어주기로 하셨다. 이루고 싶은 소원이 있어서였다만…… 네놈이 봐줘서 본의 아니게 이겨서는 의미가 없다고. 그러니 내 소원을 네놈을 전선부대에 배속시키는 걸로 변경하겠다!"

 뭐………… 뭐라고오오오오?!

 "자, 잠깐, 기다……."

 "좋다. 그 소원, 들어주마."

 보즈라 씨가 외친 소리를 듣고서 어째선지 기쁘게 입가를 일그러뜨린 폐하는 한 치의 망설임도 없이 그런 말을 내뱉었습니다.

 폐하아아!! 이…… 사디스트의 화신 같은 인간!!

 저는 폐하를 향해 마법을 쏘아 대고 싶은 충동을 필사적으로 억누르면서 질 수 없다며 큰 목소리로 외쳤습니다.

 "그럼, 제가 이기면, 마술사를 그만둘 테니까, 퇴직금이나 잔뜩 주세요!!"

 "각하."

 우오오오오오오오오?! 어째서?! 너무 불공평하잖아!!

"……단. 전장의 전선이 아니라 제도에 있는 지원 임무의 요직이라면 생각해 보도록 하지."

"!"

지원 임무의 요직……? 약간 정의가 광범위하긴 하지만 즉, 병사가 아니라 참모 장교 비슷한 거라는 뜻일까요?

게다가 제도에서 하는 임무라면 제도에서 멀리 나갈 일도 없을 테고, 전장의 전선에서 멀리 떨어진 이런 곳까지 전쟁의 불꽃이 튈 일은 웬만하면 없겠죠.

'생각해 보도록 하겠다'는 애매한 표현이 살짝 불안하긴 하지만 그런 걸 의심해 봤자 어쩔 수 없습니다. 지금은 양보해야 해요.

나쁘지 않은데요. 안전성으로 따지면 오히려 병참부 보좌를 웃도는 좋은 조건입니다. 마술사들은 기본적으로 마술 사단이라는 엘리트 부서 소속이기 때문에 출세라고 보기에는 애매하지만, 마도사님들이 얼마나 바쁜지 생각하면 차라리 너무 높지 않은 적당한 직위에 머무르는 편이 더 좋다고 볼 수도 있습니다.

이제 이기면 천국, 지면 지옥이라는 구도가 완성되었습니다. 일부러 질 필요성은 없어졌으니, 거리낌 없이 싸우겠어요!

"그럼…… 세필리아. 보즈라. 각자 준비는 됐나."

폐하의 질문에 보즈라 씨는 기합이 잔뜩 든 모습으로 "예!!" 하고 기운차게 대답했습니다. 저도 "네!" 하고 대답했습니다.

저희의 대답을 들은 폐하는 신비로운 표정으로 한 번 끄덕이더니, 오른팔을 높이 쳐들었습니다.

 "그러면 지금부터, 세필리아와 보즈라 트론스타의 시합을 거행하겠다."

 아까까지만 해도 술렁이며 소란스러웠던 관객석이 쥐 죽은 듯 고요해지고, 바람 소리만이 주변을 지배했습니다.

 "시작!!"

 "『하이 윈드』!!"

 "엑?"

 멍하니 있던 저를 무시하고, 놀랍게도 보즈라 씨는 폐하의 호령마저 잡아먹을 듯한 기세로 시합 개시와 동시에 영창도 없이 마법을 쏘았습니다.

 시합장에 휘몰아치는 강풍에 휩쓸려 저는 3m 정도 뒤로 날아가고 말았습니다.

 이, 이 영창 속도……! 설마 시합 개시 호령이 울리기 전부터 주문을 구축하고 있었나?! 치사하잖아!

 만일을 위해서 발판 앞쪽에 서 있지 않았으면 단번에 시합이 종료될 뻔했습니다. 그랬으면 관객들의 흥도 와장창 깨졌겠죠. 보즈라 씨, 방금까지의 엔터테인먼트 정신은 어디로 간 거예요!

 제가 당황하며 몸을 일으키니, 보즈라 씨는 이쪽으로 손을 뻗은 채 한 번도 본 적 없는 날카로운 안광으로 저를 노려보고 있었습니다.

그 패기…… 아니, 거의 살기라고 해도 될 만큼의 기백에 제가 전율하는 것도 아랑곳하지 않고 보즈라 씨는 추가타를 넣기 위해 입을 열었습니다.

"『에어 숏』!!"

보즈라 씨 손에서 '펑!!' 하는 파열음이 울리며 무언가 보이지 않는 위협이 접근하는 것이 느껴졌습니다.

"흐익?!"

저도 모르게 머리를 끌어안고 몸을 웅크리자, 제 바로 옆으로 무언가가 지나갔습니다. 그 직후, 제 등 뒤의 수면이 '첨벙!!' 하고 격렬하게 튀어 올랐습니다.

어…… 잠깐, 위력이 너무 센 거 아니야……?! 바람이 아니라 압축 공기탄이잖아요!! 저기요, 폐하! 이거 아웃 아니에요?! 이건 '바람을 일으키는 마법'이 아니지 않나요?!

아기 상대면 좀 더 부드러운 바람을 만들어내야 정상 아닙니까?! 어째서 젖먹이 상대로 진심으로 죽이려고 드는 건데요?!

"겁먹고 있을 시간은 없다고! 『에어 숏』!!"

제가 잠시 패닉에 빠져 있는 동안에도 바람……이 아니라 압축 공기탄이 계속해서 날아왔습니다.

손바닥 방향으로 공격 루트를, 영창으로 타이밍을 알 수는 있지만 농구공 크기의 포탄은 눈에 전혀 보이지 않았습니다.

"히이익?! 잠깐, 타임타임!!"

심지어 속도가 무지 빨라!! 거리가 50m나 벌어져 있는데도 상당한 속도와 위력이에요! 제 몸이 작아서 맞추기 힘들다고는 해도, 쉴 새 없이 날아오는 살의 가득한 포탄은 제 공포를 부채질하기에 충분한 맹공이었습니다.

제가 땅 위로 넘어지거나 꼴사납게 팔다리를 버둥거리며 필사적으로 도망쳐 다니니, 공격 면적이 작은 압축 공기탄(에어 숏)과 번갈아서 광역 돌풍(하이 윈드)이 덮쳐왔습니다.

"어, 엇?!"

그리고 제가 균형을 잃었을 때 다시 하이 윈드가 덮쳐왔고, 미처 피하지 못한 제 어깨에 공격이 스쳐 날아가고 말았습니다.

"아파아아아앗!!"

저는 납작 엎드린 채 땅 위를 뒹굴뒹굴 구르며 욱신거리는 어깨를 붙잡고서 신음했습니다.

관객들은 갓난아기가 일방적으로 고통받는다는 전개에 동정 어린 시선을 보냈습니다. 실제로 지금까지의 전개만 보면 완전히 약자 괴롭히기로밖에 안 보일 테니까요.

그건 그렇고, 이 사람…… 싸움에 익숙하네요. 아니, 썩어도 군인이니 싸움에 익숙한 건 당연하다면 당연하려나요.

아니면 이날을 위해서 공들인 특훈이나 시뮬레이션을 반복하기라도 한 걸까요. 보즈라 씨는 의외로 성실한 듯하니, 그랬을 가능성도 있습니다. 애초에 원래 실력이 강했을 가능성이 가장 높지만요.

일부러 지려 했던 저 따위와는 기개가 하늘과 땅 차이였던 모양입니다.

'보즈라는 진심을 다한 너와 싸우고 싶을 거야.'

르루 씨가 슬프게 중얼거렸던 그 말이 머릿속에서 다시 반복되었습니다.

제 볼을 압축 공기탄이 스친 순간, 저는 보즈라 씨를 향해 손바닥을 내밀고 입을 열었습니다.

"『하이 윈드』."

휘몰아치는 돌풍에 보즈라 씨는 눈이 휘둥그레졌습니다.

방금까지 자신이 썼던 마법이 덮쳐왔으니 저런 반응이 나오는 게 당연하죠.

마력을 절약하기 위해서인지, 아니면 영창 없이 발동하는 데에 따르는 제약인지는 모르지만 보즈라 씨의 술식은 매우 단순합니다. 그러니 현상을 보고 주문을 역산, 해석하는 건 일도 아니라고요.

"『에어 숏』."

뒤이어 제 손에서 발사된 압축 공기탄이 돌풍으로 균형을 잃은 보즈라 씨 왼쪽 어깨에 직격했습니다. 폐하에게 귀에 못이 박히도록 주의받은 덕분에 위력을 많이 억제하기는 했지만, 발사된 공기탄의 위력은 상당합니다. 보즈라 씨는 짧은 비명을 지르며 날아갔지만, 곧 비틀거리며 일어서더니 약간 즐거운 듯이 입가를 일그러뜨렸습니다.

"내 마법을 해석한 것도 모자라 영창도 없이 재현하다

니…… 들었던 것보다 더한 괴물이로군."

관객석에서 "좋아!"라든가 "가라!"와 같은 환성이 날아오는 것을 한 귀로 흘리며, 저는 겨우 한숨을 돌릴 수 있었습니다.

더는 방심하지 않을 거예요. 한번 적의 맹공이 시작됐을 때 되받아치기가 힘들다면, 첫 공격을 때려 박으면 될 뿐입니다.

보즈라 씨가 손바닥을 이쪽으로 향하는 것을 보고 저도 즉시 손을 내밀었습니다.

"『에어 숏』!!"

"『에어 숏』!!"

거의 동시에 발사된 보이지 않는 공기 포탄은 저희 사이에서 격렬하게 맞부딪치며 주위에 돌풍을 흩뿌렸습니다.

불어닥치는 바람에 관객들에게서 비명인지 환성인지 알 수 없는 목소리가 일었습니다. ……왠지 놀이공원 같은 곳에서 들릴 법한 종류의 목소리네요.

그 뒤로는 계속 한 치의 틈도 없는, 숨 돌릴 새도 없는 공방이 이어졌습니다.

저희 사이 거리는 약 50m입니다. 그러나 저희는 상대의 손바닥을 자신의 손바닥으로 쳐내며 곧바로 상대의 안면을 손바닥으로 내려치려는 듯한 접근 격투전을 벌였습니다. 서로의 마법이 격돌할 때마다 경기장 물에 파도가 일렁일 정도의 충격이 휘몰아쳤습니다.

어떨 때는 튕겨내고, 어떨 때는 명중하고, 어떨 때는 피하고.

비록 공격은 안 보였지만, 공기가 파열하는 세찬 소리와 시합장 주변을 가득 채운 물이 거칠게 튀어 오르는 모습에서 관객들도 격렬한 전투의 궤적을 엿볼 수 있겠죠.

그리고 수많은 마법의 응수가 벌어지던, 그 사이.

보즈라 씨가 쏜 에어 숏이 제 오른 다리를 스쳐 자그마한 몸이 역회전했고, 저는 그대로 땅 위로 쓰러지고 말았습니다.

"커, 헉⋯⋯?!"

그냥 넘어졌을 뿐이지만, 제 몸은 아직 갓난아기입니다. 쓰러질 때 가슴을 부딪힌 건지 한순간 숨을 쉴 수가 없었습니다.

그리고 그 절호의 기회를 놓칠 보즈라 씨가 아니었습니다.

"――내 이름에 복종하고 따르거라, '바람'이여!!"

소용돌이치는 바람에 머리를 나부끼며 보즈라 씨의 영창이 시합장에 울려 퍼졌습니다.

"증폭해라! 모여라! 나의 길을 개척하는 포학(暴虐)의 숨결이여!!"

위험해, 라고 생각했을 때는 이미 늦었고⋯⋯ 보즈라 씨가 영창을 마치고 말았습니다.

"현현하라――『로스트 블레이즈』!!"

그 직후, 보즈라 씨를 중심으로 휘몰아친 폭풍이 이쪽으로 달려들어 제 작은 몸을 하늘 높이 날려 보냈습니다.

마치 차에 치이기라도 한 듯이 맥없이 발판에서 날아가 버린 저는 낙하 충격을 줄이기 위해 채웠던 물까지 뛰어넘고 말았습니다. 만약 이대로 딱딱한 지면에 떨어진다면 달리던 차 안에서 내던져진 것과 다름없는 충격이 덮쳐오겠죠.

주마등처럼 슬로우 모션으로 변한 시야 속에서, 제가 죽음을 예감했던…… 그때.

"세피!"

"……!!"

그 목소리는 관객석 맨 앞 열에서 들려왔습니다. 거리가 있고 다른 관객들 목소리에 묻혀도 이상하지 않은데, 어째선지 그 목소리는 제 귀에 또렷하게 전해졌습니다.

목소리가 들린 방향으로 시선을 돌리자…… 네르비아 씨에게 업힌 어머니와, 그 옆에 선 오빠의 모습이 보였습니다.

"세피, 지지 마!!"

오빠의 외침을 들은 저는 이런 상황 속에서도 그만 활짝 웃고 말았습니다.

아아…… 정말, 보러 오지 말라고 했는데.

그야말로 죽음의 문턱이 코앞까지 다가왔는데, 저는 가족이 응원해 주는 게 기뻐서 가슴이 따뜻해졌습니다. 그와 동시에 가족에게 걱정을 끼치는 것도, 이런 시시한 시합에서 죽는 것도 결단코 사절이라는 강한 의지가 제 안에서 불타 올랐습니다.

공포와 긴장 같은 쓸데없는 감정은 순식간에 사라지고, 단 한 가지 감정만이 제 마음에 가득 찼습니다.

——질 수 없어!!

Эпч 아 Ⅲ ю◉Эи Ⅲ
Ж
Гдпи Эпч_а жЭпиЪ
жЭпи ф жЭпи − σ ₀₀₀Ъ
жЭпи・◉бЭЄпч ф ◉бЭЄпч ⅢÎꝊ₀ ₀ ÎꝊ₀
ⅢЪ
жЭпи・Ч◉ȼйЛ ф Ч◉ȼйЛ ⅢÎ・ȼⅢЪ
бЄчйбп жЭпиЪ
Ж

"『아』!!"
제가 빠른 발동만을 염두에 두고 멋없는 마법 이름을 외치자, 밑으로 내민 손바닥에서 폭발적인 기세로 공기가 방출되었습니다. 그리고 오천 배에 달하는 물질량이 더해진 공기가 휘몰아치더니 제 자그마한 몸을 하늘 위로 날려 보냈습니다.

하늘 높이 날아오른 저는 계속해서 같은 바람 마법을 연발해 마치 공중을 산책하듯이 시합장으로 돌아왔습니다. 이미지로는 게임 같은 데서 자주 보이는 다단 점프와 비슷하겠네요.

보즈라 씨와 관객들, 그리고 폐하까지 경악하여 눈이 휘둥그레지는 와중에, 저는 바람 마법으로 충격을 줄이며 아까까지 서 있던 제 발판 위에 살며시 착지했습니다.

고요해진 회장에서 저는 폐하에게 씨익 웃으며 물었습니다.

"'발판 위에서 떨어지면 패배'……라는 규칙이니까, 떨어지기 전에 돌아오면, 패배가 아니죠, 폐하?"

"……크크큭! 그래, 물론이고말고. 시합을 속행해라!"

폐하가 진심으로 즐겁다는 듯이 웃고 시합 속행을 선언한 직후…… 이 자리에 모인 많은 관객이 큰 환성을 지르며 분위기가 달아올랐습니다.

그 환성 속에서 제가 관객석의 가족들을 향해 손을 흔들자, 어머니와 네르비아 씨가 매우 기세 좋게 팔을 흔들어 주었습니다. 오빠도 부끄러워하면서 작게 흔들어 주었습니다.

그 모습을 보던 보즈라 씨는 눈이 부신지 눈을 가늘게 뜨며 물었습니다.

"네르…… 저 기사에게 업힌 건 네 언니냐?"

"아니, 엄마야. 옆에 있는 게 오빠. 나는 소중한 가족을 위해서, 질 수 없어."

제가 '가족을 위해서'라고 말한 순간, 보즈라 씨는 퍼뜩 정신이 든 듯이 눈을 크게 뜨더니 어딘가 쓸쓸한 표정으로 시선을 떨구었습니다.

하지만 그것도 잠깐이었을 뿐, 바로 평소의 재수 없는 동작으로 앞머리를 쓸어올린 보즈라 씨는 온몸에 힘을 주고서 양팔을 크게 벌리며 외쳤습니다.

"그러냐. 그렇다면 받아 봐라, 세필리아! 이것이 나의 진정한 최강 마법이다!!"

처음으로 제 이름을 부른 보즈라 씨는 남은 모든 힘을 집중해 마지막 일격을 쏘려는 듯했습니다. 하지만 저는 그게 발동하기 전에 때려눕혀 버리겠다는 낭만 없는 생각은 하지 않았습니다. 그게 어떤 것이든 정면으로 맞받아친 뒤에 승리하는 미래를 조금도 의심하지 않았거든요.

왜냐하면 어머니와 오빠, 그리고 네르비아 씨의 응원이 들려왔으니까요.

──지금 나는, 누구에게도 지지 않아!

저와 보즈라 씨는 무시무시한 열기를 품은 응원 소리조차 의식 속에서 사라질 정도로 극한까지 집중한 상태에서 서로를 노려보았습니다.

그리고 보즈라 씨가 하늘을 향해 손을 치켜들며 빈정거리는 기색이 전혀 없는 시원한 표정으로 외쳤습니다.

"자, 저 궁상맞은 어머니와 촌티 나는 오빠에게 네놈의 의지를 보여달라고!! 간다!!"

"뭐?"

제 목에서 나왔다는 게 믿기지 않는, 마치 지옥의 최하층에서 울린 듯한 낮은 목소리가 흘러나왔습니다.

난무하던 응원 소리도, 울려 퍼지던 갈채 소리도 시간이 멈춘 듯이 순식간에 뚝 그쳤습니다.

머리카락이 거꾸로 곤두서고, 혈관이 튀어나올 정도의 분노.

내장이 부글부글 끓어오를 만큼의 열이 제 이성을 단숨에 승화시키며 사라졌습니다.

제 노기를 정면으로 받은 보즈라 씨는 "히익……?!" 하고 신음하며 엉덩방아를 찧고 말았습니다.

우리 어머니가, 어떻다고?

우리 오빠가…… 어떻다고?

"…………지금………… 뭐라고 했어……."
"엇, 아, 아니, 그……."

제 질문에 허둥대며 신속한 대답을 내놓지 못한 보즈라 씨에게 저는 목이 찢어질 듯이 큰 소리로 외쳤습니다.

"지금 뭐라고 했어어어어어어어어어어어어!!"

Э п ч 옥상으로 따라와 Ⅲ ю◉Э и Ⅲ
Ж
д в Л◉ё й ч Є Э п ч_a ж Э п и_д б Є д Ⅲ o o Î
б oo o я б б o Î oo o Î oo o Î o Ⅲ Ъ
ж Э п и_д б Є д ф ж Э п и_д б Є д н ó oooo Ъ
ж Э п и_д б Є д · ◉б Э Є п ч ф ◉б Э Є п ч Ⅲ o
o Ɑ o Ⅲ Ъ
ж Э п и_д б Є д · Ч ◉¢ й Л Ⅲ ¢ Ⅲ Ъ
б Є ч й б п ж Э п и_д б Є д Ъ
Ж

"『옥상으로 따라와』!!"
^{번지리스 점프}
보즈라 씨의 발밑, 지표로부터 약 10cm까지 존재하고 있던 공기가 위쪽을 향해 대폭발을 일으켰습니다. 폭풍으로 하늘 높이 쏘아 올려진 보즈라 씨는 아파트로 치면 7층이나 8층 정도의 높이까지 도달했습니다.
헛……?! 아차, 너무 심했나……?
그대로 중력을 따라 내려오는 보즈라 씨를 본 저는 살짝 초조해졌습니다. 수면으로 떨어지면 다치지 않을 거라고 생각했는데, 수심이 일 미터면 혹시 죽을 수도 있나?

약간 침착해진 저는 만일을 위해 떨어지는 보즈라 씨를 겨냥해 손을 뻗었습니다.

그 순간, 오빠가 "잠깐, 세피?!" 하고 외치는 소리가 들려왔습니다.

후후후, 정말. 오빠도 참 걱정이 많다니까. 괜찮아!

저는 "알아, 알아!"라고 대답하며 관객석 쪽으로 천사의 미소를 지어 보였습니다.

Э п ч 바람의 창 Ⅲ ю◉Э и Ⅲ

Ж

Г д п и Э п ч_а ж Э п и Ъ

ж Э п и ф ж Э п и н э 0000 Ъ

ж Э п и · ◉ б Э Є п ч ф ◉ б Э Є п ч Ⅲ о о   о Ⅲ Ъ

ж Э п и · Ч ◉ ¢ и Л ф Ч ◉ ¢ и Л Ⅲ ¢ Ⅲ Ъ

б Є ч й б п ж Э п и Ъ

Ж

"『바람의 창』."
<small>클리어런스</small>

그리고 제 손바닥에서 모든 것을 날려버리는 섬멸의 폭풍이 쏘아져 나갔습니다.

"모르고 있잖아아아아~!!"

오빠가 뭐라고 외쳤던 것 같지만, 바람 소리 때문에 잘 안 들렸습니다.

아무튼 정확하게 타이밍을 맞춰서 발사된 열풍이 떨어지는 보즈라 씨에게 직격했습니다.

공중에서 강제로 보즈라 씨의 진로가 바뀌더니, 그 기세 그대로 시합장을 뛰어넘어 르하호를 향해 날아갔습니다.

멈추지 않고 수면을 몇 번이고 뛰어 오르며 호수를 가로지르더니, 결국에는 호수를 완전히 횡단했습니다. 르하호 근처에 설치된 휴게소까지 굴러간 보즈라 씨는 그제야 겨우 움직임을 멈춘 듯했습니다. 멀어서 잘 보이지는 않지만, 움찔거리며 경련하는 듯하니 죽지는 않았겠죠.

으음, 생각보다 멀리 날려 버렸는걸…… 하지만 그대로 떨어졌으면 목이 똑 부러졌을지도 모르니, 제가 도와줘서 다행이네요. 역시 난 착해.

그리고 저는 오빠와 어머니, 그리고 네르비아 씨를 돌아보며 손을 붕붕 흔들었습니다.

"엄마! 오빠! 언니! 나, 이겼어~! 봤어~?!"

어머니는 순진무구한 표정으로 웃으며 "다 봤지! 대단하구나, 세피~!" 하고 손을 마주 흔들어 주었고, 네르비아 씨는 어째선지 눈물을 흘리며 "역시 세피 님이에요!!"라고 외쳤습니다.

……오빠만은 왠지 머리를 끌어안고서 고개를 숙였지만요.

저희 이외의 모든 사람이 얼굴이 새파랗게 질린 채 입을

다물어 쥐 죽은 듯이 조용해진 그 공간에서…… 관객 중 누군가가 저의 『이명』을 작게 중얼거렸습니다.

"…………『역린』의 세필리아……."

에필로그 1세 0개월 다가오는 그림자

"세피, 생일 축하해!"

"에헤헤, 고마워~!"

보즈라 씨와의 어전 시합…… 어째선지 통칭 '르하호의 처형'이라고 불린다는 사건으로부터 며칠이 지난 오늘.

저는 무사히 한 살 생일을 맞이했습니다!

제 생일을 축하해 주는 사람은 어머니와 오빠, 그리고 네르비아 씨 세 명입니다.

어머니는 아직 입원 중이라 파티 회장은 어머니의 병실이 되었습니다. 제 혈연이어서 그런지는 모르지만, 어머니는 넓은 병실을 배정받았으니 조금은 소란을 피워도 혼나지는 않을 거예요.

그때, 침대에 누워 저를 베개처럼 끌어안던 어머니가 문득 떠올랐다는 듯이 입을 열었습니다.

"세피는 남작이 됐으니까 제도 귀족님들을 모아서 축하의 말을 들을 만하지 않아?"

네? 진지한 얼굴로 무슨 소리를 하는 거예요? 어머니는 남작을 뭐라고 생각하는 걸까요?

그러자 어머니 말에 동조하듯이 네르비아 씨가 의아하다는 표정으로 끄덕였습니다.

"세피 님은 용사님이니까, 귀족뿐만이 아니라 국내외 온갖 사람들이 무릎 꿇어야 하지 않을까요?"

"과연. 그 말도 일리가 있어, 네르."

네르비아 씨, 나는 용사가 아니야. 어머니도 뭐가 '과연'이라는 거에요?

"세피."

제가 어디서부터 태클을 걸어야 할지 고민하는데, 침대 옆에서 이쪽을 힐끔거리던 오빠가 약간 머뭇거리며 저를 불렀습니다.

제가 오빠에게로 시선을 돌리자, 오빠가 뺨을 살짝 빨갛게 물들이며 말했습니다.

"······축하해."

그리고 등 뒤에 감췄던 화관을 내밀었습니다.

어, 어? 이거, 설마······.

"이거, 선물이야······?"

"······돈이 없어서, 이런 것밖에 준비 못 했지만."

오빠는 쑥스러운 듯이 눈길을 피했습니다.

"오······."

오빠의 귀여운 태도에 저는 순식간에 마음을 빼앗기고 말았습니다.

"오빠아아아아아아아아아!!"

어머니 품에서 빠져나온 저는 그대로 침대를 뛰어 내려와 오빠 품으로 뛰어들었습니다!

"고마워어어어어어! 좋아! 너무 좋아아아아!!"

"아, 알겠어, 알겠으니까……!"

오빠는 뺨을 물들이며 당황했지만, 평소처럼 저를 억지로 떼어 놓으려 하지 않고 부드럽게 머리를 쓰다듬어 주었습니다.

엇, 뭐야 이거? 생일이라서 그런 거야? 생일 서비스야?

그 뒤로 오빠를 마음껏 만끽한 저는 네르비아 씨에게서 유아용 잠옷을 받기도 하고, 입원 중이라 아무것도 준비하지 못해 흐느껴 우는 어머니를 위로하기도 하며 떠들썩한 하루를 보냈습니다.

이날 저는 온몸으로 예뻐해 달라는 티를 내며 거의 온종일 어머니 병실에서 죽치고 있었는데…… 화장실에 가려고 병실을 나온 김에 옆 병실을 들러 보았습니다.

"안녕하세요~."

"…………친한 척 찾아오지 말라고 했을 텐데, 역린 경."

있는 힘껏 기분 나쁜 표정으로 저를 맞이한 사람은, 붉은 기가 도는 금발과 단정한 이목구비가 특징인, 바람의 마술사 보즈라 씨였습니다. 제 마법으로 멀리 날아가 전치 수개월이라는 진단을 받고 옆 병실에 입원했습니다.

"무슨 용무지?"

"있잖아, 오늘이 내 생일이거든. 그러니까, 축하할 기회를 줄게."

"나가!!"

저는 "에헤헤, 거짓말이야. 농담." 하고 쓴웃음을 지으며, 이걸로 몇 번째인지 모를 정도로 어전 시합 때 일을 사과했습니다. 시합이라고는 해도 너무 심하긴 했으니까요.

고개를 꾸벅 숙이는 저에게 보즈라 씨는 "이제 됐다고 했잖아."라고 무뚝뚝하게 대답하며 한숨을 내쉬더니, 그 아름다운 눈동자를 날카롭게 빛냈습니다.

그리고 목소리를 살짝 죽이고서 이렇게 말했습니다.

"기사 수도회……『고대하지 않는 구원의 집』."

"응?"

"나를 부추겨서 너한테 덤비도록 만든 녀석들이다. 특히, '검은 머리 여자'를 조심해라."

그 말을 끝으로 더는 할 말이 없다는 듯이 저에게서 시선을 거둔 보즈라 씨는 창문 쪽으로 얼굴을 돌렸습니다.

갑자기 듣게 된 말에 머리가 따라가지 못해, 저는 그 자리에 잠시 멍하니 서 있었습니다.

보즈라 씨를 나한테 덤비게 만들었다고? 그러니까 나를 해치려 했다는 뜻?

기사 수도회라는 건, 용사 아인님을 추앙하는 아인 성교의 본거지였지? 그런 사람들이 왜 나를…….

저도 모르는 사이 발밑까지 쫓아온 검은 그림자에 등골이 약간 서늘해지는 것을 느꼈습니다.

번 외 편

재단의 마도사 마그카르오

마그카르오 돌스타크 베오란트…… 내가 지금 이름을 벨 님에게 하사받은 지 어언 3년 정도 지났으려나. 마족과의 싸움과 평범한 일상을 반복하는 나날만 계속될 뿐인, 지루하기 짝이 없는 하루하루……였었는데 말이야.

정말 갑작스럽게 그런 나날에 종지부가 찍혔지.

어머, 호랑이도 제 말 하면 온다더니. 벨 님의 명령을 수행하기 위해 베오란트성을 걷고 있는데, 백금색 머리카락을 나부끼는 자그마한 형체가 복도를 둥실둥실 날아오는 모습을 발견했어.

그 애는 순백색 원피스를 입은 게 그야말로 신화에 나오는 신의 사자 같았어. 아직 한 살 언저리인 갓난아기가 공중을 날아다니는 광경은 정말 초현실적이라고밖에 표현할 방법이 없다니까. 얼마 전까지는 귀엽게 아장아장 걸어 다니더니만, 요즘에는 어느새 새로운 마법을 배웠는지 당연하다는 듯이 날아다니기 시작해서 깜짝 놀랐다고.

외모, 지능, 마력…… 모든 면에서 보통이 아님을 자랑하는 탓에 주위에서 두려움을 사는 모양이던데, 나는 친해지고 싶으니까 말 걸어 봐야지 ♪

"어머나, 세필리아잖아!"

"으앗?! 돌스타크 공작 각하……!!"

"서먹서먹하게 굴기는. 마그카르오라고 불러도 돼 ♪"

엄청나게 노골적으로 얼굴을 찌푸린 세필리아가 공중에 뜬 채로 능숙하게 뒷걸음질 치기 시작했어. 뭐, 날 좋아하지 않는다는 건 알았지만, 이 정도로 노골적이면 조금 상처받는걸.

"정말이지, 그렇게까지 경계할 필요는 없잖아? 난 세필라아하고 더 많~이 친해지고 싶다궁."

"아뇨아뇨, 황송해서 어찌 그러겠습니까. 저는 일개 마술사일뿐입니다."

아주 완벽하지만 시원할 만큼 선을 긋는 미소로 에둘러 거절당하고 말았네. 뭐랄까, 농민도 귀족도 군인도 아닌 어딘가 숙련된 상인 같은 미소였어……. 도대체 어떤 환경에서 살아오면 갓난아기가 저런 표정을 지을 수 있는 걸까?

"그래서 세필리아는 이런 데서 뭘 하고 있었던 거니?"

그대로 가볍게 인사한 뒤 도망치려는 세필리아 앞을 곧바로 막아서고 불러 세워 봤어. 그랬더니 세필리아가 천사처럼 사랑스러운 미소를 완벽하게 유지한 채 작게 혀를 차면서 멈춰 주더라궁. 뭐야 이 아기, 너무 무서운데.

"그 사디스트…… 크흠. 폐하가 부르셔서, 왔습니다."

"그랬구나. ……어라? 하지만 벨 님은 지금 훈련장에 있는 것 같은데?"

"그런가요?"

"응, 틀림없어."

왜냐하면 방금 내가 마법으로 벨 님의 현재 위치를 관측했거든.

이 느낌…… 아무래도 벨 님은 류미와 둘이서 대련을 하는 모양이네. 세필리아를 불러 놓고서 예정을 잊어버리다니 벨 님답지 않지만, 어차피 시간이나 예정에 둔감한 류미가 벨 님을 붙잡아 놓는 거겠지, 뭐.

……어머, 그런데 벨 님 집무실에 르루가 있나 본데. 그 두 사람이 늦게 왔을 때를 대비해서 대기하나 봐. 나 참, 쟤가 저렇게 오냐오냐해 주니까 두 사람이 계속 성장하지 않는 거라고…… 곤란하다니까. 뭐, 요즘에는 제도에 돌아올 기회도 별로 없었고, 내일이면 각자 전장으로 돌아가야 하니까 모두 벨 님과 함께 있고 싶은 거겠지.

나는 그런 생각을 하면서 잠시 의식을 딴 데로 돌리다가 다시 세필리아에게로 시선을 돌렸는데…….

"……어머?"

그 애는 마치 모든 것을 꿰뚫어 보는 듯한 보라색 눈동자로 나를 '관찰'하고 있었어.

"아까 그 마법, 혹시 전역 변수를 사용한 건가요?"

"전역……? 그게 뭔데?"

"한 번 이름을 붙여 놓으면, 상대가 어디에 있든 상관없다는 뜻이에요."

"——?!"

내 능력인 『절대 지배』를 그 짧은 순간에 간파한 거야?! 거짓말이지?!

"아핫, 정답인가 보네요. 이 제도 사람 아무한테나 물어봐도, 당신이 최소 한 번은, 접촉한 적이 있다고 하더라고요. 그래서 혹시나 했는데……. 아아 과연, 그래서 처음에 만났을 때, 제일 먼저 저를 만진 거로군요."

……거기까지 알아냈다니. 믿을 수 없는 관찰력과 통찰력이야.

확실히 나는 세필리아가 나쁜 아이일 때를 대비해 알현실에서 처음 얼굴을 마주치고 비행기 놀이를 하던 순간, 세필리아에게 『절대 지배』를 걸어 놓았어. 그러면 세필리아가 있는 곳을 언제든지 파악할 수 있고, 여차하면 어디에 있어도 처리할 수 있거든. ……지금까지 아무도 꿰뚫어 본 적이 없었는데, 얘는 도대체 사고회로가 어떻게 되어 있는 걸까.

이렇게 등골이 오싹해지는 감각은 오랜만인걸. 정말 방심할 수 없는 아이야. 그 르루가 '적으로 돌려서는 안 돼'라고 말할 만해.

하지만 재미있네. 까다로운 그 세 사람이 홀딱 빠진 것도 이해가 가. 나도 조금만 더 함께 있으면서 얘를 알고 싶어졌어.

"……맞아. 멋대로 마법을 걸어서 미안해."

"아니에요. 저는 딱히, 신경 안 써요."

정말 신경 안 쓴다는 표정이네. 뭐 확실히, 나쁜 짓만 안 하면 나도 손댈 생각은 없으니까 켕기는 일이 없으면 굳이 신경 쓸 필요는 없겠지만…….

내가 알현실에서 처음 만났을 때 손을 댄 이유를 깨달아서인지, 나에 대한 세필리아의 경계가 명백하게 누그러진 것 같아. ……으음, 보통은 반대가 아닐까 싶은데, 아무래도 얘는 상대의 의도나 속셈을 알고 있는 편이 안심이 되나 봐. 마치 권모술수가 소용돌이치는 귀족 생활이나, 아니면 음산한 노예 생활을 해 온 듯한 정신력이야.

뭐 어쨌든 경계가 풀려서 다행이야♪

"맞다! 세필리아, 괜찮으면 벨 님의 훈련하는 모습이라도 구경하러 갈래?"

"네?"

내 제안이 예상외였는지, 세필리아는 보석 같은 보라색 눈을 꿈뻑거렸어. 그리고 입술 위에 손가락을 대고, 묘하게 요염한 동작으로 고민하다가…… 갑자기 눈을 번쩍 뜨나 싶더니, 엄청나게 사악한 미소를 짓기 시작했어.

"……꼭, 가고 싶습니다."

왠지 불온한 기척을 느꼈지만 나쁜 아이가 아니라는 건 르루도 인정했고, 무슨 일이 생긴다 해도 나랑 류미가 있으면 괜찮겠……지?

그 후 베오란트성 부지 내에 있는 훈련장에 도착하니, 그곳에서는 병사들이 훈련용 모조 검을 맞부딪치며 땀을 흩뿌렸어. ……그런데 왜 항상 내가 훈련장에 들어오면 다들 이쪽을 보면서 어깨를 떠는 걸까?

"음~ 폐하는 어디 계시나요?"

자그마한 몸으로 두둥실 떠 있던 세필리아가 훈련장을 내려다보는 관람석 난간에 착지했어. 비상식적인 것에 익숙한 나는 둘째치고, 훈련 중이던 병사들은 당연하다는 듯이 공중을 떠다니는 세필리아를 보고 깜짝 놀라더라고.

"벨 님은 저쪽 개인 훈련장에 있어."

그렇게 말하며 내가 벨 님이 있는 방향으로 걸어가자 세필리아도 싱글거리며 따라왔어. 그건 그렇고 세필리아, 묘하게 기분 좋아 보이네.

문으로 나눠진 특별 훈련장으로 발을 들이자, 평소와 똑같은 광경이 펼쳐졌어.

"옆구리가 비었어."

"크헉?!"

"발놀림도 느려."

"큭, 이…… 우오옷?!"

"예측도 반응도 느려."

류미가 기세 좋게 휘두르는 건 아무 데서나 주울 수 있는 짧은 나뭇가지 같아. 그게 벨 님의 방어를 비웃듯이 매섭게 날아들었어. 뒤이어 벨 님의 양손검이 튕겨 나가더니, 류미의 발차기를 양팔로 제대로 막아낸 듯했던 벨 님이 만화에서 나올 법한 포물선을 그리며 벽에 처박히고 말았어.

어머~ 저건 좀 아프겠는걸. 아무리 나랑 르루의 마법으로 벨 님의 육체가 강화되어 있다고는 해도, 류미에게 그런 잔

재주는 전혀 의미가 없으니까…….

 벨 님은 곧바로 일어서서 공수도 자세를 취했지만, 지면을 박차며 다가온 류미에게 일방적으로 얻어맞았어. 훈련인데도 인정사정없네. 벨 님도 개인으로는 기사단 최상위 수준의 실력을 지녔지만, 류미에게 걸리면 어린아이나 마찬가지야. 오랜만에 만나서 신이 난 바람에 평소보다 공격이 더 격렬한 것 같아.

 아무리 그래도 너무 일방적이고, 피가 흩날릴 정도로 폭력적이라서 갓난아기인 세필리아에게는 자극이 너무 강하지 않을까 걱정했는데…….

 "해치워라, 해치워 버려요, 류미포트 씨! 거기예요, 꽂아 넣어요! 해치워 버려요!"

 음흉한 웃음을 지은 세필리아가 들릴락 말락 하는 목소리로 류미를 응원하고 있었어. ……뭐랄까, 벨님에게 스트레스가 쌓였었나 봐……. 이상할 정도로 훈련을 보고 싶어 하던데 벨 님이 된통 당하는 모습을 보고 싶었던 걸까?

 내가 어이없음 반, 동정 반으로 바라보니, 그 시선을 깨달은 세필리아가 퍼뜩 제정신으로 돌아와 눈동자를 좌우로 굴리며 당황하기 시작했어.

 "어, 어머나~. 황제 폐하께서 스스로 훈련에 열중하시다니, 멋지네요~."

 "……그렇지? 벨 님은 여차할 때 소중한 것을 지키도록 평소에도 열심히 단련해. 그래서 우리가 손이 빌 때는 훈련에 어울려 주지."

"과연…… 정말 훌륭하시네요! 존경하는 폐하를 위해서, 저도 꼭 도와드리고 싶어요!"

기특하고 갸륵한 대사를 내뱉은 세필리아에게서 마을 하나 정도는 가볍게 멸망시킬 듯한 마력이 흘러나오는 것이 느껴졌어.

"……그대로 벨 님이 승하하실 듯하니 마음만 받아 둘게."

이 무시무시한 마력량이 그저 '흘러나오는 것일 뿐'이라니, 역시 상식을 벗어났다니까.

우리가 그런 대화를 나누는데, 멀리서 낡은 걸레짝 같은 꼴이 된 벨 님이 어깨를 바르르 떨더니 겨우 우리를 눈치챈 모양이야. 세필리아의 살기를 느낀 걸까? 그리고 세필리아의 귀여운 입에서 다시 한번 혀를 차는 소리가 들려왔어.

벨 님은 아주 호되게 훈련받았는지 엉망진창이었지만, 어떻게든 자력으로 일어서서 이쪽으로 걸어왔어. 자력으로 일어서지 못할 때는 류미가 벨 님을 끌고 와 버리듯이 던져 두는 걸 보면, 황제 폐하의 위엄도 땅바닥에 떨어졌다니까. ……세필리아에게는 위엄 따윈 새삼스럽겠지만.

비틀거리며 우리가 있는 곳까지 걸어 온 벨 님이 세필리아를 보고서 겸연쩍은 듯이 눈썹을 찌푸렸어. 겨우 상황을 파악했나 봐.

"혹시 알현 시간인가? 미안하군, 세필리아."

"아니에요, 신경 쓰지 마세요! 위대하신 황제 폐하께서 저처럼 미천한 백성과의 약속 따위를 신경 쓰실 필요가 있겠어요?"

잔인하게 후벼파는 듯한 세필리아의 빈정거림에 벨 님도 말을 잃고 입가를 움찔거렸어……. 이번에는 완전히 폐하의 잘못이니까 그냥 달게 받아들여.

그 사이에 나는 남 일이라는 표정으로 나 몰라라 딴청을 피우는 류미에게 다가갔어. 뭘 느긋하게 샌드위치나 먹고 있는 거야, 얘는! 정말이지!

"잠깐 류미! 벨 님에게 다음 일정이 있을 때는 시간을 신경 써서 적당히 훈련하라고 항상 말하잖아! 몇 번을 말해야 알아들어?!"

"……깜빡했어."

"깜빡은 무슨! 게다가 오늘은 르루가 있으니까 그나마 괜찮지만 벨 님을 너무 몰아붙이면 안 돼! 이후 공무에 지장이 생기면 어떡할 거야?!"

"……안 들려."

정말이지, 뭘 잘했다고 양손으로 귀를 막아! 네 청력이면 귀를 막아 봤자 멀리서 나는 발소리까지 구분하는 거 다 알거든!!

이 전투 능력 빼면 시체인 몸만 큰 어린애는 너무 잔소리하면 삐져 버리니까 나는 적당히 설교를 마무리했어. 얘도 오랜만에 벨 님과 단둘이 놀 수 있어서 시간 가는지 몰랐을 거야. ……벨 님에게는 놀이로 끝나지 않은 모양이지만.

여러 가지로 포기하고 벨 님과 세필리아 쪽을 돌아보니, 언뜻 보면 훈훈하게 미소를 짓는 듯한 두 사람이 온화한 말투로 불꽃을 튀기며 매섭게 설전을 벌이는 것 같았어. 정말, 쟤들도 참…….

세필리아도 조금이라도 좋으니까 가족과 네르비아에게 보여 주는 사랑을 벨 님에게 나누어 줄 수는 없는 걸까? 확실히 벨 님은 황제라는 입장이 있어서, 우리와 필적하는 힘을 지닌 세필리아를 전쟁에 내보내겠다는 투로 몇 번인가 말하긴 했지만…….

벨 님도 참 솔직하지 못하다니까. 세필리아를 전장으로 보내지 않기 위해 뒤에서 온갖 수를 쓴다는 사실을 솔직히 털어놓으면 될 텐데.

"벨, 즐거워 보이네."

옆에서 여전히 귀를 막은 류미가 말다툼을 하는 두 사람을 바라보며 다정한 미소를 지었어. 다른 신하들은 물론이고 우리조차 벨 님에게 저 정도로 거침없이 말하지는 않거든. 우훗, 저렇게 온 힘을 다해 감정을 부딪쳐 오는 사람을 만나서 벨 님도 기뻐 보이는걸.

잠시 내버려 둔 채 구경하니, 서로를 노려보던 두 사람은 신호라도 맞춘 듯이 똑같은 타이밍에 창을 거뒀어. 나 참, 사이가 좋은 건지 나쁜 건지.

"……하아. 죄송합니다, 너무 감정적으로 말했네요. 슬슬 본론으로 들어가지 않으실래요?"

"……음. 짐도 어른스럽지 못했구나. 뒷이야기는 짐의 집 무실에서 얘기하지."

하지만 어째서일까. 벨 님이랑 세필리아는 아무리 봐도 나이 차가 아버지와 딸 수준인데 느껴지는 분위기는 거의 비슷한 나이대 같단 말이야…….

"정말이지, 벨! 시간을 안 지키면 어떻게 해! 게다가 그렇게 더러워지다니! 옷도 엉망이고 머리도 다 흐트러졌잖아! 자, 일단은 상처부터 치료해 줄게! 따뜻한 차를 끓였으니까 수분도 섭취하고! 감기 걸리지 않도록 땀도 닦아 줄게! 내일까지 피로가 이어지지 않도록 마사지도 해야지! 아아 정말이지, 어쩔 수 없다니까!!"

우리가 벨 님 집무실에 도착한 순간, 르루가 아주 기운이 넘치는 모습으로 맞이해 주며 기쁘게 벨 님을 보살피기 시작했어. 우리에게는 평소와 같은 풍경이지만 세필리아는 처음 본 모양인지 르루의 폭주에 눈이 휘둥그레졌어.

자세히는 모르지만 르루는 과거의 트라우마 때문에 자신이 무가치한 사람이라고 착각하게 되었고, 그 탓에 남에게 쓸모 있는 사람이 되는 게 삶의 이유가 됐나 보더라고…….

그와 관련이 있는지 저 아이는 다른 사람의 뛰어난 점을 발견하면 자기혐오로 기분이 나빠지는 모양이야. 그런 주제에 다른 사람을 평가할 때는 아주 후해서 항상 저기압이지……. 참 귀찮은 성격이야.

르루는 능숙하게 벨 님을 반짝반짝하게 만들더니, 이번에는 세필리아를 표적으로 삼았나 봐. 먹이를 노리는 듯한 번쩍이는 안광과 어울리지 않는 부드러운 목소리로 말을 걸기 시작했어.

"어머 세필리아, 몸은 좀 어때? 밥은 제대로 먹니? 오늘 밤도 내가 가서 만들어 줄까?"

"아, 아뇨……! 황송해서, 어찌 그런…… 마음만, 고맙게 받을게요."

"……아, 그래."

단숨에 싸늘해진 르루의 눈빛에 세필리아가 어깨를 움찔거렸어. 하지만 세필리아, 겁먹을 필요는 없어. 어차피 르루 성격이면 '저렇게 어린 나이에 상대를 위해 배려하다니! 어쩜 저렇게 사려 깊을까!' 라는 생각이나 할 테니까.

"그럼, 세필리아. 저번 어전 시합의 포상 말이다만……."

르루 때문에 옆길로 샐 뻔했던 이야기를 벨 님이 억지로 방향을 틀고 되돌렸어. 이렇게 되면 아무리 르루라도 끼어들 수 없으니, 르루는 이날을 위해서 준비해 뒀을 게 분명한 다과를 늘어놓기 시작했어. 아주 작은 쿠키는 아기도 먹기 편해 보이네.

그 후, 벨 님이 읊어준 어전 시합의 포상 목록은…… 제도 변두리에 있는 저택과 그곳에 무상으로 파견되는 사용인 한 명, 그리고 제도에 마족이 침공해 왔을 때 마술 면에서 중앙 사령부에 '조언' 을 해주는 '마술 참모장' 이라는 직위

하사였어.

이 포상을 결정하기까지 한바탕 마찰이 있었지만, 벨 님과 르루가 협력한 데다가 셀라드 재상과 크루세아 주교까지 나섰으니 아무리 발버둥 쳐 봤자 기정 사실이나 다름없었지.

세필리아는 포상을 따지기 전에 우선 보즈라를 '지나치게 강한 위력의 마술'로 공격했다는 이유로 반칙패가 되진 않을까 걱정했던 모양이야. 하지만 그건 벨 님이 마음대로 구두로 추가한 비공식 규칙이었고, 보즈라를 실수로 죽이지 않기 위한 조치였으니까 봐주기로 했어. 일단 보즈라에게도 확인은 받았는데 오히려 그런 이유로 자기 승리가 되면 후대까지 전해 내려갈 수치라며 웃던걸.

포상 자체는 세필리아도 좋아하는 것 같았어. 잠시 입술 위에 손가락을 올린 채 이 포상에 뭔가 꿍꿍이는 없는지, 함정은 없는지 고민하는 표정이었지만 마지막에는 납득했어.

단숨에 기분이 좋아진 세필리아는 벨 님에게 굽신굽신 아부를 하며 아양을 떨기 시작했는데……. 얘, 진짜 갓난아기 맞아? 수완 좋은 상인 아니야?

그 뒤, 한사코 사양하며 쿠키에 손을 대지 않는 세필리아에게 르루가 안달복달하기도 하고, 세필리아의 쿠키를 마음대로 먹은 류미를 르루가 스태프로 후려쳐서 날려버리기도 하고, 뭐 사소한 사건이 조금 일어나긴 했지만…….

우리는 오랜만의 휴일에 이러니저러니 해도 즐거운 한때를 보냈지 ♪

"돌스타크 공작 각하, 오늘은 감사했습니다."

"그런 거 신경 쓸 필요 없어! 또 이야기하자, 세필리아♪"

자그마한 몸을 90도로 깊숙이 숙이는 세필리아에게 나는 훈훈한 기분으로 손을 흔들며 응했어. 아아, 어쩜 저렇게 사랑스러울까! 벨 님이 시비만 안 건다면 정말 좋은 아이라니까.

세필리아를 성 앞까지 바래다주니, 위병 옆에 서 있던 네르비아가 얼굴을 빛내며 달려왔어. 얘, 내가 성에 왔을 때도 여기에 서 있던데, 설마 계속 기다린 걸까?

"언니, 기다렸지!"

"세피 님! ……엇, 돌스타크 마도사 각하?! 시, 실례했습니다!!"

"정말이지, 그렇게 딱딱하게 안 굴어도 된다구♪"

세필리아를 품에 안은 네르비아가 황송해 어쩔 줄 모르겠다는 것처럼 몸을 움츠렸어. 이래 봬도 나, 마도사 중에서는 제일 친해지기 쉬운 인물로 통할 텐데. 몸집이 살짝 커서 그런가?

성 앞에서 세필리아와 네르비아를 배웅한 뒤에도 나는 한동안 두 사람의 뒷모습을 바라봤어. 왜냐하면 둘이 사이좋게 웃으며 이야기하는 모습에서 서로를 진심으로 소중히 여긴다는 게 전해졌거든. 마치 진짜 자매 같아♪

두 사람의 인영이 사라진 뒤, 나는 천천히 성안으로 돌아갔어. 나도 모르게 이대로 돌아가고 싶어졌지만…… 『재단^{말모니}』

의 역할은 제대로 완수해야지.

　내가 좋아하는 숄을 나부끼며 종종걸음으로 성 깊숙이 들어가자, 점차 창문 수가 적어지면서 어두컴컴한 길로 접어들었어. 경비원 아이들이 신경이 날카롭게 서 있어서 언제와도 음침한 곳이야.

　인기척이 거의 없는 그곳 제일 안쪽까지 나아가니, 지하실로 이어지는 석조 계단과 양쪽으로 늘어선 위병이 나를 맞아 줬어.

　"기다렸지? 고생하네."

　"각하, 이렇게 와 주셔서 감사합니다. 지나가시지요."

　열쇠 꾸러미를 받아 들고서 위병 옆을 지나쳐, 그대로 입을 떡 벌린 지하 계단으로 발을 들였어. 계단을 내려오니 어두컴컴한 지하실이 기다렸지. 전면이 돌로 만들어진 정취 있는 그곳은 나의 일터이기도 한 '감옥'이야.

　이상은 없는지 체크하기 위해 좌우에 있는 감옥을 눈으로 훑으니, 그곳에 묶인 깡마른 죄인들이 공포로 얼굴을 긴장시키며 몸을 둥글게 말고 떨기 시작하더라고.

　그런 익숙한 광경을 본체만체하며 감옥 제일 안쪽에 도착하자, 그곳에는 오랜만에 본 얼굴들이 나란히 모여 있었어.

　"야수 도적단…… 벨리아, 지라이, 스크릴, 호스타, 몬테크, 라바리트 맞지?"

　감옥 안에 바글바글하게 모인 남자들은 나를 열정적으로

노려봤어. 대부분이 제대로 일어서기도 힘들 만큼 심각한 중상을 입었던데 꽤 근성 있는 애들이야.

나는 바깥 위병들에게서 받은 감옥 열쇠로 거리낌 없이 문을 열고 안으로 들어갔어.

"……뭐 하는 놈이냐, 너."

붕대가 감긴 팔다리가 족쇄로 고정된 거구의 남자가 날카로운 시선으로 나를 노려보며 말을 걸었어. 이 남자가 야수 도적단의 단장 벨리아란 말이지. 몸이 참 좋은걸. 기사단에 있었다면 귀여워해 줬을 텐데.

"어머, 나 상처받았어. 내가 누군지 몰라?"

"허, 내 알 바 아냐. 하지만…… 네놈도 '이쪽' 인간이지? 많은 인간을 가차 없이 죽여 온 눈이군."

"어머, 실례했네. 세필리아가 태운 눈이 아직 다 안 나았나 보구나."

나는 류미 같은 불살주의는 아니지만, 그렇다고 해서 르루 같은 섬멸주의도 아니야. 법률에 따라서 흑백을 가리는 게 내 역할이지.

"그건 그렇고 단장님이 스스로 내 주의를 끌다니, 도대체 뭘 보여 주려는 걸까?"

나는 그 사람들이 무슨 짓을 저지르려는 건지 알기 위해 필요 이상으로 단장 벨리아에게 가까이 다가가 보았어. 그랬더니 벨리아는 흉악한 얼굴을 약간 의아하다는 듯이 찌푸리며 양팔을 봉인한 족쇄를 풀어 버리더라고. 깜짝 놀랐다니까.

⋯⋯그런데 벨리아 역시 깜짝 놀란 표정을 지었어.

나는 벨리아에게서 시선을 돌려서 내 목 바로 옆, 공중에 딱 멈춘 나이프를 보고 한숨을 내쉬었어. 그걸 던진 키가 크고 마른 몸집의 남자도 온 얼굴에 감은 붕대 안에서 깜짝 놀란 표정을 지은 모양이야.

"안타깝지만 너희가 이곳에 끌려왔을 때 그 나이프와 이미 '접촉' 해 뒀거든."

"칫⋯⋯ 이 괴물 자식!!"

그렇게 외치며 벨리아가 왼손으로 주먹을 날렸지만, 그 왼손도 내 얼굴 바로 앞에서 멈췄어. 벨리아가 경악하며 눈을 까뒤집었지만, 이건 당연한 결과라고.

"너희에게도 '접촉' 했지. 다시 말해, 너희는 내 지배하에 있다는 뜻이야. 아무리 땅끝까지 도망친대도 내가 한 번이라도 접촉한 시점에서 너흰 위치를 들키고 언제든지 내 마음대로 처리할 수 있어."

그 말을 증명하듯이 나는 벨리아의 목 아래부터 움직임을 완전히 정지시켰어. 그리고 딱 봐도 안색이 새파랗게 질린 벨리아에게 전했지.

"너희에게 재단(裁斷)을 내리러 왔어. 판결은 '사형'. ⋯⋯ 그래서 내가 여기로 온 거야."

"──?!"

"뭘 그렇게 놀라? 너희는 너무 마음껏 날뛰었어. 보즈라의 마을을 멸망시키고, 세필리아의 가족을 상처입히고, 그

외에도 많은 사람의 목숨을 빼앗았지. 그 업보를 받을 때가 왔을 뿐이야."

내가 그렇게 말하는 동안에도 벨리아의 몸이 천천히 공중으로 떠올랐어. 내 능력의 진수는 『위치 지배』. 움직이는 물체를 정지시키거나 물체를 공중에 띄우는 건 일도 아니지.

그리고── 물체의 좌우 위치를 각기 다른 방향으로 이동시키면 과연 어떻게 될까?

"그런데 벨리아. 이 능력을 보고도 내가 누군지 모르겠어?"

"아, 알까 보냐! 이거 놔!"

"어머, 그래? 진짜로 모르는구나……. 도적이면서──."

내 말을 들은 벨리아는 잠시 얼이 빠진 듯이 침묵하다가…… 금세 몸을 떨기 시작했어. 이를 딱딱 부딪치면서 떨리는 목소리를 짜냈지.

"서, 설마 너, 도적왕 돌스타크냐?!"

"후훗, 정답♪ ……또 다른 이름은 '깍둑썰기 두목'. 뭐, 그러니까── 이제 네놈 몸이 어떻게 될지 알겠지?"

벨리아의 피부가 팽팽하게 늘어나더니 가로세로 일정한 간격으로 빨간 선이 그어졌어.

"끄아아아아아아아아아!! 그만, 제발 그만둬!!"

"안타깝지만 내 재단에 재심은 없어."

"누, 누가 좀 살려──."

"잘 가."

서걱, 하고 기분 좋은 재단음이 울려 퍼지더니 뒤이어 내

발밑에 수십 개로 조각 난 벨리아가 떨어지는 질퍽한 소리가 났어.

주위를 둘러보니 다른 도적들이 새파랗게 질린 얼굴로 나를 올려다보고 있었어. 오줌을 지린 아이도 있는 모양이야.

진동하는 피 냄새. 역시 목숨을 빼앗는 건 몇 번을 겪어도 기분 나쁜 경험이라니까.

그래서 더욱…… 세필리아나 보즈라가 손을 더럽히지 않고 끝나서 정말 다행이야.

　　　　　　　　　재단의 마도사 마그카르오 ──끝.

후기

처음 뵙겠습니다 여러분, 작가 아시타카 타카미입니다.

줄거리와 설정을 보고 놀라신 분이 많지 않을까 싶은데, 이 이야기의 주인공은 아직 한 살도 안 된 아기입니다. 제가 봐도 제정신으로 할 짓이 아닌 것 같네요. 그렇다 보니 정식 출간 제의를 받았을 때 제가 '나, 난 안 속아!' 하고 진지하게 긴장했던 것도 어쩔 수 없는 일이었습니다.

그런데 이야기가 진행되면서 이게 거짓말이 아니라는 사실을 눈치챈 저는 '그건 그것대로 제정신이 아닌데⋯⋯?!' 하고 전율하면서도 어떻게든 이렇게 정식 출간을 마칠 수 있었습니다.

주인공이 1권에서 계속 젖먹이 아기 상태이질 않나, 출간되면서 성별이 바뀌질 않나, 전대미문의 해괴한 짓을 벌인 것도 같지만 부디 새로운 성벽에 눈을 뜨시면서 즐겨 주신다면 좋겠습니다.

이제 마지막입니다. 폭주하는 작가를 잘 조종해 주신 담당 편집자님과, 제 변변찮은 일본어를 끈기 있게 수정해 주신 편집부께 진심으로 감사드립니다!

그리고 작가와 편집부가 '이걸 그림으로 어떻게 표현한
담…….' 하고 골머리를 앓던 이 작품을 미려한 일러스트
로 장식해 주신 일러스트레이터 쿠라모토 카야 대명신님께
도 진심으로 감사드립니다!

끝으로 무엇보다 이 책을 구입해 주신 모든 분께 최대한
크게 감사 인사를 올리면서, 다시 이렇게 인사드릴 수 있기
를 진심으로 바라겠습니다.

아시타카 타카미

신동 세필리아의 하극상 프로그램

2022년 11월 15일 제1판 인쇄
2022년 11월 25일 제1판 발행

지음 아시타카 타카미
일러스트 쿠라모토 카야

발행 영상출판미디어(주)
등록번호 제 2002-000003호
주소 21315 인천광역시 부평구 부평대로 283 A동 702호
전화 032-505-2973(代) | FAX 032-505-2982

ISBN 979-11-380-1721-3
ISBN 979-11-380-1720-6 (세트)

shindou Sephiria no gekokujoi program
By Takami Ashitaka
Copyright ⓒ 2017 Takami Ashitaka
First published in Japan in 2017 by TO BOOKS, Inc.

구매 시 파손된 도서는 구매처에서 교환하실 수 있습니다.
기타 불편사항. 문의사항이 있으신 독자님께서는 노블엔진 홈페이지
[http://novelengine.com] 에서 Q&A 게시판을 이용해 주시기 바랍니다.